# 海を抱く
## BAD KIDS

村山由佳

目次

# 海を抱く
# BAD KIDS

# 第1章

♠

波の上に立ちあがる方法を教えてくれたのは、親父《おやじ》だった。

庭じゅうが花であふれかえっていたからたぶんあれは春で、おふくろと姉貴がガレージで犬を洗っていたことを思うと、暖かい日だったのだろう。親父はその日、黙って僕に黄色いサーフボードを渡してよこした。

七歳だった僕の目には、それは親父のロングボードほども大きく、長く見えた。自分一人の力では持ち上げることさえできなかった。

黒いウェットを着こんで浜辺を行く親父のあとを、黄色いボードのテールをずるずる引きずって追いかけながら、僕は、親父や、すれ違いざまに親父に挨拶する男たちに激しく憧れた。一日も早く彼らのようなたくましい肩幅を手に入れて、ボードを軽々と小脇に抱えて歩いてみたかった。もしいつかそうなれたらきっと、どんな厄介な波でも足の下にぐいぐい踏みしめて乗りこなせるに違いない、この世のすべてを意のままにできるに違いないと、単純に信じこんでいたのだ。


「疲れちゃった」

立ち止まったリョーコがそう言ったとき、僕は、ふり返って笑った。

「何だよ、ババくさいやつだな」

僕のまぬけな笑顔は、彼女の目にはどう映ったのだろう。

「ちがうよ」苦笑まじりに僕を見て、リョーコは言った。「山本《やまもと》くんといるの、もう疲れちゃったって言ってるの」

「あ……なんだ」僕はばかみたいにつぶやいた。「なんだ、そういう意味か」

それ以外、何も言葉が浮かばなかった。どうでもいい時の軽口は自分でも止まらないくらいなのに、いざとなると一言も出てこない。

今に始まったことではなかった。高校に入ってから、つき合った女は何人かいたが、いちばん長続きした例で三か月だった。彼女たちが離れていったのは、サーフィンばかりに夢中の僕がろくにかまってやらないのが不満というだけじゃなくて、もしかすると、こういう土壇場での気のきかなさが歯がゆかったせいかもしれない。

つき合っている間は、女ってのはなんでこうわがままなんだろうと思うことばかりだった。やたらと友達に僕を紹介したがるやつもいれば、僕が人前で手をつなぐのはいやだと言ったら一週間くらい口をきいてくれなかったやつもいた。別の子は、何かといえばめそめそ泣いた。好きだとはっきり言葉にしてくれなくちゃわからない、というようなオーソドックスな理由で。

でも、僕は僕なりに彼女たちを気にいっていたのだ。そうでなければ三日だってつき合えるわけがない。今回別れたリョーコにしても、告白された時はちょっとバカそうだなと思い、実際つき合ってみるとその通りだったのだが、顔とスタイルはけっこういい線いっていたし、とにかく明るくて性格に裏表のないところがよかった。

彼女はよく、浜で僕を待っていた。一時間半ほどの練習を終えた僕が海から上がっていくと、乾いたタオルを手渡してくれた。その日の調理実習で作ったケーキや料理を取っておいてくれることもあった。

結局、わがままなのはいつも僕のほうだったのだ。誰とつき合っている時でも、あるいは誰と別れた後でも、僕の毎日のスケジュールには一ミリたりとも変化がなかった。朝早くふとんを抜け出して、学校へ行く前に海に入る。居眠りしながら授業をやり過ごし、休み時間は悪友どもとくだらない話で盛り上がり、放課後はまた性懲りもなく海に入る……。

思えば、僕とつき合った女の子たちはみんな、どこかへ遊びに行きたいのを我慢して、僕のやりたいようにやらせてくれていたのだった。数か月もそんな生活が続けば、誰だって疲れる。なのに僕はなかなかそのことに思い至らなかった。そう——隆之《たかゆき》からはっきり指摘されるまでは。

「だからってべつに、光秀《みつひで》が悪いなんて言ってるんじゃないぜ」

鷺沢《さぎさわ》隆之、ラグビー部のフルバック。スタンドオフの高坂宏樹《こうさかひろき》とともに、我が校ラグビー部最大の戦力だ。気の早い大学からすでに誘いがかかっているという噂《うわさ》も聞く。けれど隆之は、その手の花形選手にありがちな傲慢さを、少なくとも表には出さないやつだった。寡黙というわけではないが、自分がしゃべるよりは相手の話に耳を傾けていることのほうが多い。そういう印象は、全身バネと筋肉といった体つきや、いかにも気性の激しそうな顔だちとは少々のギャップがあって、僕も最初は戸惑ったものだ。三年間も続けて同じクラスになった今ではもう慣れたけれど。

「しょうがないんだろうさ」と隆之は言った。「お前は、その女たちのために自分の時間をさく気にはなれなかったんだろ。けど、女たちのほうだってお前のためにそうし続ける気になれなかったわけだしさ。お前だけが責任感じる必要はないんじゃないか？」

そうかもな、と僕は言った。うん、そうだよな。サンキュ。

でも、そう言いながら少し後ろめたかった。本当のことを言えば、隆之にそうして慰められる前から、責任なんてあまり感じていなかったからだ。

ただ、今回の別れをきっかけに、一つだけ心に決めたことがあった。この先、万一また誰かに告白されるようなことがあった時には、今度こそ最初にはっきり確かめておかなくてはならない。「恋人とサーフィンのどちらかを選ばなければならないとしたら、俺は迷わずサーフィンを取るけど、それでもいいか？」と。

いいと答えるやつなんか、いるわけないよな。

板の上に立つところまでは簡単だった。大きなボードに小さな体が乗るのだ、バランスは取りやすい。親父の教え方は、泣く子も黙るどころか泣く子をさらに泣きわめかせるようなスパルタ式だったし、上と七年離れて生まれた一人息子だからといって特別扱いしてくれるわけでもなかったけれど、当時まだ素直だった僕は、あっという間にサーフィンに夢中になった。

寝てもさめても波のことが頭から離れなかった。悩みはといえばせいぜい、どうすればもっとスムーズに切り返し《カットバック》を決められるかとか、どうやったら後ろ向き《バックサイド》のアップス＆ダウンズで一秒でも長く持ちこたえられるかぐらいで、ほかのことはどうでもよかった。十歳の年に、おふくろが男と家を出ていってしまった時も、ほとんどショックは感じなかったほどだ。僕の関心のすべてはサーフィンに向いていた。認めたくはないが、血筋ってやつかもしれない。

うちは湘南《しょうなん》の海を見おろす高台にあったから、庭は一年を通じて、とろりと生ぐさい潮の匂いに満ちていた。夜など、窓を開けると波の音が聞こえてきた。

フリーの建築家という仕事柄、親父はわりに時間の自由がきいたし、僕のほうははなから宿題や試験のことなど眼中になかったので、僕らは暇さえあれば家の前の階段をつたって浜に下り、海に入った。要するにあのころの僕にとって、世界はひどくシンプルなものだったのだ。

そんな生活が中学二年に上がるころまで続いた。つまり、僕が親父の暴君ぶりにとうとう我慢できなくなって叛旗《はんき》をひるがえすまで、ということだ。一度爆発してしまった後は、親父の何もかもが許せなくなった。今でこそ、用があれば口をきくくらいのことはするが、あのころは同じテーブルで飯を食うのも、同じ部屋の空気を吸うのもいやだった。

僕が十五で家を出て、千葉県の高校に通うために一人で下宿するようになったのは、そういうあれこれがあったからだ。

全国でおそらくただ一校、サーフィン部があることで有名なこの高校は、房総《ぼうそう》半島の太平洋岸に建っている。学校と海とは限りなく近く、大型の台風が上陸した時など、ものの たとえではなく本当に波しぶきが校舎の窓にかかる。ふだんでも、稲村《いなむら》ケ崎《がさき》や七里《しちり》ケ浜《がはま》などよりはるかに高い波を相手に朝夕好きなだけサーフィンができる。それは、僕にとってはものすごい魅力だった。

この先の進学のことなど、頭の片隅にもなかった。できるならサーフィンで食っていきたいと思っていた。もちろん、今の日本のサーフィン事情では、それがかなうのはトップまで登りつめることのできたほんの一握りだけだし、生半可なことではそこまでたどりつけないこともわかっている。それでも、サーフィンを離れて生きていく自分の姿なんか想像もできなかった。

ゆったりとうねり、そそり立ち、崩れながらうち寄せ、また引いていく波のリズムは、すでに僕の鼓動とぴったり重なってしまっている。初めてあの黄色いボードを手にして以来、海に入らなかった日はほとんどない。どんなに海を遠く離れて友達と騒いでいる時でも、口をつぐんだ一瞬の隙に、潮の匂いがフッと鼻先をかすめる。そのとたん、今日の波はどうだったろうな、と考えても仕方のないことを考えてしまう。

悪友たちは僕をからかって、波中毒《サーフジャンキー》とか、世の中の楽しみ方を知らないかわいそうなやつだとか言ってくれるが、不満を持ったことなどなかった。波に乗るのは僕にとって、限りなく自然で、しかも不可欠なことなのだった。

誰もが飯を食ったり、呼吸をしたりするのと同じように。

あるいは、ある種の人間が生きていくためにどうしても、酒や、暴力や、麻薬《ドラッグ》を必要としたりするように——。

◆

教員室の前を通りかかった私を、

「おーい藤沢《ふじさわ》!」

大きな声が呼びとめた。二、三歩引き返してのぞき込むと、担任の谷町《たにまち》先生が手招きしていた。

「悪いが、グラマーのノート半分持ってってくれないか。みんなに返すやつ」

「はい」

失礼します、と言って中に入った。入口のところですれ違った数学の横山《よこやま》先生に会釈すると、先生は太った体をよじるようにしてふり向いた。

「藤沢さん、この間のテストあなた満点だったわよ。学年で一人」

「え、ほんとですか？」と私は言った。「嘘《うそ》みたい。最後の問題、自信なかったのに」

「あれができてたのはあなただけよ。よく頑張ったわね」

にこっと頭をさげておいて、担任のところへ行く。グラマーのノートは、全部あわせても三十冊くらいしかなかった。

「先生、いいですよ。これくらいなら一人で持っていけますから」

「そうか？　重くないか？」

「大丈夫ですってば。私そんなにヤワじゃないです」

「それもそうだな」

「あ、ひどい」

にらむ真似《まね》をして笑いだしながら、私はノートの山を抱えあげた。

廊下に出るころになって、ふと気づいた。気づくと同時に、胸の底がすうっと冷えて、顔に浮かんだままだった微笑がフェイドアウトしていくのを感じた。

ああ、私またやったんだ、と思った。また、「いい子」を演じてしまった……。

鏡を見るのが、嫌いだ。

鏡の中には見慣れた、でもいつまでたっても見慣れない女が映っていて、こっちをぶしつけにじろじろ見つめ返してくる。その女の顔を見ると、私はちょうど、奥歯で銀紙をかんだみたいな気分になる。

生まれる性別をまちがえてしまった——。そう感じ始めたのは、いつごろからだったろう。

身長は同じ学年の女子の中でいちばん高いし、髪が短い上に男顔だったりするせいか、下級生の女子から手紙をもらうことは時々あるけれど、さすがにこの年になるともう、昔みたいに男の子とまちがえられたりしない。誰が見ても、ひと目で女だとわかる。けれど、この私にだけはそれがわからない。自分が女に生まれてきたという事実が、生まれて十七年たった今でもまだ納得いかないのだ。気持ちを置きざりにして、体つきだけがどんどん丸みを帯びていく。そのことが苛立《いらだ》たしくてしょうがなかった。

家や学校での「藤沢恵理《えり》」は、優等生で通っていた。勉強だろうとスポーツだろうと、何をやらせてもちゃんと周囲の期待通りにやってのけるタイプ。小学生の時から毎年必ず学級委員を務めてきた私が、高校三年になった今、副生徒会長をまかされているのは不思議でも何でもない。誰もが私を、生まれつきの「いい子」だと思っている。時々、自分までそう錯覚しそうになる。実際はこんなの、ただの強迫観念にすぎないのに。

うちは花づくり農家で、祖父を筆頭に、祖母、両親、二番目の兄夫婦とその子供たち、そして私……の、全部で九人が一軒の家に同居している。上の兄ではなく下の兄が家を継ぐにあたっては本当にいろいろあって、家族の間にはいまだにそのしこりが根強く残っているのだけれど、今はそれについてあまり話したくない。とにかく、この家では私は「いい子」になるしかなかった。自分の居場所を獲得する方法として、それしか思いつかなかったのだ。

でもこのごろ、あの一見文科省推薦みたいな家族を前にすると、私はものすごくいらいらしてしまう。だからいつも当たりさわりのないことしか話さないし、悩みを相談したこともない。だいたい、健全な人たちに相談できるのは、健全な悩み――友達とけんかしたとか、好きな男の子ができたとか――でしかなくて、私がおなかに抱えているこの塊は、そういうものとは根本的に異質なのだ。

たとえばもしも、私がいきなり、

「ねえお母さん、きょう学校へ行く途中で道路工事をしてる若い男の人を見かけたんだけど、私、その人の顎から汗がしたたるのを見たとたん、その場で彼にめちゃめちゃにされる自分を想像して膝から力が抜けるくらい興奮したの。どう思う?」

そんなふうに言ったとしたら、いったい母はどんな反応を示すだろう? あるいはまた、「バスケ部の後輩の可愛《かわい》い女の子を見てると、この子と裸でからみ合ってキスしたらどんな感じだろうって思って、とたんに体がブルッてなるの。おかしい?」とか。

おそらく、信じてくれないだろうと思う。「いい子」の私には、あまりにも似つかわしくない言葉だから。

でも、その二つはどちらも本当のことだった。

どうかしていると、自分でも思う。きっと体がどこかおかしいのだ。でなければ頭がおかしいのだ。当の本人でさえそう思うのだから、親になんか聞かせられるわけがなかった。せっかくここまで育てあげた自慢の娘の口から、まるでAVに出てくる欲求不満の人妻みたいな悩みを聞かされて、うろたえない親がどこにいるだろう。

誰にも言えなかった。言えないまま、私はその道路工事の男の人を見かけた日の夜、どうしようもなくなって自分で自分を慰めたのだった。

一人で気持ちよくなれる方法はもう、小さいころから知っていた。

ずいぶん、早熟だったように思う。もともと体格がよかったせいか、ブラをしたのも生理が始まったのも、同じ学年でいちばん早かった。そのせいとも思えないけれど、私の中には幼いうちからすでに、性的な欲求の芽のようなものがひそんでいた気がする。

いちばん古い記憶は、まだ幼稚園へ行っていたころのできごとだった。

たしか雨の日で、母は土間のあがりがまちに腰をおろし、丈が足りなくて出荷できない花をご近所にあげるために新聞紙でくるんでいた。私は、母の背中から声をかけた。

「ねえ、見て。こうすると気持ちいいんだよ」

ふり返った母は、ももの奥に二つ折りにした座布団をはさんで押しつけている五歳の娘を見たとたん、顔色を変えた。

「やめなさいッ！」

ただごとではないその声にびっくりして、私はわっと泣きだした。今なら、あのとき母がどうしてあんなにうろたえたか、よくわかる。

男の人から誘われたこともあった。四年生の夏休み、近くの田んぼの用水路で、一人で魚をすくって遊んでいた時に声をかけられたのだ。親切そうな人に見えた。何が取れるの、と男はバケツをのぞきこみ、私が網をもっと遠くまで差しのべても落ちないように、後ろから押さえていてあげようと言ってくれた。

男におなかを抱きかかえてもらって、私は身を乗り出した。でも、男の手はおなかからじりじりと上へあがってきて、やがて、私の両胸にぴたりと吸いついた。Tシャツの上からゆっくり胸をもまれていることに気づいて、私は子供心にだんだんと不審に思いはじめ、だから男がとうとう「うちへ遊びにおいでよ」と言ったときは（やっぱり）と思った。

もちろん、断わった。ついて行くほどバカではなかった。でも、あのとき心の奥底に、誘いに乗ってみたい気持ちが微塵《みじん》もなかったと言えば嘘になる。男の猫なで声や、糊《のり》で貼りつけたような笑顔を怖いと思いながらも、同時に私は興奮していた。この体が「おんな」であることを意識したのは、あの時が最初だったかもしれない。

自分の中の欠落、というか「飢え」に、もっとはっきり気づいたのは、それからしばらく後、たぶん五年生の時だったと思う。あのころ、小学校から家への帰り道には、使われなくなった大きな倉庫があった。私はある日そこに入っていって、散らかった資材の片隅に古い週刊誌が山と積まれているのを見つけた。兄たちがいつも読んでいる漫画雑誌と同じようなものだと思った。でも、ページを開いた私はやがて、腰が抜けたようになってその場にしゃがみこんでしまった。それらの雑誌に載っている裸の女性のグラビアやセックス描写だらけの漫画は、なぜか私を、それまで味わったことのないたまらない気持ちへと駆り立てた。いけないものを見ているのだという自覚はあったけれど、いや、あったからこそ、以来たびたび学校帰りにそこへ寄っては、中でもとくにいやらしい雑誌を選んでこっそり読みふけった。

写真にしろ絵にしろ、裸の男と女がからみ合っているところを見ていると、胸がどきどきして頭がぼうっとなり、体は熱く、むずがゆくなった。当時はもちろん、それが性的な衝動だなんてわからなかったけれど、その飢えを満たしてくれるものが何であるかということだけは本能的に察していた。

——男の人。

男の人からこういうふうなことをされると、女の人は気持ちよくなるのだ。死ぬ、とか苦しそうに叫んでいるけれど、そのわりには全然いやがっていないようにみえる。いい、って、何がそんなにいいのだろう。いく、って、いったいどこへ行くのだろう。どこへ……？

私はいつかのあの男を思い浮かべ、男の家へついて行く自分を夢想した。もしあのとき誘いに乗ってついて行ったなら、男は私に何をしただろう？　気持ちよくなることをしてくれたのだろうか。それとも、うちのおばあちゃんが前に言っていたように、女の子の首を絞めて殺したりする悪い人だったのだろうか。もしかして、「死ぬほど」気持ちよくなることと、ほんとうに「死ぬ」こととは、よく似たものなのだろうか……。

やがて中学生になった私は、寝る前にベッドの中で本を読むのが日課になった。ジュニア小説でも大人の本でも、ちょっとハードなラブシーンがあるとその部分ばかりくり返し読んだ。

その夜、何を読んでいたかは覚えていないし、どうしてそこへ手をやることを思いついたのかもわからない。とにかく私は、とつぜん予定外の生理が来たのかとびっくりして起き直り、指先を凝視した。でも、そうではなかった。私は初めて、自分の体が潤うという現象を知ったのだった。

一人でするやり方を覚えたのは、それからすぐだ。自分の体を探索していくうちに、幼稚園の時よりもずっとうまく、確実に、快感を導きだすことができるようになっていった。いろんな本の中から官能的なシーンを探し出しては、ベッドの中でそれをした。普通の小説のベッドシーン程度では飽きたらなくなると、地元ではなくわざわざ隣町の本屋へ出かけていき、ほかの文庫本や参考書の間にまぎれこませるようにして、『ファーニィ・ヒル』とか『ソドム百二十日』とか、そういうのを買った。どきどきしながらうつむいて買った。

中でも、読んでいていちばん気持ちが昂《たか》ぶったのは、ヘンリー・ミラーが恋人たちのことを書いた本だった。女性同士がからみ合い、キスを交わすそのシーンを、私は眠ってからも夢にまで見るほどだった。

そのころにはもう、さすがに気づいていた。私の性欲は、どうやら人よりかなり強いらしい。さらには、人と違ってもいるらしい、と。

思いこみではなかったと思う。クラスの友達だって性的なことに興味を抱いているはずだけれど、私ほど強烈に惹《ひ》かれている子はいないと思うし、誰もが毎晩ベッドの中であんなことをしているとも思えなかった。おまけに異性ばかりでなく同性に対してまでこんな気持ちを抱くなんて、どう考えても普通ではない。

私は、激しい自己嫌悪に陥った。それでも、毎晩のベッドの中でのことはやめられなくて、やめられない自分の体とだらしなさをなおさらうとましく思い、どんどん自分のことが嫌いになっていった。

誰にでもそういう時期があるなんて言われたくはない。私だって、よくわかっている。自分がいやになるなんて言葉をわざわざ口に出すのは、自意識過剰のばかだけだ。誰もが、多かれ少なかれ、自分のどこかを嫌っているのだ。

でも、タレントの写真を下敷きに入れ、恋に恋しているまわりの女の子たちの中にいると、私だけが生々しくて汚らわしい動物のように思えるのはどうしようもなかった。何よりいちばんいやなのは、この私が、そういうあれこれを優等生の仮面の下に隠して、平気でしらばっくれて笑っていられる人間だという事実だった。

近所の人は誰もが私を「いいお嬢さん」だと言う。学校では先生が「藤沢みたいな生徒ばかりだったら楽なのにな」と言う。そういう信頼はすべて、いままでの私自身が築き上げてきたものだったけれど、私はそのことにさえ苛立った。

誰も、本当の私に気づいていない。かといって、今さら自分からすべてを告白するわけにもいかない。人にはそれぞれ期待される役割というものがあって、私はこれまであまりにも器用にその役をこなしてきてしまった。今になって放り出そうとすれば、私だけじゃなく、まわりだって傷つく。それがいやなら、このままみんなを欺き続けていくしかないのだ。

そう思うと、私は心の底からうんざりした。ときどき、この手で全部おしまいにしたくなってしまうくらいだった。

♠

海に入る前、僕はまず、その日の波を浜からじっくり観察する。

はるか外洋で生まれた、大きさも方向もばらばらのうねりは、いくつもが合わさり整えられて、やがてある程度きまったビートで浜へうち寄せるようになる。大きい波が三つか四つ続いて寄せてきたあと、しばらくのインターバルがあり、また大きいのがかたまって来る。そのいくつかの波を、僕らはセットと呼ぶ。

セットの波は底の浅いところで立ちあがり、崩れたあとは深いところへ向けて流れを作る。パドリングでうまく沖へ出ていくためにはその流れを読まなければならないし、とくに風が岸向き《オンショア》の日にうねりが加わると、パドルアウトはさらに困難になる。ともすれば波の力で浜へ押し戻されそうになるからだ。いちばん効果的なタイミングやルートを読んで、寄せてくる波を軽くいなしながら、無駄に力を使い果たすことなく沖へ出るには、もちろん技術や筋力も必要だが、結局のところふだんから波をよく見て体で感覚をつかむしかないのだった。

ただ、昔からそんなふうな目で海を眺めてばかりいたせいだろうか。

気がつくと僕は、いつのまにか人とのつき合いにおいてまで、相手との間に一定の距離をおいて観察するのが癖になってしまっていた。おまけに、距離をおいていることを相手に悟られるのもいやで、それを隠すためにやたらとどうでもいい軽口ばかりたたいてしまう。いってみれば冗談で武装しているようなものだ。子供のひとみしりと大差ないと自分では思うのだが、他人の目にはそうは映らないらしい。僕とつき合った女の子たちはたいていてい、最初のうちこそ「山本くんて面白いから好き」などと言って笑いころげてくれたものだが、別れるころには、その感想も変わってしまっていた。

「どうしてふざけてばっかりなの？」

「あたしと真面目《まじめ》な話をするの、いやなの？」

「なんか、二人でいるのに一人でいるみたいだった」

……という具合に。

水平線から、ばかでかい雲がわき上がっている。ちぎりとって嚙《か》みしめれば、キシキシと歯の浮く音がしそうだ。今日あたり下宿へ帰ったら、長袖のウェットを物置にしまっちまおうか。このところ、日ざしが目に見えて強くなっている。これからしばらくは、この半袖《シーガル》だけで充分だ。

いまごろの波は秋からのそれと違って、端からきれいに崩れていってくれない。そのぶん、乗れば乗るだけフラストレーションがたまるが、ある意味で練習にはなる。

「ふだんから悪い波で練習しておけば、いい波には余裕で乗れるんだ。逆に、いい波に慣れちまうと、いざ試合で悪い波にあたった場合に気ばかり焦ってろくな結果が出せなくなる」

五、六年生のころ、僕がどこかもっと波のいい場所に行ってみたいともらした時、親父はそう言った。だいたいお前は根性がなさすぎる、という、くだくだしい小言つきだった。そのころの僕の目標はジュニアの大会で優勝することだったから、親父にそう決めつけられてしまうと言い返すこともできなくて悔しい思いをしたものだが、このあいだふと、後輩たちに向かって同じ説教をたれている自分に気づいて愕然《がくぜん》としてしまった。

もしかして、僕は親父に似つつあるんだろうか？

冗談じゃねえ、と思ったとたん、鋭い反発がつき上げてきた。ったく、冗談じゃねえぞ。

波しぶきを蹴散らし、板を当てこんで切り返そうとしたところですっぽ抜けた。ぶざまに転がり落ち、次に来た波をくらい、体勢をたて直す前にさらに次のをくらって水底へ引き込まれる、ものすごい力でもみくちゃにされる、まるで洗濯機の中だ、苦しい、くそ、どっちが上だ？　足首につないだコードをつかんでたぐりよせ、ようやく水面へ顔を出したころには、肺はほとんど空っぽになっていた。

ボードにつかまって息を整える。セットが通りすぎた後のゆるやかなうねりが僕を持ち上げる。少しかしいだ水平線の上で、空と雲がゆらりと揺れる。哀《かな》しくなるほどまぶしい日ざしがふり注ぎ、僕は波に合わせて上がったり下がったりしながら、今ごろ病院のベッドに横たわっている親父のことを思った。

今までの二年間というもの、湘南にはたまに帰るだけだった。何か用事のある時か、おふくろに会う時くらいのものだ。姉貴は自分たちを捨てたおふくろをいまだに許せないでいるらしいが、僕にはなぜかそういう感覚がまったくなくて、何といってもあの親父だ、出ていきたくなるのも無理はないとすら思っていた。時にはおふくろのほうにだけ顔を見せて、実家に寄らずに戻ってきてしまうこともあった。

帰るとき、僕はいつも二つ折りの自転車をかついで内房線《うちぼう》で金谷《かなや》まで行き、対岸の久《く》里浜《りはま》へ向かうフェリーに乗る。ゴールデン・ウィークや夏休みには、とくに帰りのフェリーは花摘みとか海水浴をしに房総へ渡る家族でみごとに満杯になった。浦賀《うらが》水道を横切るのに要する時間は四十分足らず。距離的にはたいしたことはないのだが、海を渡っていくせいか、そのつどちょっとした旅の気分を味わえる。そうして、久里浜で下りてから家までは、トレーニング代わりにしゃかりきになって自転車をこいでいくのが常だった。

この週末もまた帰らなければならない。親父とはこの期に及んでもあまり顔を合わせたくなかったが、全部を姉貴にだけまかせておくわけにもいかなかった。姉貴だって、もうそろそろ限界のはずだ。僕が行ってせめて週末だけでも付き添いを交代し、ついでに弱音や愚痴くらい聞いてやらなければ、姉貴のほうが親父より先に参ってしまうかもしれない。

ぐつぐつと泡立つ崩れ波《スープ》を手なずけたのを最後に、上がることにした。ボードに立ったまま波が運んでくれるのにまかせて浜まですべっていき、ボトムが砂地をこする間際でひょいと降りて板を抱えあげる。柔らかくめりこむ砂を踏んで歩きながら、ジッパーにぶらさがった紐《ひも》を後ろ手に引っぱって下ろすと、あらわになった背中に風が冷たく感じられた。冬でも夏でも、この感触は同じだ。

耳の奥に入った水を、頭をふって追い出しているときだった。風の中に、波音ではないどよめきが聞こえたような気がした。

目を上げる。まだ続いている。

耳に指をつっこんでぬぐう。校舎の向こう側から聞こえてくる。

……歓声？

ああ、そういえば昼の校内放送で、放課後ラグビー部が練習試合をやるとか言っていた。この声を聞く限りでは、また勝ったんだろう。

隆之と宏樹の顔が頭に浮かんだ。二人とも、今ごろきっと大はしゃぎだ。

このところ奴《やつ》らは、いつにも増して練習に余念がない。これから先しばらく、試合続きなのだそうだ。夏の大会の後にはさらに、秋の文化祭恒例の招待試合が控えている。おととし去年と二連勝しているだけに、今さら負けるわけにいかないらしい。

砂だらけのボードをかかえ、はだしのまま道路を渡った。体育館の裏口の横、松の林の中に、水飲み場と並んで一つだけ簡易シャワーがある。

体育館の中から響くエコーのきいたかけ声とボールのはずむ音をバックに、出の悪いシャワーでまずはボードを洗ってやり、水を出しっぱなしにしたまま、いったん裏口のドアの脇にボードを立てかけに行ったすぐ横を、バスケットボールがバウンドしながら転がっていった。女子が一人、それを追いかけて走り出てきて、どんと僕の胸にぶつかる。

「あ、ごめんなさい!」

体操服姿のその子は、鼻を押さえて謝った。長身に短い髪、眉の濃い、きりっとした顔だち。副生徒会長の藤沢恵理だ。

「いいけど。濡《ぬ》れちゃったね」

「ん、大丈夫」

松の根もとに転がっていたボールを拾って戻っていく、スラリと伸びた脚を見送り、今度はシャワーを頭から浴びた。心臓がひやっと収縮する。ウェットと皮膚の間で温まっていた海水のかわりに、冷たい真水がのどから腹へ流れ伝わっていく。松のこずえから降ってくる木漏れ日に、しずくの一つひとつが輝く。

ぴったり吸いついている袖から腕を抜き、上半身を脱いで気のすむまで浴びてから、蛇口をひねって止めた。頭を乱暴にふって水をはね散らかしたそのとき、カシャ、と音がした。

ふり返ったとたん、まぶしくて目がつぶれた。手をかざしながらかろうじて薄目を開けると、少し離れて立っていたのは、３Ｄの工藤《くどう》都《みやこ》だった。

腰まで届く長い髪をポニーテールにして、手には一眼レフ。さすがは写真部の部長だけあって、カメラを持つ姿はぴたりときまっている。

彼女の後ろには体育館と校舎をつなぐ渡り廊下がのびていて、その向こう側の小グラウンドのほこりっぽい地面に太陽が容赦なく照りつけている。

「ハァイ」

外国人みたいな澄ました口調で、工藤は言った。松葉を踏んで近づいてくると、僕の作った水たまりの手前で用心深く立ちどまり、つり上がった大きな目でしげしげと僕の裸を眺めまわす。こっちが赤面しそうになるくらい無遠慮な視線だった。

照れ隠しの仏頂面を作って、

「撮るなら金払えよ」

そう言ってやると、彼女は笑いだした。

「悪いけど、あなたを撮ったんじゃないのよ。フィルムを入れ替えただけ」

工藤と一対一で話すのは初めてだ。彼女については、あまりいい噂を聞いたことがなかった。去年、教頭の不倫現場を押さえた写真を公開して停学になったのは事実だが、「何高校の誰それを手ひどくふった」とか、「誰と誰を二股かけた」とか、「夜中にずっと年上の男の運転するボルボから降りるのを見かけた」とかいった噂の、どこまでが本当かはわからなかった。

でも、こうして見る彼女は、そんな噂の張本人にしてはずいぶんまともそうにみえた。

制服のすそは短くもなく長くもなく、まるで学生服特約店のマネキン並みの着こなしだ。妙に、感心してしまった。制服ってのは、きれいな子が着ると、あたりまえに着るのがいちばん可愛く見えるものらしい。

目に流れこんできたしずくをぬぐった手で、僕はカメラを指さした。

「何を撮るつもりなんだ？　こんなとこで」

工藤は、グラウンドのほうを見やって目を細めた。

「ちょっとね。待ってるの」

ぜんぜん答えになっていない。

立てかけてあったボードをソフトケースにしまいながら、僕がもう一度口をひらこうとしたときだった。

いくつもの声が入り乱れて大きくなったかと思うと、渡り廊下の角を曲がってラグビー部の面々が突進してきた。それでなくても暑いというのに、ケダモノじみた汗の臭いと一緒に、むせ返るような熱気が押し寄せる。まだ試合の興奮がおさまらない様子で、どいつもこいつも泥まみれで笑い合い、わけもなく隣のやつの背中をどやしつけている。隆之も、宏樹の顔もみえる。縞《しま》のジャージを体にべったりと貼りつけたまま、奴らは後輩たちと蛇口を取り合ってむさぼるように飲み、シャワーを奪い合い、しまいにはそこに置いてあったアルミのやかんに水をためて相手かまわず頭からかけはじめた。

見ると、工藤都が夢中でシャッターを切っている。そういえば、彼女に関する噂の中に、「工藤都の次のお目当ては鷺沢隆之らしい」というのもあったような気がする。いずれにしても、後を追いかけるのではなく先回りして待ち構えるあたりが彼女らしい。

僕はボードのケースを肩にかけ、着替えるのも面倒くさいのでこのまま下宿へ帰ってしまうことにした。教科書は教室に置きっぱなしだが、どうせ持って帰ったところでひらいたためしなんかないのだ。

歩きだそうとしたとたん、目の前に宏樹が転がり出てきた。

「よう」と僕は言った。「なんとか勝てたらしいな」

「なんとかって何だよ、楽勝だぜ楽勝!」

宏樹は吼《ほ》えるように笑い、「な、隆之!」と相棒をふり返った。

と、隆之が慌てたようにふいっと宏樹から目をそむけた。大騒ぎの部員たちの中で、なぜか奴だけがすっかり醒《さ》めているようにみえる。今の今まで一緒になってはしゃいでいたくせに、いきなりリセットボタンを押されたみたいな感じだ。

宏樹が、わけがわからないといったふうに僕を見る。

僕は黙って肩をすくめた。

隆之や宏樹とは一年の時からクラスが一緒だったせいで、時々つるんで遊びに出かけることもあるが、だからといって個人的なあれこれにまで踏み込むつもりはなかった。誰にだっていろいろ事情があって当たり前なのだ。

湿ったバッシューのかかとを踏み、重いボードをかついで下宿まで歩きながら、僕はふっと、以前クラスのやつらから言われた言葉を思い出した。

——いいよなあ山本は、年じゅうふざけてられてさあ。

——悩みなんか何にもなさそうじゃん。

思い出すと、今でもちょっと腹が立った。

馬鹿野郎、と思ってみる。

この世のどこに、悩みのない人間がいるものか。

◆

私の鬱には大きな波があって、いい時とそうでない時の落差が激しかった。悩みのすべてがばかばかしく感じられる時期があるかと思えば、苦しくない死に方についてぼんやり考える時もある、という具合に。

だから、私がとうとう自分の悩みの一部を工藤都に打ち明けたのは、言うまでもなく鬱の波のどん底、それこそタイタニック並みに深い海底まで落ちこんでいる時期のことだった。

都と私は、高校に入ってすぐ仲良くなった。思っていることを遠慮なくズバリと口に出す都は、過激とか派手とかいうふうに受け取られやすくて、入学した当初から先生に目をつけられていたけれど、私は会うなり彼女が好きになった。

大人なんか何にもわかっていないのだ。表面だけで判断して、都には「ふしだらな娘」のレッテルを貼り、私を「純真ないい子」のほうへ分けたがる。大笑いだ。

　小さいころから優等生を演じ続けてきた私には、都のまっすぐさがまぶしかった。ぴんと伸びた背筋や、小柄な体に血液のかわりにビタミンドリンクが流れているような元気のよさや、誰に対しても素の自分を曲げずにぶつかっていける彼女の強さがうらやましかった。と同時に、どこか痛々しくもあった。みんなが思っているよりずっと、彼女は傷つきやすい。そんな気がして、そばでずっと見守っていたいと思ったりした。

　都のお父さんは有名な指揮者で、お母さんは彼女が中学の時に亡くなってしまったそうだ。そうして比べるとお互いまったく違う環境に育ったようだけれど、小さい時からまわりに大人しかいなかったという点で、私たちは共通していた。同学年の女の子たちを幼く感じる時があるのは、たぶん、そのせいもあるのだろう。

　あれは去年、二年生の夏だった。久しぶりに都の家へ泊まりがけで遊びにいった夜のことだ。

　もちろん、悩みを打ち明けると言ったって、全部正直に話したわけじゃない。いくらなんでも行きずりの男としたいと思うことがあるなんて言えやしない。私が話したのはただ、全体のごく一部……女の子を愛《いと》しいと感じることがたびたびある、という部分だけだった。それだけでも息が止まりそうだった。都がまわりに言いふらすような人間じゃないことはわかっていたけれど、彼女に軽蔑されたらと考えるだけで怖かったのだ。

でも、私の話を聞き終わった都はやがて、ふふっと微笑《ほほえ》んだ。

「ずっと、一人で悩んでたの？」

その顔を見ただけで、それまで緊張にこわばっていた私の体から、力が抜けていった。都が拒絶しないでくれた……そう思うと、泣くのをこらえるので精一杯だった。祈るような思いで、私は都の次の言葉に耳をそばだてた。お告げを聴き取ろうとする巫女《みこ》の気持ちだった。

「よくはわからないけど、」と都は言った。「もしかすると恵理の中には、男の子と女の子の両方が棲《す》んでるのかもしれないね」

私たちは都の部屋の大きなベッドに並んで横たわり、向き合って話していた。今までにないほど親密な空気が、お互いの間を行き交っているのが感じられた。そうでなかったら、そもそも打ち明ける気になんかなっていなかっただろう。

「それ、中性的って意味？」と、私は訊《き》いてみた。

「ううん、それとは違うの。そうじゃなくて、両方ともが同居してるってこと」

「……カタツムリやミミズみたいに？」

傷ついた顔の私を見て、けれど都はあっけらかんと笑った。

「ばかねえ、誰もそんなこと言ってないってば。あたしが言ってるのは、体の作りじゃなくて、心の中のこと。何ていうのかな……うん、つまり、生物学的な性別と、精神的な性別って、別のものなんじゃないかと思うのね。そうだ、恵理、ヘルマフロディトスって知ってる？」

知らない、と言いかけて思い出した。たしか、ギリシャ神話に出てくる両性具有の神だ。女の胸と男の性器の両方を一つの体に備えた、不可思議でエロティックな存在。

「恵理はきっと、肉体的には女だけど、精神的ヘルマフロディトスなのよ」と、都は言った。「中性じゃなくて、両性。ハーフじゃなくて、ダブルってこと。いいじゃない、なんだかかっこいいわ」

「どこがよ。やめてよ」

「なんで？　そういうの、いや？」

当たり前じゃない、と私はつぶやいた。ひどいよ、人ごとだと思って。

「そうかなあ。素敵だと思うけど？　だって……」

都がまるで仔猫《こねこ》みたいな目でのぞきこんできたので、私はどぎまぎした。

「だって、男の気持ちと女の気持ち、どっちにもなれるなら、どっちのことも好きになれるってことでしょ？　それって、なんか、いいじゃない。ちょっと危うくって、アンバランスで、だけどしたたかな感じがして。あたし、アンバランスなものって大好き」

都は時々こういう、わけのわからないことを言う。いや、たぶん本人はわかって言っているのだろうけれど、私の感覚ではついていけないのだ。

でも、このとき私は、戸惑いながらも不思議な感動を味わっていた。まるで、さびついていた窓が細く細く開いて、わずかに新しい空気が流れこんできたような感じ。私の中でずっと長いあいだ凝り固まっていた塊が、ひとつほぐれたような感じ。本当にほんの少しだけれど、たしかに何かが動いた。それはちょうど、湯呑《ゆの》みの中で塩漬けの桜の花がほどけるみたいな感触のものだった。

それがあんまり心地よかったせいで、私は、それまでずっと都に訊きたかったのに訊けずにいた質問をふっと口にしてしまっていた。

「都は、好きな人いる？」

そのとたん、彼女はきゅっと唇を結んだ。

「ごめん」私は慌てて言った。「今の、忘れて」

すると都は、しょうがないなあというように私を見て、クスッと笑った。

「恵理ってば、いつもそう」

「え？」

「そうやって、いつも自分のこと抑えちゃうの」

「……うん」

「ま、いいかな、恵理になら」と、都は言った。「うん、恵理にだけ言うね。じつはあたし、今めちゃくちゃ気にさわる奴がいるの」

「……都。私、『好きな人いる？』って訊いたんだよ？」

「わかってるわよ」都は苦笑した。「だけどあたし、あいつを好きなのかどうか、まだよくわかんないのよ。嫌いかって訊かれたら、大嫌いって答えられる。それなのに、やたらと気になるの。もう、いらいらして気が変になるくらい。こういうのは初めてだから、自分でも今すごく混乱してる。あんなやつに本気になっちゃったらヤバイな、って感じもするしね」

「それ、クラスの人？」

「まさか。うちのクラスにそんなのいるわけないじゃない」

「……ふうん」

「恵理ったらもう」都はまたクスクス笑った。「訊きたいなら、『じゃあ誰？』って訊けばいいのに。大丈夫よ、そんなに遠慮しなくたって。いやだったら答えないから」

「じゃあ、誰？」

「北崎《きたざき》毅《たけし》っていうカメラマン」

二十近くも年上なのだと都が言ったので、私は唖然《あぜん》としてしまった。そんなに年の離れた人と、話なんか合うんだろうか。恋に落ちたりできるんだろうか。でも、都ならあり得るかもしれない。

その人は、都が海辺の公園で親子連れの写真を撮っていた時、後ろから声をかけてきたのだそうだ。

〈家族とはまた、安っぽいテーマだな〉

カチンときてふり返った都は、相手が以前から尊敬していた写真家であることに気づいて、なおさら腹が立った。聞かされた私まで腹が立った。

「でもねえ、あの人、写真だけは本当に凄《すご》いの。センチメンタリズムとは無縁だけど美しくて、見れば北崎が撮ったってことは一目瞭然なのに、その写真の中に北崎はいないのよ」

言いながら都はいったんベッドをおり、大きく引き伸ばされたモノクロの写真を一枚持ってきて見せてくれた。

どこの国だろう、知らない文字が殴り書きされたブロック塀の前に、太った女と痩せた男、それに私たちくらいの年頃の娘が引きずり出され、三人とも両手を高く挙げて、銃を向ける兵士たちを凝視している。その足もとから牙をむいて吠《ほ》えかかる犬に、手前の兵士が無表情に狙いを定めていた。

見ているうちになんだか、都のことまでがひどく遠くに感じられてきた。

「誰にも内緒だよ?」

と言われて、かろうじてうなずく。

「ねえ」

「うん?」

「恵理は、キスしたことある?」

私は赤くなって写真を返し、小さく答えた。

「まだ」

嘘じゃない。性的な経験なんかまったくなくても、性欲は抱ける。それも、胃袋の飢え同じくらい激しい性欲をだ。私は身をもってそれを知っている。

「残念ながら、あたしもまだなのよね」

　ほんとうに残念そうに都は言った。私の顔を見て、

「意外だった？」

「……うん。ちょっと」

「あいつの前ではあたし、つい意地張っちゃって、全部経験済みよ、みたいにふるまっちゃうんだけど」都は、くしゅっと鼻に皺《しわ》を寄せた。「それでも適当にあしらわれてるところをみると、すっかりお見通しなのかもしれない。悔しいったらないわ。あー腹が立つ」

　都の言い方がおかしくて、私は思わずぷっとふき出し、都までがつられて笑い出した。いっぺん笑い出したら、なかなか止まらなかった。

　そのあと――私たちの間に起こったことの最初のきっかけを、どんなふうに説明したらいいのだろう。

　少なくとも、ねえ試してみようよ、なんて言葉は、二人のうちのどちらも口にしなかった。ただ、同じ時に同じ思いつきが頭に浮かんで、何も言わなくても相手に伝わってしまっただけだ。

　おそらく、お互いの間に流れていたあの特別な空気がそうさせたのだろうと思う。いわばいつか訪れる本番に備えてのリハーサルみたいな感じだった。二人ともそれがファ

ーストキスになることの是非なんて考えてもいなかった。なんとなく心の中で、(これはカウント外)みたいに思っていたのかもしれない。

顔と顔との距離をいつもよりほんの少し近づけるだけのことにも、私たちは不自然なほどのハイテンションで笑ったり、ふざけたりした。そんなにはしゃいでいたのはやはり、ちょっとだけ後ろめたかったからだと思う。誰に対してというのじゃなくて、女の子同士でそういうことをするのがという意味だ。ちゃんとふざけていなかったら、うっかり真面目になったりしたら、私たちは本物のレズビアンということになってしまう。それでもかまわないと言いきる覚悟は、さすがの私にもまだなかった。

最初はじかに唇を触れ合わせるだけの勇気がなくて、都は真面目くさった顔で自分の唇の上にティッシュを一枚のせ、その姿があんまりおかしくて、またしても二人で涙が出るほど笑った。何度トライしようとしても、寸前で彼女がぷっとふきだすたびに、ティッシュは天女の羽衣みたいにふわっと宙を舞った。

ずいぶん長い時間、最後の一歩が踏みだせずに、ただ腕枕をしたり、ぐずぐず髪をさわり合ったりしていたように思う。それはそれで気持ちがよかった。

でも、そのうちに私の中には、ほんとうに都に対する愛しさがこみあげてきて、だんだん彼女にキスしたくてたまらなくなってきた。それは、たとえば後輩の女の子への興味とももまた違った、甘やかな痛みを伴った気持ちだった。

いったんそういう気持ちになると、後はとてもスムーズだった。最初の一回こそは、自分がまるで心臓と唇だけの生きものになったみたいに無我夢中だったけれど、二度目はもっと落ち着いてすることができた。間にティッシュなんかなくても。

都の感想は、相変わらずあっけらかんとしていた。

「思ってたほどのものじゃなかったね」と彼女は言った。「なのにどうして少女漫画とかドラマに出てくる女って、キスする時みんなああんなにうっとりした顔するんだろう」

私はあいまいに笑ってうなずいた。内心、とてもショックだった。

都とのキスは、私にとってはものすごく衝撃的な、ほとんど宇宙的なまでの体験だった。予想をはるかに上回る素晴らしさだった。これ以上唇を重ねていたら、脳みそがぐにゅぐにゅに溶けてしまうんじゃないかと思って、怖くなってやめたくらいだった。でも、都はそうじゃなかったのだ。

そうして私の中にはひとつの疑問が生まれた。はたして自分は、男の子とキスをしても同じくらい感じられるのだろうか？　それともやはり、女の子が相手だったからなのだろうか。

都が私にくれた言葉は、たしかにいくらかの慰めにはなったけれど、いかんせん、半分くらいは前提自体が間違っていた。私が全部を打ち明けなかったのだから無理もない。実際には、私の問題は心のことだけではないのだった。というか、心の欲望と体の欲望とがシンクロしていないのが問題なのだ。心のほうは女の子を求めていながら、体のほうは男の人を激しく求めてしまう。それが私のヘルマフロディトスだ。

マゾヒスティックな自己嫌悪は、いつしかお馴染《なじ》みになった。ときどき例の鬱の波に呑みこまれては、なんだかむしょうに寂しくてたまらなくなって、夜中に暗闇で目をみひらいたまま涙を流したりした。かと思えば、同性愛から多淫症《ニンフォマニア》まで、あらゆる心理学の本を読んで、ちょっとでも自分にあてはまるところを見つけると、ショックと同時に奇妙な安心感さえ覚えた。少なくとも私みたいな人間は、世界でただ一人というわけじゃないんだと思えたからだ。

そうして、いつのまにか都に打ち明けたあの日から一年近くが過ぎてしまった。カレンダーはまだ七月にもならないけれど、今日、部活の時にボールを追いかけて外へ出たら、いきなり夏と鉢合わせした。

いま私は、むかしあの倉庫でこっそり読んだ週刊誌のことを考えている。男に組みしかれる女のゆがんだ表情や、死ぬ、死んじゃう、と唇からこぼれるうわごとや、眉間に刻まれた縦皺のことなんかを、ひとつひとつ思い浮かべている。それから、いつかのあの男のことも思い浮かべる。胸をはいまわる生温かい手の感触や、少しうわずった声や、だんだん速くなっていく息づかいを。

覚悟をきめるのに今までかかってしまったけれど、もう迷うつもりはなかった。

いっぺんでいい。実際に男の人のものを受け入れてみたら、何かが変わるかもしれない。男の人に抱かれてみて、この体が「死ぬほど」気持ちよくなるのを感じることができたなら、私もじつは単なる普通の女にすぎなかったんだと納得できるかもしれない。そうすれば、自分の中に男の子が棲んでるなんていうのは思いすごしだとわかって、もう女の子を好きになったりしなくなるかもしれないし、最悪の場合でも……この体の奥のズキズキする熱さだけは消えてくれるに違いない。

ひとが聞いたらバカじゃないかと思うだろうけれど、私は、大まじめだった。何とかして今の自分を改造しなくてはと必死だった。

第三者から見たら、お笑いでしかないこと——個人的で深刻な悩みというのは、たいてい、そういうものだ。

♠

下宿は、学校のすぐ近くにあった。校舎の三階の南端にある化学室の窓から見おろすと、僕が干したベランダの洗濯物がまるみえだった。前にクラスの女どもから、

「見て見て、ほら、山本くんのパンツ可愛い」

と騒がれて以来、下着だけは部屋の中につるしている。いい迷惑だ。

六畳の部屋は、『TAKE《テイク》　OFF《オフ》』というサーフボード・ショップの二階にある。店のスタッフが海から上がって使う風呂を、夜は僕が使わせてもらっている。トイレも店と共有だが、キッチンだけは部屋の横に小さいのがついていて、夜食の塩ラーメンく

らいは自分で作ることができる。それ以外の食事、つまり毎日の朝飯と晩飯は、並びの定食屋に月二万で面倒見てもらっていた。

『TAKE　OFF』のオーナーは雨宮《あまみや》さんといって、うちの親父の親友だ。雨宮さん自身は、江《え》の島《しま》を望む稲村ケ崎の国道沿いの本店をみているので、こっちの店は甥《おい》っ子《こ》にあたる克也《かつや》さんに任せている。

克也さん——克《かつ》つぁん——は今年三十二、左耳に小さい銀の輪のピアスをした、なかなかのイケメンだ。何年もトップ・プロとして活躍したあと、生まれた街へ戻ってこの店をやるようになった。話のわかる人だし、サーフィンにおいては最も尊敬している存在でもあるのだが、それでも、僕としては別の意味で少々やりにくかった。なぜなら、克つぁんは昔からうちの親父に息子の僕よりも可愛がられていたくらいで、親父からしごかれた僕が物陰でわあわあ悔し泣きしていたことまで知っているからだ。要するにここは、キッチンや風呂ばかりかお目付役まで完備の、理想的な下宿というわけだった。『TAKE　OFF』の定休日は毎週水曜だ。隣の定食屋も同じ日が休みなので、飯をよそで食わなければならないのは難だが、スタッフや客の声のしない静かな一日が、僕はけっこう気にいっていた。

ラグビー部が練習試合に勝った翌日も水曜日だった。

放課後、僕はいつもどおり海に入った。部活があろうがなかろうが、暑かろうが寒かろうが関係ない。もうすぐサーフィンの大会があることさえ関係ない。板を横抱きにして波打ちぎわから歩いて入り、寄せてくる波がももにあたって泡立つのを感じた瞬間、すべての細かいことは残りの波と一緒に背後へ遠ざかる。「催眠にかかる」のと「覚醒する」のとが同時に来るような感じだ。

波の面《メン》はいまひとつだったが、風が海向き《オフショア》のせいで高さ《サイズ》は肩くらいまであった。低気圧の時のサイズにはかなわなくても、そのぶんの不満を空の青さが補ってくれる。天気がいい日の海は、理屈抜きに気分がいい。

一時間ちょっとの練習を終えて、上がったのが五時過ぎ。それから歩いて下宿へ帰り着き、まずは店の裏庭でウェットを洗って干していると、表でドッドッとバイクの止まる音がした。

「光秀ーっ！」

克つぁんの声だ。

「おい、帰ってないのか？」

いったい何ごとかと表に回ろうとしたところで、克つぁんとぶつかりそうになった。

「このばか、いるなら返事しろよ」

「すいません。あの、どうかしたんスか」

「どうかしただ？　お前よくも……」言いかけてふっとやめ、克つぁんは汗ばんだ喉ぼとけを上下させた。「とにかく、すぐ市《いっ》ちゃんに電話してやれ」

「姉貴に？」訊き返してから、ぎくりとした。「姉貴が、何か？」

克つぁんの目がすっと細くなる。

「お前の携帯に連絡したけど出ないんで、しかたなく俺のほうにかけたんだと」

「いや、それであの、」

「光秀」

「……はい」

「こんな大ごと、お前、なんで今まで俺に黙ってた」

「……すいません」

克つぁんは僕から目をそらし、庭石にどかっと腰をおろすと、聞いているこっちがつらくなるような深いため息をついた。

「親父さんにな。わかっちまったんだってよ」

「えっ」こめかみの血管が、破れそうに脈打ちはじめる。「そんな……どうして」

「なんでも、美津江《みつえ》おばさんが病院へ見舞ったのがきっかけらしいけど」

「見舞った？　おふくろが？　まさか、おふくろがしゃべったっていうんスか？」

「そこまで俺に訊けるか」と、克つぁんは言い捨てた。「自分で市ちゃんから聞くんだな」

「…………」

ふらふらと物干しのところまで歩いて行き、しゃがみこんだ。

……ぽたっ。

目の前につるしてあるウェットの足首から、しずくがしたたり落ちる。

……ぽたっ。……ぽたり、ぽたっ。……ぽたり、ぽたっ。

落ちる先からコンクリートにしみこみ、黒っぽい水たまりの範囲が徐々に、しかし確実にひろがっていく。

……ぽたり、ぽたっ。

僕にはそれが、今この瞬間も親父の体を蝕《むしば》み続けている病そのものにみえた。


親父の設計する家は、いっぷう変わっている。湘南に建つ僕らの家も、親父が設計したものだ。外観はまるで船のような形をしていて、庭にせりだしたデッキには外シャワーがあり、裏口を入ってすぐがプライベートのバスルーム。要するにサーファーである自分が気分よく暮らせることだけを考えて建てたに違いないその家が、ある時たまたまサーフィン雑誌の特集『海を感じる家で暮らす』の中で紹介されたのをきっかけに、親父への設計依頼はどっと増えた。

床はたいてい、分厚いムクの板張り。太い梁《はり》がむき出しになった吹き抜けのリビング、開閉のできる天窓。家のどこかにあえて無駄なスペース、たとえば中庭《パティオ》とかサンルームなどをもうけ、使い勝手より風通しを優先し、そして、たとえ一部屋少なくしてでもバスルームと夫婦の部屋だけはひろびろと取る。とくに最後の点に対して首を縦にふらない客は、親父は自分からさっさと断わった。やりたい仕事しか引き受けないし、しかも、やりたいかどうかを左右するのは施主が海好きであるか否かという嘘みたいに単純な一点だった。どういうつもりで親父がそれを判断の基準にしているのか、僕には長いことさっぱりわからなくて、どうせまたいつもの気まぐれだろうと、ずっと思いこんでいたのだが――

「家ってのはな。自然に逆らって建てようとすれば、絶対に失敗するんだ」

病院の薬くさいベッドに仰向《あおむ》けになって、親父は言った。

腕には点滴の針、足もとには溲瓶《しびん》。消毒薬のにおいが病室に充満している。二人部屋なのは個室が空いていなかったせいだが、隣のベッドの老人は起きていても寝ていても同じくらい夢うつつなので、実質的には個室と大差なかった。

痩せたな、と僕は思った。ストレスによる胃潰瘍だと言いくるめて手術台にのせたものの、腹をひらいてみたらすでにリンパ節を含むあちこちに転移していて手のつけようがなく、何もせずにまた閉じた、というお決まりのパターンだった。

昼過ぎにここへ来て姉貴と代わり、二つのベッドの間のパイプ椅子に腰をおろしてから、僕はまだほとんど口をきいていない。たまにこっちへ帰った時ですらろくに話さなかったくらいなのに、自分がガンの末期であることを知ってしまった親父に向かって何を言えばいいのか、見当もつかなかった。二人で黙りこくっていたところへ、何も知らない親父の事務所の人が見舞いに来て、ついでに設計のことでいくつかアドバイスを受けて帰っていった。親父が家の建て方についていきなり講釈をたれ始めたのは、その後だった。

「都会の連中は、自分の都合で自然をねじ伏せようとする。ねじ伏せることができると思いこんでる。だがな、光秀、そんなものはただの錯覚だ。土地の性質はどれも違うという基本を忘れて、無理にこっちの都合に合わせようとしても、ろくな家は建たんのだ。土の質はどうか。水はけはいいか悪いか。風通しや日当たりはどうか。将来まわりに別の建物は建ちそうか。それぞれの土地に、それぞれの活《い》かし方がある。湿気のこもる場所をコンクリの基礎でベタに埋めてみろ、何年もたたないうちに必ず反動がくる。だが、逆にその部分の床だけを上げて風を通す工夫をしてやれば、それはそれで面白い家が建つ。俺が海好きな客を選ぶのはな、そういう連中なら、自然とのつき合い方を知っているからなんだ。自然にはこっちから寄り添っていくしかないってことをすでに肌でわかっていて、下らんことをいちいち説明せんでも、その先の話から始められるからだ」

「……親父」

「ああ？」

「ちょっと寝たら」

「お前に言われんでも、俺は寝たい時に寝る」

　僕の背中の側で、老人が何か寝言を言った。年をとっていろんなことがわからなくなってゆくのも案外悪くないかなと思わせる、なんだか満足げな寝言だった。

　ベッド越しに見える大きな窓の彼方《かなた》、ひろがる市街地の向こうには、よく晴れた湘南の海が細長く横たわっていた。今にも表面張力の限界をこえて街の上にあふれてきそうな青だ。目を落とすと、親父も首をねじって海を眺めていた。

「遠いな」

と、親父はつぶやいた。

冗談みたいだった。こんな事態がまさか自分の身にふりかかるなんて。

テレビでガンのドラマなんかやっていても、またお涙頂戴のあれかと半分ばかにして観《み》る気にもならなかったものだが、こんなことならよく観て勉強しておくんだった。そうすれば少なくとも、どういう顔でこの場をやり過ごせばいいかくらいはわかっただろう。

親父の体のことをおふくろに教えたのは、僕だ。本人には知らせないことに決めたからとちゃんと言っておいたのに、おふくろは何を血迷ったかわざわざ見舞いに来て、八年ぶりに会う元亭主の変わり果てた姿を見るなり絶句して涙ぐんだのだそうだ。おまけに、「胃潰瘍ごときでなんでお前が見舞いにくるんだ」と問い詰める親父に対して、上手にしらばっくれることさえできなかった。

姉貴はさっき廊下で顔を合わせたとたんに走り寄ってきて、僕の胸をばんばん叩《たた》いて泣いた。なんであの人なんかに言ったのよ、なんでよ、なんでなのよう。……僕はただ、じっとつっ立って叩かれているしかなかった。

「……るぞ」

「え」

聞き返すと、親父は頭をめぐらせて僕を見た。

「いっぺんは退院してやるぞ、と言ったんだ。医者が何と言おうが、死ぬ前にもういっぺんだけは、海に入ってやる」

僕は黙っていた。死ぬ、という言葉が、こんなに鋭い刃物だとは知らなかった。

「なあおい、光秀」親父は、色の悪い唇をゆがめてニヤリとした。「今度、久しぶりに一緒にやらないか」

「…………」

「ああ、お前はそれどころじゃないか。九月だったっけな、大会は」

「いいよ、べつに」と、僕は言った。「こっちでだって練習になるし」

かろうじて、普通の声が出せた。

◆

去年の夏休みだったか――親戚じゅうでいちばんさばけた、東京で小料理屋をやっている叔母がうちに遊びに来たとき、私がタンクトップにショートパンツ姿で部活から戻ってきたのを見て、こんなふうに言ったことがある。
「恵理ちゃんもそろそろ年頃なんだし、もうちょっと気をつけないと。そんな格好でふらふらしてたら、男は誘っていいもんだと誤解するわよ。男っていうのはね、いつだって女としたがってる動物だ、くらいに考えといてちょうどいいんだからね」

どうしてなんだろう。どうしてこういう問題になると、大人たちはいつも、男だけがそれをしたがっているみたいに言うんだろう。この前みた映画でもそうだった。物分かりのいい大人を気取った女教師が、彼氏との関係に悩んでいる女生徒を呼んで言うのだ。「恋愛は素晴らしいことだけど、いやなことはきちんと断われるような人間関係をまず作らなくちゃね。どんなに男の子が『我慢できなくて死にそうだ』なんて言ったとしても、セックスできないからといって彼が死ぬようなことはないのよ」

誰もが、同じ前提に立って物を言う。セックスのことで頭がいっぱいなのは男だけで、性欲を持っているのも男だけで、女は本当はしたくもないことに仕方なくつき合ってあげている、みたいな言い方をする。叔母もそうだった。男があなたとしたがるから気をつけなさいとは言ったけれど、あなたが男としたくなることもあるから気をつけなさいとは言ってくれなかった。

叔母が私を心配して言ってくれているのはよくわかった。でも私は、私だけにしかわからない理由で、傷ついた。傷ついたのだ。——とても。

その夜、私は友達のところに泊まると親に嘘をついて横浜へ行った。東京ではだめだと思った。東京なんかでは、へたをすると知った顔にばったり会ってしまうかもしれない。だから、前に一度だけ行ったことのある横浜にした。少なくとも渋谷とか新宿よりは、誰かに見られる危険性が少ないと思ったのだ。

あのとき叔母に見とがめられたのと同じような服装で「ふらふらして」いたら、いろんな男の人が声をかけてきた。何人目かに話しかけてきた、ごく普通のサラリーマン風の人についていった。私より背が低かったけれど、声だけはどことなく好感が持てたからだ。

何もかも夢の中みたいに現実感がなかったものの、いま何をしようとしているかはよくわかっていた。迷いはもうきっぱり切り捨てて……とまではいかなかったけれど、明日の朝までは考えないことにしていたし、後になって、あの時はどうかしてたんだ、なんて自分をごまかすことだけはやめようと決めていた。自分のしたことさえも引き受けられないなら初めからしなければいいのだし、した以上は、どんなにいやな結果になろうと一人で引き受けなければならない。そのことだけは忘れないでいようと思った。

でも——まさか、こんな結果になるとは予想もしていなかった。

(これでおしまい?)

終わった後、うたた寝している男の隣でホテルの天井を見上げながら、私は思った。

(これで、ほんとにおしまい?　たったのこれだけ?　こんなものがあの、世間で禁断の木の実みたいに言われているあれなの?)

キス一つとってみたって、都としたのと同じ行為とはとても思えなかった。男は煙草《たばこ》くさい舌を入れてきた。私は、他人の分厚い濡れた肉が口の中に入ってくる感触を、ただただ気持ち悪く思った。体のあちこち、とくに敏感な部分にそっと触れられるのだけは文句なしに気持ちよかったし、自分でするより興奮もしたけれど、その後はまた最悪だった。痛いというより少し狭くてきつかっただけで、でもそれ以上のものではまったくなく、相手の興奮が高まっていくのに反比例して私の気持ちはどんどん萎えていった。むき出しの肩先と同じくらいに、胸の芯が冷えていた。たかだかこの程度のことのためにさんざん悩み抜いて横浜まで来たりして、私はいったい何をやっているんだろう？　そう思うと、あまりにも情けなくて笑えてきた。

たぶん、相手の男のせいではなかったと思う。彼は、途中から私が初めてだと気づくと、ずいぶん優しくしてくれた。私がこう言うのも変だが、悪い人じゃなかった。愚かではあったかもしれないけれど。

私が失望したのはただ、期待があまりに大きすぎたからなのだろう。あのときの都のセリフじゃないけど、世の中の人たちがどうしてこんなものに夢中になれるのか、さっぱりわからなかった。肩すかしをくわされたというか、長い間すっかりだまされていたことにやっと気づいたみたいな、あほらしくて薄ら寒い気分だった。そう、私はまんまとだまされていたのだ。あの倉庫で雑誌を読んだ時から、ずっと嘘を信じ続けてきたわけだ。

当たり前のことだが、私の中の「ヘルマフロディトス」は、この程度のことでは少しも変化してくれなかった。それどころか、体の奥の熱を鎮める役にさえ立たなかった。

でも、ひとつだけわかったことがある。あの日の都とのキスがあんなに良かったのは、女の子が相手だったからじゃない。たとえ女であっても、もしこの男みたいに初めて会う相手だったら、きっとキスを気持ち悪く思っただろう。今夜のことで、はっきりわかった。都とのキスが素晴らしかったのは、私が彼女を好きだからだ。彼女に恋をしているからだ。

男のいびきを聞きながら、胸の内でひっそりくり返した。

(――私は、工藤都に恋をしている……)

男の後ろに隠れるようにしてホテルを出た。その場で、じゃ、と言って別れるつもりでいた。

でも、男はそれより早く腕を私の腰にまわし、そこまで一緒に歩こうよ、と言った。ほら、よくホテルを出たとたんにさっと右と左へ別れる男女がいるけど、ああいうのは好きじゃないな、いかにも醒めた関係です、割り切ってますって感じがしてさ。あ、体つらくない? もっとゆっくり歩こうか?

昔から、相手を不愉快にさせないためなら嫌なことでも我慢してしまう癖のある私は、そんな時でさえ男をふりほどけなかった。いやだと思う自分の感情を切り離して遠くへ押しやるだけで精一杯だった。ようやく腕をはずすことができたのはホテル街から表通りに出てからで、まだ夢を見ているらしく頬なんかすりよせてきた男から顔をそむけ、

今度こそ「じゃ」と言って背中を向けた、

そのとき、

正面から道路を渡ってくる彼と目が合ったのだ。とたんに、体がブレるくらいギクリとして、とっさに視線をそらせたのだけれど遅かった。向こうはもう、とっくに私に気づいていた。

私は、彼を知っていた。がっしりした肩幅。潮に灼《や》けた髪。直接言葉を交わしたことはな……ううん、ある。いつだったか、体育館の裏で。なんだか軽そうなやつだった。でもそれ以前に、彼は学校では有名人だった。高校生でサーフィンの世界大会への出場経験があるというのは、すごいことだから。

彼の隣には四十代半ばの男の人がいて、そのせいか彼は私に話しかけようとはしなかったけれど、ただ、すれ違ってしまうまでじっとこっちを見つめていた。茫然《ぼうぜん》と立ちつくしている私の背中で、連れの人が「知ってる子？」と言うのが聞こえ、続いて低い声が、「知らね」と答えるのも聞こえた。

泣きたかった。彼が私を知らないわけはなかった。あの時ぶつかったことは忘れているとしても、毎月の生徒総会のたびに、壇上《だんじょう》の私を見上げているはずだ。

どうして彼が横浜なんかにいるんだろう、いや、そんなことよりとにかく口止めしなければ、頭の中はそれだけでいっぱいだった。きっとお金が目的と思われたに違いないのだ。どうすれば黙っててもらえるかわからないけれど、何とかして約束を取りつけなくてはならない、でないと私の人生はめちゃくちゃになってしまう、もうすでにかなりめちゃくちゃだけど、そうだ、さっき別れた男のことは彼氏だと言おう、それにしては変な別れ方だったけれど、疑われたってシラを切りとおせばいい、証拠なんかどこにもないんだから。

　あの男と寝た本当の理由なんて、話すつもりはこれっぽっちもなかった。

　次に彼と顔を合わせたのは、なんと、その翌日だった。深夜営業のファミリーレストランで朝まで時間をつぶしたあと、横須賀《よこすか》の久里浜から内房の金谷へ向けて出ている帰りのフェリーに乗ったら、ばったり会ってしまったのだ。

　彼は、紺色のキャップを後ろ前にかぶって甲板のベンチに座り、二つに折りたたんだ自転車を足もとに置いていた。グレーのTシャツと、色あせただぶだぶのジーンズはゆうべと同じだったけれど、今日は一人だった。

　目が合ってから数秒迷ったあと、彼は自転車をひょいとかついで立ち上がり、手すりのそばにいる私のほうに近づいてきた。

　自分の顔が、緊張のあまり冷たくなっているのがわかった。燃料の重油のにおいが急に鼻について、むかむかする。今にも吐きそうだ。

「やあ」

　驚いたことに、彼は笑った。まるでお行儀のいい大型犬みたいな笑顔だった。あまりにもわだかまりが感じられなかったので、もしかしてゆうべのことは全部夢だったんだ

ろうか、なんてバカなことを考え始めた私に、

「ゆうべはどうも」彼は自転車をおろして言った。「俺、実家がこっちでさ」

「……そう」声がみじめにかすれた。「ゆ……ゆうべの人は……」

彼氏なの、と言うはずが、どうしても後が続かない。焦って、頭にカッと血がのぼり、いっそのこと手すりを乗り越えて飛び込んでしまいたくなったとき、

「ああ、あの人ね」と彼が言った。「あれは、オフクロノコイビト」

「…………」

私の言葉を、質問と取り違えたらしい。

(おふくろの、恋人?)

言葉の意味が頭の芯にまで届いたのは後になってからだったが、今ごろ訊き返すのは間が抜けているように思えたし、それどころでもなかった。

しばらくの間、二人とも黙っていた。べた凪《な》ぎの海を進んでいく船の上で、彼は甲板で遊ぶ子供たちを手すりによりかかって眺め、私はひたすら海面を見おろしていた。早くゆうべのことを口止めしなければと思うのに、なかなか言い出せない。

「俺の親父ってさ」

「……え」

「オヤジ。父親」

「……ああ」

びっくりした。何かと思った。

「いまちょっと入院してんだけど、昔からえれぇマッチョでさ」

私は混乱した。そんな話、私と何の関係があるんだろう。

「亭主関白ってのか男尊女卑ってのか、おふくろのこと全然大事にしてやらなくて、おふくろ、いつも陰で泣いてたんだわ」

さっぱり話が見えなくて黙っていると、彼は向き直って手すりにひじをかけ、遠くのクレーンや、午後の日に輝くコンビナートなんかをまぶしそうに眺めやった。彼のほうが私より頭一つぶんくらい背が高い。

「親父、『信長《のぶなが》』ってふざけた名前でさ」おかまいなしに、彼は続けた。「姉貴が生まれた時、おふくろにも相談しないで勝手に『市子《いちこ》』ってつけて届けちゃったんだ。あ、お市《いち》の方《かた》、知ってるだろ？　だよな、あんた頭いいもんな。でさ、市子ならまだしも、俺が生まれた時は親父、本気で『蘭丸《らんまる》』ってつけようとしたんだってよ。信じられねぇよ、蘭丸だぜ、蘭丸。けど、そん時はさすがのおふくろも我慢できなかったらしくて、『あなたはこの子をお稚児さんにでもする気なの！』って断固反対してくれてさ。そんでとうとう親父もあきらめたはいいけど、今度はいきなり『光秀』だよ。ったく、何考えてんだろうな。息子の俺に、親ァ殺させる気かよ、なあ」

語尾がわずかにふるえたように聞こえて目を上げたのだけれど、帽子を前向きにかぶり直す彼のしぐさに隠れて、顔は見えなかった。

なんてよくしゃべるやつ、と思った。おまけに、私がいくら黙りこくっていても、気にする様子もない。

「おふくろ、男と出てっちゃったんだわ、俺が十歳の時」声はもう、普通に戻っていた。「たぶん、親父があんまり勝手なんで愛想尽かしたんだろうな。今はおふくろ、そいつと一緒に横浜で暮らしてんだ」

「………」

「それが、ゆうべ俺と一緒だった人」

日に灼けた首をねじって、彼はまっすぐに私を見た。帽子のつばの陰で、瞳が黒々と光っている。私は、目をそらした。

「あの人がまた根っからのいい人でさ、まいっちゃうんだよな。俺がたまにおふくろに顔見せに行ったりすると、いろいろ気ぃつかって旨《うま》いもんおごってくれたり、ちょっと変わった店ができるとわざわざ俺のこと呼び出して連れてってくれたりすんだわ。なんかさあ、俺このごろ思うんだけど、人間って、面白いよな。そう思わねえ？　一筋縄じゃいかないっていうか、理屈だけじゃ割り切れないっていうかさ。俺だってまさか、自分を捨てて出てったおふくろのオトコと、夜の本牧《ほんもく》うろつくことになるなんて思わなかったもん」

けけけ、とおかしそうに笑って、彼は水平線へ目を戻した。

「はたから見たら、信じらんないくらい不自然にみえることでもさ。当人にとっては自然っていうか、それがいちばん落ち着くいい形だったりすんだよ。誰にだって、その人にしかわかんない事情があるってことだよな。だから……安心してよ、藤沢さん」

びくっとなった私のほうを見ないようにしながら、彼は、ゆうべと同じ低い声で言った。

「俺、このとおり軽口はたたくけど、見かけほど口は軽くないから。人の事情にいちいち首つっこむほど暇でもないしさ。ほんと、信じてくれていいよ」

そんなことを言われてすぐ信じるほど、私はおめでたくない。

でも、だからといって他にどうすることもできなかった。あんな場面を見られてしまった上に、わけのわからない同情までされて、早くこの男から解放されたいと思うのに、足が動かない。塩をかけられたナメクジにでもなったみたいな気がした。ここにいるのも、ここから逃げ出すのも、同じくらいみじめだった。

甲板のあっちでもこっちでも、休日を前にした家族連れがはしゃいでいる。それに引きかえ、たった十二時間前に知らない男と寝てきた私にできるのはただ、黙りこくって海を見おろしながら、一分でも早く船が向こう岸に着くように祈ることだけだった。

――相変わらずよくしゃべる、この男の隣で。

♠

いったい、誰がこんなふうにしちまったんだよ――と、このひとを見るたびに思う。

わがままで、自信家で、奔放で、ナルシスト。そのくせ、お人好《ひとよ》しで泣き虫。このひとがこんなわけのわからない女になったのは、まわりの男どもがちやほや甘やかしすぎたからじゃないかという気もする。もちろんそこには、僕自身の反省も含まれているのだけれど。

彼女はいま、携帯で仕事の話をしている。横浜元町《もとまち》のはずれにある店のほうへではなく、こうして直接電話してくるということは、相手は常連のお客らしい。

スペインからモロッコに渡る船について電話の相手にくり返し説明しながら、彼女は部屋の中をはだしでぺたぺた歩きまわる。足もとから見上げる犬の頭を撫《な》でる合間に煙草をふかし、テーブルにひろげた書類をのぞきこみつつワインをすすり、相手に調子を合わせて笑い声をあげる一方で僕に向かって渋い顔をしてみせたりする。

細身のジーンズの上に、ラルフ・ローレンのストライプのメンズシャツ。すそを出し、袖を軽くまくり上げ、胸のボタンは三つはずしている。ソバカスの散らばる薄い胸もとがちらちら見えても全然いやらしくないのは、四十七という歳《とし》になった女性の特権らしい。なんでも、理想はジェーン・バーキンという女優だそうだ。僕はその女優を知らないのだが、イメージは何となくわかる。きっとその人も痩せていて、顔も体つきもちょっと男みたいで、色気とは無縁に見えるにもかかわらず不思議と色っぽかったりするんだろう。

「ええ、また何かありましたらいつでもどうぞ……いえこちらこそ。お待ちしています」

プツッと携帯を切って、彼女は——僕のおふくろは、長々とため息をついた。

「あーあ。馬鹿と話すとくたびれる」

「ひっでえ言いぐさ」

ソファに寝転んでいた僕はあきれて、読んでいた雑誌を閉じた。

「曲がりなりにもお客だろ」

「だから何なのよ。お客様が神様とは限らないわよ」

新しい煙草に火をつけ、おふくろはふーっと煙を吐き出した。

「ああも極端に物わかりの悪いのを相手にしてると、こっちまで脳みそ腐りそうになってくる」

「そこまで言う」

「どうして日本人ってこう、何から何まで人に決めてもらおうとするんだろ。自分の意思ってものがないのかしら？」

「ま、しょうがないんじゃないの、それは」

「どうしてよ」

僕は、寝返りを打って仰向けになった。はずみで雑誌が床に落ちる。すかさずジョンがノソノソ寄ってきてそれをくわえあげ、マガジンラックにバサリと戻した。ラブラドルはなるほど、おとなしくて面倒見がいい。おふくろみたいな女にはぴったりだ。

「ねえ、なんでしょうがないのよってきいてんの」

「からむなよ。そらジョン、来い。……よーしよし」ぺろんとたれた耳の付け根をかいてやりながら、僕は言った。「だってさ、それがおふくろの仕事なわけだろ？　旅行代理店なんてのはもともと、どこへ行って何をすればいいかわかんない連中が、いろいろ指図してほしくて来るとこなんじゃねえのかよ」

するとおふくろは吸いかけの煙草を灰皿に置き、僕のところまでするすると寄って来たかと思うと犬を押しのけ、

「わかったふうな口をきくじゃないの、この子は、ええ？」

笑いながら、骨っぽい両手で僕の頬《ほ》っぺたをはさんでもみくちゃにした。

「よせってば、気色悪いっ」

ジョンまでがはしゃいで、濡れた鼻面をぐいぐい割りこませてくる。ベージュ色をした犬の体からも、そしてもちろんおふくろからも、ユニセックスの香水がかすかに香った。

「お？　なんだなんだ？」言いながら、広志《ひろし》さんがリビングに入ってきた。「えらい騒ぎだな。何をじゃれ合ってるんだ」

「3Pよ」と、おふくろ。「あなたも入る？」

「遠慮しとくよ」広志さんは苦笑いした。「光秀くん、コーヒーいれるけど飲むか？」

「あ、もらう」

おふくろとジョンをふりほどいて起き上がる。

「ちょっと、逃げる気？」

「逃げるよ。つき合ってらんねえよ」

「美津江、きみは？」

「なに？」

「コーヒー」

「いらない」

おふくろは、僕の代わりにジョンにのしかかってむちゃくちゃに愛撫《あいぶ》している。難を逃れた僕は部屋を横切り、ダイニングテーブルの椅子に腰をおろした。

「ったく、あの酔っぱらい」と、僕は言った。「あんまり広志さんが甘やかすからだよ。昼間っからワインだなんてさ、ちょっとはビシッと言ってやってくれよ」

ろ紙の上から熱湯を注ぐ彼の背中が笑っている。

「あら、人をアルコール依存症みたいに言わないでよ」部屋の向こう端から、ソファにごろんと横になったおふくろが言った。「ワインなんかお酒のうちに入らないわよ。ヨーロッパじゃ水代わりみたいなものなんだから」

「あいにくここは日本ですー」

「ちょっと、今の聞いた？」おふくろはわざとらしくジョンの目をのぞきこんだ。「いやぁねえ、あの憎たらしい物の言い方。信長のあほにそっくり」

僕はむっとした。親父に似ていると言われるほど腹の立つことはない。そうと知っているからこそ、おふくろは何かというとそれを切り札に使うのだ。

つい最近までの僕は、おふくろが男を作って（それがこの広志さんだが）家を出ていったのは、親父のあの自分勝手な性格に愛想を尽かしたからだと思っていた。でも、今になってみると思う。親父とおふくろが別れたのは、お互いの性格が招いた当然の結果だったのかもしれない。あのころはおふくろが親父にやりこめられて泣いてばかりいるように見えたものだが、よく考えてみると、泣くことで自己主張し続けるおふくろに親父が根負けした場合だって何度もあったような気がするのだ。

広志さんがコーヒーを二つ運んできて、僕の向かい側に座った。

「豆、変えてみたんだ。どうかな」

彼はおふくろの三つ年下で、いつもこんな穏やかな物言いをする。歌舞伎役者みたいな雰囲気の、チョンマゲと羽織袴《はかま》が似合いそうな美男子だ。うちの親父とは似ても似つかないタイプだが、いずれにしてもおふくろは面食いらしい。

おふくろと広志さんは、籍を入れていない。二人の間にいまだに女と男の感情があるのかどうかも、僕には想像がつかない。もう結婚なんてこりごり、とおふくろが言うのを聞いたことはあるが、その件に関して広志さんがどう思っているのかを、本人の口から聞いたことは、まだない。聞いたところで僕にどうこうできる問題ではない場合、初めから首をつっこまないのが僕のやり方だ。それで後悔したことも、まだない。

「うん……うまいじゃん」

「酸味が強めだけど、けっこういけるだろ？」

クーラーのきいた部屋で飲む熱いコーヒーは、確かにいける。僕は、ぽってりと厚手のカップに入ったコーヒーをもう一口すすった。

楕円形《だえんけい》のアルミ材のテーブルはつや消しの銀色で、流れるようなラインの椅子は赤。今おふくろとジョンが横になっているソファは真っ黒な革張りだし、足もとには毛足の長いクリーム色のラグが敷いてある。親父の設計する家のナチュラルな素材や雰囲気に慣れていた僕は、数年前に初めてこのマンションを訪れた時、あまりのテイストの違いに面くらった。こういう、テレビドラマに出てきそうな部屋に住んでいる人間も、世の中にはほんとにいるんだなと思った。

「不景気不景気っていうけどさ、広志さんとこはあんまし関係なさそうだね」

頬杖《ほおづえ》をつきながらそう言ってみると、

「とんでもない」彼はカップ越しに目をみひらいた。「そりゃ、いっときよりは少し持ち直したけど、それでも、前みたいに豪勢な旅行をするお客はめっきり少なくなったよ。みんなホテル代をケチったり、安い航空会社の中でもさらに安い席を選んだり。庶民が生活をきりつめようとしはじめたら、まず最初に影響されるのがこういう商売さ。だってそうだろ？　旅なんかしなくたって、生きていくのに支障はないんだからさ」

「でも、赤字ってわけじゃないんでしょ？」

「まあ、何とかかね。いい常連さんが何人かついてくれてるおかげで」

「そういうありがたいお客のことを、おふくろはさっき馬鹿呼ばわりしてたわけか」

「………」

おかしい、皮肉が返ってこないと思ってふと見れば、おふくろはいつのまにかソファで寝息をたてていた。添い寝をしているジョンが、無造作に投げ出されたおふくろの腕に顎をのせたまま、白眼がちの流し目でちろりとこっちを見る。

「光秀くん」

「え」

目を戻すと、広志さんは、灰皿の上でほとんど灰になっていたおふくろの煙草をもみ消しながら、低い声で続けた。

「その後、どうなのかな、親父さんの具合は」

不意をつかれた形だった。黙って、飲みかけのコーヒーに視線を落とす。

「病院、行ってきた帰りなんだろ?」

「……うん」

「立場上、見舞いは遠慮させてもらってるけど、ずっと気になってはいたんだ。彼女がどうも、取り返しのつかないことをしたみたいだし……」

「いいんだ、それはもう」僕は、かすれ声を押し出した。「ほんとに、いいんだ。もしあそこでおふくろが泣きださなくたって、どうせいつかは本人にバレたと思うし。最後まで隠しとおすなんて、どだい無理な話だよな。まわりがいくら胃潰瘍だって言い張ったって、放射線だの抗ガン剤だの使い始めりゃきっとイヤでもわかっちまうよ。親父、それでなくても疑《うたぐ》り深《ぶか》いから」

　姉貴によれば、親父は最初、いきなりトイレにかけこんで吐いたそうだ。リビングでテレビを見ていた姉貴が驚いてのぞきにいってみると、便器の中は一面、真っ赤に染まっていた。救急車が到着するころには、親父の意識はなかった。

ガンじゃないかということには、自分でもうすうす感づいていたらしい。

「でも、はっきりそうだと言われるのとではえらい違いじゃないか？」と、広志さんは言った。「気落ちしてたろう」

　それはまあ、そうだ。平気でいられる人がいるとは思えない。ただ、落胆を正直にあらわすには、親父はプライドが高すぎた。どんなにガックリきていても、僕や姉貴にはそういうところを見せようとしない。逆に、わざとブラックなことを言っては姉貴をいじめているくらいだ。もし抗ガン剤でハゲたまま死んだら棺《ひつぎ》には絶対に帽子を入れろ、忘れたら化けて出てやる、とか……。それから、いざ心停止したとき、医者が馬乗りになって心臓の上を押したり殴ったり電気を通したりする、ああいうのだけは勘弁してくれ、とも言っていた。

「でも、そこまでするのが医者の義務なんじゃないのかい？」

「そうかもしれないけど、いやなんだってよ。『そんなことして肋骨《ろっこつ》でも折ってみろ、訴えてやる』って。だからそん時ゃもう死んでんだっての」

広志さんはしょうがなさそうに少しだけ笑い、そのあと黙って何か考えていた。

ソファのほうを見やる。おふくろはよほど疲れているらしく、ぴくりともしない。かわりにジョンの耳が、夢でも見ているようにヒクヒク動いている。

「思ってたよりさ」さらに声を落として、僕は言った。「思ってたより、進行が速いんだってさ。スキルスとかいうらしいよ。こないだの手術の傷が治って体力が戻ったら、抗ガン剤を何種類か混ぜて使ってみようって、医者は言ってる」

「しかし、抗ガン剤で逆に命を縮める人もいるそうだぞ」

僕は口をつぐんだ。そんなことを僕に言われても困る。だからどうしろと言うのだ。抗ガン剤を使わなければ、近い将来、親父は間違いなく死ぬ。使えば、副作用で苦しむ代わりにガンはとりあえずいくらか小さくなる、かもしれない。やってみなければわからない、と、医者は頼りないことを言っていた。

いずれにしても、僕には何も決められないのだ。すべての物事が、僕を無視して進んでいる。誰も僕の都合なんか聞いてくれない。意見さえ求められない。それなのに……命ヲ縮メル人モイルソウダゾ？　そんな、まるでとがめるような口ぶりで言わないでくれ、と思ったけれど、実際には口に出せなかった。

この人との距離の取り方は難しい。このごろ時々、あまりにもいい人すぎて息苦しくなる。彼の人の好さを憎みたくなってしまう。

以前はそんなこと、思ってもみなかった。それどころか、この家は僕にとって、自分の部屋以上にリラックスできる、本当に居心地のいい場所だったのだ。

けれど、親父が倒れてからは急に、僕の中にある種のわだかまりが生まれてしまった。どういう事情があったにせよ、かつておふくろと広志さんが親父を裏切った事実にはかわりないわけで、健康だった時ならまだしも、死にそうな親父を病院に置いて、その二人の住まいでくつろいでいる自分、という図を考えるとやはりいたたまれないものがあった。アンフェアだと思った。これ以上はないほどひどいやり方で、僕自身が親父を裏切っている気がした。

親父のようにだけはなるものかと、あれほど反発して意地を張りまくってここまできたのに、どうしてだろう、いざとなると、人間的に好きな広志さんよりも、人間的には最悪な親父のほうに肩入れしてしまう。それが血のつながりというものだなんて理屈にうなずきたくはないが、ほかにどう説明をつけていいのかわからない。

僕の沈黙の意味をどう受け取ったのか、広志さんはやがて、ちょっと気まずそうに言った。

「まあ、結局は親父さん自身が決めることだしな。末期と言われてから何年も生きた人だっているそうだし……じゃあ、少なくともこのまえの手術のあとは、いくらか回復してきたわけか」

「いくらかはね」と僕は言った。「本人は、どうせだめなら死ぬ前に退院させろって息巻いてるけど、医者がまだＯＫしない。退院させたら、その足で海に入りに行くのがわかってるからじゃないかな」

「あの体で、海？」大きな声を出しかけて、広志さんは慌てて声をひそめた。「まさか。いくら何でも」

「けど本人、そのつもりだぜ」

広志さんはあっけにとられたように僕の顔をまじまじ眺め、それから、苦笑ともため息ともつかないものをもらした。

「わからないな、僕には。そんなにいいものなのかね、サーフィンってのは」

今度は僕が苦笑する番だった。

「さあね」と僕は言った。「でも、もし俺が親父の立場だったとしたら、きっと同じことをするだろうとは思うよ」

広志さんはやれやれと首をふった。

そういえば、つい最近、僕に向かってよく似た質問をしたやつがいた。――副生徒会長の、藤沢恵理。彼女は、たまたま乗り合わせたフェリーが金谷の港に入ろうとする間際になって、まるでカミソリみたいな口調で言い放ったのだった。サーフィンなんかのどこがいいの？　と。

さめきったコーヒーの残りを飲みほして、立ち上がる。

「帰るよ。あ、いい、寝かしといてやって」

おふくろを起こそうとした広志さんを制して、そっとドアへ向かう。

ソファのそばを通りすぎる時、ジョンが、目を閉じたおふくろのこめかみをしきりになめているのに気づいた。

彼女はまたしても、こっそり泣いていた。

◆

祖父の代から花を作りはじめた私の家は、海べりの小さな町にある。暖流のおかげで冬のさなかにも霜がおりることはなく、毎年二月に入るころには、ハウス内ばかりか露地栽培の花までもがきれいに咲きそろう。

白やピンクのストック、黄色い金魚草、色とりどりのポピー。季節によっては、薔薇《ばら》とかコスモスも作る。

うちで作っている花たちの中で、私は、極楽鳥花とも呼ばれるストレリチアがいちばん好きだ。数年前、上のアキ兄がハウスで作りはじめた花だが、彼が家を飛び出してしまってからは、父と下のテル兄とでみるようになった。

名前のとおり、見た感じは熱帯の鳥を、それもカンムリヅルか何かのような大型の鳥を思わせる。鋭くとがった赤紫色の横顔に、鮮やかなオレンジと紫の冠飾りが美しく映えて、濃い緑色のダイナミックな葉はオールの形をしている。とくに私が好きなのは、その獰猛《どうもう》なまでに毅然《きぜん》とした立ち姿だった。真っ白なカサブランカ・リリーより気高くて、真っ赤なハイブリッド・ティー・ローズより艶《あで》やかで、それなのに、いいようもなく孤独。花というよりは、獣の匂いがする。なんだか絶滅する種の最後の一羽みたいだ。よく雑誌なんかに、好きな花でその人の性格をあてる占いが載っているけれど、ストレリチアが好きなのはどういう性格なんだろう。選択肢の中にこんなマイナーな花が入っていたためしはないけど、たとえそんなのがあっても、読みたくはない。〈淫乱で、いい子ぶりっこの八方美人が多い〉なんて書かれていたら、二度と立ち直れない気がするもの。

朝、私が食事の席につくころにはもう、家族は一仕事終えている。市場に出荷する日なんかは暗いうちに起きるくらいだ。

私は受験を控えているから、一応手伝わなくてもいいことになっている。前におじいちゃんから、「女が大学行って何になるだ」なんて時代錯誤なことを言われた時にはひどいと思ったものだけど、テル兄のお嫁さんである良美《よしみ》さんが育ち盛りの子供たちの面倒をみながら目の下にくまを作って働いているのを見ると、時々いたたまれなくなる。べつに大学でどうしてもやりたい何かがあるわけじゃなし、私だけさぼってていいんだろうか、と後ろめたくなってしまう。

夜遅く、チャート式の問題集を解いている時など、隣の兄夫婦の寝室から良美さんの愚痴が漏れ聞こえてくることもある。話の内容まではっきり聞きとれるわけじゃないけれど、口調ですぐにそれとわかるのだ。

しっかり者の良美さんは、ただ慰めるばかりのテル兄のおとなしさが歯がゆいらしくて、時おりなじるような口調になる。テル兄にしてみれば、長男に代わって家を継ぐと決めた以上は妻に両親とうまくやってもらうほかないわけで、なだめる以外に何も方法を思いつかないのだろうけれど、私には良美さんの気持ちもわかる。たまには夫の口からガツンと言ってもらいたいのだ。僕たちには僕たちの生活があるんだから、あれこれ干渉しすぎないでくれ、とか何とか。

だから私は、そういう翌朝はつい、食事の席で陽気にふるまってしまう。あたりに漂う重たい雰囲気に気づきもしないふりで、浮かない顔の良美さんを会話に引きいれるためにわざと子供たちをからかったりする。まだ小さい甥っ子たちは、私の両親（とくに母）と良美さんの間の、トラブルのもとでもあるかわりに潤滑油でもある微妙な存在なのだ。そこを何とかうまくくすぐって、家族の間に流れるギスギスした空気を入れ替えようと試みる。

同じ家の中に険悪な空気が漂うのはいやだった。みんなに笑っていてほしかった。

私は、家族を愛していた。

でも、同じくらいの強さで、出ていったアキ兄がうらやましかった。

うちから学校までは、駅にして四つぶん。電車に乗ってからは二十分ほどで着く。

駅の数のわりに時間がかかるのは、途中一か所、線路が単線になるところですれ違い待ちをするせいだ。青とクリーム色に塗り分けられた古い電車は、朝はコバルトの海を右側に、夕方は黄金の海を左側に見下ろしながらゴトゴト往復する。

うちの学校は、高校にしてはめずらしく単元の多くが大学みたいな選択制になっているために、中には二時限目とか三時限目から登校する生徒もいる。それでもやっぱり、ちゃんと一時限目から授業を入れている子のほうが多くて、だから駅の改札を出て学校へ向かう道は、朝のこの時間、同じ制服を着た生徒たちでびっしり埋まる。

商店街を抜けたあたりで、都の背中を見つけた。彼女は家から歩いて通学している。腰まで届くポニーテールが、夏の朝風にそよいでいる。半袖のセーラー服から伸びた腕は、後ろから見るとひどく細くみえた。

「都！」

声をかけると彼女はポニーテールであたりをなぎ払うようにふり返り、制服の群れの中から私を見つけて、きゅっと微笑んだ。笑うと、彼女の瞳は輝きを増す。

「おはよ」

「………」

私は一瞬、挨拶を返すことも忘れて、彼女のぷっくりした唇にみとれた。そこに自分の唇を重ねたのがもう一年も前のことだなんて、信じられない。

高三になってクラスが分かれてしまってからも、私のいちばん親しい友人は都だ。いちばん親しい友人。そう言うしかない。都は知らないだろうけれど、私にとって彼女は、唯一無二にして絶対だった。でも、私が彼女のことをどう思っていようが、あるいはどれほど想っていようが、向こうはそんなこと気づいてもいない。私は、気づかれていないことに安堵《あんど》し、気づいてもらえないことに焦《じ》れ、そして、気づかれてはいけないことに絶望する。

「今朝は恵理、ずいぶん遅いじゃない」と都は言った。「どうしたの?」

「うん……ちょっと寝坊」

私は嘘をついた。

「まーた遅くまで勉強してたんでしょう」

「そういうわけじゃないけど」

ほんとうは、起き抜けにベッドの中であれをしていたせいで遅くなったのだ。ゆうべ見た夢がひどく淫らで、しかもやたらとリアルで、目を覚ました時にはもうどうしようもない状態だった。そういう時には、とにかく早くいってしまえるように意識を一点に集中してやるに限る。

良美さんがよく読んでいる雑誌に、女はたいてい毎月の生理の前になると性欲が強くなるものだと書いてあるのを見たことがあるけれど、私の場合はあまりそういうのとは関係なかった。そんなおとなしい周期でめぐってくるんじゃなくて、スイッチがきっぱり切り替わってしまうのだ。そうなったが最後、どんなに別のことを考えて気持ちをそらせようとしても無駄で、とにかく一度は最後まで昇りつめて体を満足させてやらない限り、こっち側へ戻ってこられない。スイッチがオフになってくれないのだ。我慢してほうっておいたりすると、一日じゅう潤んだ目をして過ごさなければならない。そのことが、私にはもうよくわかっていた。何といっても、自分の体のことだ。

「そんなにガリガリやらなくたって、恵理ならどこかいいとこ楽勝で受かるんだから、ほどほどにしとけばいいんだよ？」

三々五々、道幅いっぱいにひろがって歩く生徒たちの中、都は学生かばんをぶらぶらふりながら私を見上げた。小柄な彼女の目の高さは、私より十五センチも下にある。

「ほんとに勉強が好きで趣味でやってるんなら何にも言わないけど、親とか先生とかの期待なんか背負わされちゃって、それで無理してるんならやめなよね？」

「うん」私は微笑んでみせた。「大丈夫、そんなんじゃないってば」

決してそんなんじゃなくはなかったのだが、それはどうでもいい。今は、こうして都が心配してくれることが嬉《うれ》しかった。

もし私が男の子だったなら、もっと自惚《うぬぼ》れることもできたかもしれないのに、と思ってみる。こんなふうに心配してくれるってことは、もしかして彼女も自分のことを好きなんじゃないか？　と、妄想をふくらませて胸をときめかせることさえ、私にはできない。同性だからというだけじゃなく、ひどく現実的な性格でもあるから。私は、夢を見るのがへただ。

やがて、道はわずかに上り坂になった。坂の半ばを過ぎるあたりから、正面に海がせりあがってきて、左右の建物が切れたとたん、視界の隅々までが海と空の青でいっぱいに埋めつくされる。このときの、すべての枷《かせ》から解放されるような感じが好きだ。今日みたいに晴れた朝は、なおさらそう思う。

「海って、いいよねえ」

　と都が言った。

「あ、いま、同じこと考えてた」

　防波堤にぶつかって左へ折れながら、都はひとつため息をついて続けた。

「だからよけいに、ああいうのが許せないのよ。見てよ、もう、醜いったら」

　彼女が指さしたのは、大きなポスターだった。四角いベニヤ板に貼られて、公園脇の電柱に針金で固定してある。真ん中に大きく、

〈大麻の栽培はやめましょう〉

　と書かれていて、まわりに麻の葉の写真が印刷されている。繊細なモミジみたいな、そのへんのどこにでも生えていそうな葉っぱだった。東京へ遊びにいっても、こんなポスターを見かけたためしはないから、こういうのはやっぱり田舎《いなか》ならではなのかもしれない。

「あんなの、わざわざポスターにする意味がないと思わない？」と都は言った。「せめて、『栽培してる人を見かけたら通報して下さい』とかだったらまだわかるよ？　けど

『やめましょう』って、いったい誰に向かって言ってんのよ。栽培してない人には全然関係ないし、栽培してる人なら、ポスター見たぐらいでハイそうですかなんてやめっこないじゃない、ねえ？」

私はふきだした。「ほんとだね」

「うちの父親が前に言ってたけど、ほら、年じゅうヨーロッパとか演奏旅行してるでしょ？　そうすると、日本人がどれだけ過保護に慣らされてるかよくわかるって。実際それって、写真撮ってても思うのよね。語呂だけ合わせた交通標語だの、危険防止の立て看板だの、べつになくてもいいようなどうでもいいものばっかり街じゅうにあふれてて、ほんと頭くる。カメラ構えると、きまってそういう邪魔なものが写りこむんだもの、どうしてもうちょっと美観ってこと考えないかな」

「都」と、私は言った。「なんか、いやなことあった？」

彼女は口をつぐんだ。

その肩からやがて、ふう、と力が抜けた。「わかる？」

「……うん」

すぐわかる。都の様子がいつもと違うことくらい。毎日彼女を、彼女だけを、息をつめるようにして見つめているのだもの、当たり前だ。

「べつに、いやなことってわけでもないんだけど……ただちょっと、いらいらしちゃって」

「もしかして、あの、例のカメラマンって人のこと？」

彼女の肩がぴくりとした。

「そ……うなんだけど」

「つき合ってるの？」

「……うん、まあね。でも、ごめん。今はまだ、うまく話せそうにない」

「あ、いいよそんな、全然。立ち入ったこと訊いてごめん」

「ううん。あたしこそほんとごめんね、朝から八つ当たりしちゃって」

「ううん、私こそ……」

ふと顔を見合わせ、私たちは急におかしくなって笑いだしてしまった。都の瞳が、またきらきらする。

ああ、抱きしめたい、と思った。まわりにいる生徒たちがどう思おうとかまわない。今ここで、この海べりの道の真ん中で、思いきり彼女を抱きしめてキスしたい。そうしてその瞬間に、お互いの心臓が止まってしまえばいいのに……。

クラスの教室の前で都と別れるなりすぐに、私は必要な教材だけかかえて階段をかけあがり、化学室のいちばん後ろへ行って窓を開け放った。二年のとき都が、ここから眺める海が大好きだと言ったことがある。これは、あの時と同じ窓だ。視線の高さが変わると、海の色はまた違って見える。

腕時計をのぞいた。チャイムまで、まだ三、四分ある。

あとから教室に入ってきたクラスの子たちのおしゃべりに邪魔されないですむように、窓からぐっと身をのり出した。波の音が近くなる。それだけで別世界だ。顔に潮風が吹きつけ、まるで鳥になって空を飛んでいるような気持ちになれる。ここから落ちたら死ぬかな、とちらりと思う。

と、いきなり近くで声が聞こえた。

「3Bの山本くんでしょ?」

ぎくりとした拍子に、あやうく本当に落っこちそうになった。いま、いちばん聞きたくない名前……。

見ると、すぐ隣の窓を開けて、由紀子《ゆきこ》たちの五人グループが騒いでいた。

「え、誰だっけ、それ? 聞いたことあるけど」

「ほら、去年サーフィンの世界大会でフランスかどっか行った」

「ああ、わかった、あの子。でも一回戦で負けちゃったんでしょ」

「だってさ、世界大会だもん。ねえねえ、彼、ちょっとよくない?」

「えぇー? そうかなあ。なんか軽そうじゃん」

「でもけっこういいよぉ。言うこと面白いしさ」

「あたし、茶髪の男ってやだな」

「しょうがないよ潮灼けなんだから」

「え、あれ脱色してるんじゃないの?」

「違うって。たぶんね」

「ねえ、それでどのアパート？」

「あれあれ」

「どれ」

「あれだってば。すぐそこ。草の湯の煙突の影をさ、ずーっと手前になぞってみ」

「え？　わかんない、どれ？」

「あんたどこ見てんのさ。もっと手前のほら、サーフボード・ショップの看板が出てるじゃん。その二階だって」

「……あ、あったあった。ほんとだ、半袖《シーガル》が干してある」

「へえ、奈緒《なお》くわしいじゃん。あそっか、別れた彼氏サーファーだっけ」

「ほっといてよ」

「だけど、サーファーって朝早い人種なんじゃなかったっけ？」

「なんで？」

「カーテン閉まってるじゃん」

「明け方に海入ったあとで、また寝直すやつ知ってるよ」

「でも山本くん、二限の選択英語にはいつもちゃんと出てるけどなあ。ね、仁美《ひとみ》」

「うん」

「もしもーし、そろそろ起きなきゃ遅刻しますよー」

「案外さ、隣に誰か寝てたりして」

「何それー！」

「だって山本くんって、来るものは拒まないって噂だよ」

「うっわ、誰から聞いたのよそんなこと！」

「仁美ってやらしぃー！」

「噂だってば、う・わ・さ！」

きゃあきゃあつつき合っている女の子たちの言葉を一言も聞きもらさないようにしながら、私は自分のいる窓から「草の湯の煙突の影」の中にあるはずの「ショップの看板」をさがしていた。

すぐに見つかった。『TAKE　OFF』。予想していたよりも、はるかに手前だった。ベランダに半袖のウェットスーツがぶらさがっている。黒の地に、鮮やかな藤色のライン。あの部屋の中で、山本光秀が眠っているかもしれないなんて。

ふいに、横浜でのことが頭の中にパアッとひろがって、ぐらぐらめまいがした。目をつぶって唇をかみしめる。行きずりの男の分厚い舌の感触が、口の中でよみがえって思わず吐きそうになる。

「藤沢、おい」

目を開けると、近くにいた水島《みずしま》くんが私をのぞきこんでいた。

「大丈夫かよ。また気分悪いのか？」

うん平気、と答え、急いで窓際の席に座った。同時に、チャイムが鳴り響く。ほっとした。これで、誰にも気にかけられずにすむ。

水島くんが「また」と言ったのは、先週の一件があるからだ。月例の生徒総会の壇上で、私は貧血を起こしてしゃがみこんでしまったのだった。冷や汗だか脂汗だかわからないものが体じゅうから噴きだして皮膚をべっとりと覆い、猛烈にトイレに（大のほうに）行きたくなった。ようやく意識が戻った時には講堂の楽屋裏のベンチに寝かされていて、漢文の中村《なかむら》先生が下敷きであおいでくれていた。私は、相手が女の、それも年輩の先生であることにほっとして、体の力を抜いた。

「かわいそうに、蒸し暑かったからね。壇の上はもっとでしょう？」

私は黙ってうなずいたけれど、気持ち悪くなったのは、本当は暑さのせいではなかった。

（あいつに見られさえしなければ……）

あの夜から八日間、どれだけくり返し、そう思ったことだろう。

帰りのフェリーを下りる段になっても、私は結局、肝腎なことを何ひとつ言いだせなかった。こっちがろくに返事をしないことにはまったく頓着なく、波や風やサーフボードについてえんえんとしゃべり続ける彼をにらんで、たったひとこと言えた言葉は、

「サーフィンなんかのどこがいいの？」

それだけだった。

「どこって……」彼はびっくりしたように私を見下ろして、答えた。「全部かな」

そして、まるで恋人のことを語ったみたいに照れ笑いをした。

その瞬間、私は彼を大嫌いになった。そんなふうに言いきれる対象を、何の障害も迷いもなく手に入れられる彼が憎らしかった。

見かけほど口は軽くない、信じてくれていい、と彼は言った。安心してよ、藤沢さん。ちゃんちゃらおかしい。あんなにべらべらよくしゃべる男の、いったい何を信じて安心できるというのだろう？

もとよりすべて覚悟の上でしたことだけれど、変な噂が立つのだけは願い下げだった。だからこそ、わざわざ遠くまで行ったのだ。なのに……。

最悪の場合について想像をめぐらす中で、いちばんつらいのは、学校にばれることでも親を悲しませることでもなく、都に知られて軽蔑されることだった。

〈恵理の中には、男の子と女の子の両方が棲んでるのかもしれないね〉

そんなふうに言ってくれた都だって、私が体の奥の疼《うず》きをどうにも我慢できずに、さらには自分が女であることを確かめたいがために名前も知らない男と寝たなんて知ったら、きっとあきれ返るに違いない。あるいは、それでもまだ前みたいに優しく言ってくれるだろうか？　恵理の中にはもう一人、色情狂で不感症でレズビアンの売春婦も棲んでるみたいだね、とでも？

開け放した窓から、風が吹き込んでくる。誘われるように、外を見やった。どきっとした。

どうやら彼は、起きることにしたらしい。

山本光秀の部屋のカーテンはいつのまにか開いて、ベランダの窓の外になびいていた。白い布が風をはらんでふくらむ様子が、まるで古代の舟の帆のようにみえる。

彼の、黒々とした瞳を思い出す。

先週の総会で、いつものように生徒会長の水島くんと一緒に進行役を務めていた私は、下から見上げる生徒たちの顔の中に彼を見つけて息をのんだ。目が合ったとたん、頭から意味のある言葉がすべてかき消え、舌が金縛りになってしまった。どうしても、今すぐに、この場から逃げだしたいと思った。彼の視線から逃れたいと思った。貧血を起こしたのはきっと、そのあまりにも強い願望に体が反応したからだ。

カツ、カツ……と、チョークの音がする。先生が黒板に何か化学式を書いている。私はのろのろとノートをひろげ、機械的にそれを書き写した。

自分が書いた字が妙によそよそしく見えて、意味がちっとも入ってこない。さっきの仁美の言葉だけが、頭の中でしつこくリフレインしている。

――山本くんって、来るものは拒まないって噂だよ。

♠

めずらしく、二度寝をしてしまった。

いつもは朝五時ごろに起きて波の状態を見に行き、六時半ごろまで海に入り、店の風呂場でシャワーを浴びる。それから並びの定食屋へ行って朝飯を食わせてもらい、ひと休みして学校へ行く……というのが日課なのだが、今朝だけは、シャワーの後ちょっとのつもりで横になったらぐっすり眠りこんでしまった。あやうく二時限目に遅刻するところだった。

なんでこんなに疲れていたかというと、昨日しゃかりきに自転車をこぎすぎたせいだ。おふくろたちのマンションを出たあと、久里浜から出るフェリーで房総側の金谷へ渡り、ふだんならそこから電車で帰ってくるのだが、昨日はなんだかむしゃくしゃしていたせいで発作的に金谷から下宿までの数十キロを自転車で走破する気になってしまったのだ。

ところが、山あいを抜ける道は予想した以上に坂が多く、しかも急だった。真ん中へんまで来たころにはすでに猛烈に後悔していたが、引き返すのもばかげているし、ひたすら前に向かってこぐしかなかった。まあ、いいトレーニングにはなったけれど、もう二度とごめんだ。

いつもと微妙に違う筋肉を使ったせいで、体のあちこちが痛む。

そういえばこの間も、ふだんとは別メニューの筋トレをこなした翌日、僕があちこち痛いとぼやいていたら、克つぁんが悔しがっていたっけ。

「次の日にすぐ筋肉痛が現れるなんて、若い証拠だよな。俺なんか、一日置いて翌々日にならないと反応もしないってのに」

遅い朝飯をかっこんで、どうにか二時限目の英語が始まる前にすべりこんだ。

教室の入口近くにいた隆之と宏樹に「うす」と声をかけて座ろうとすると、二列ばかり後ろに座っていた女の子たち三人が、僕を見ながら何かささやき合ってクスクス笑った。

「なんだよ、傷つくなあ」

情けなさそうに言ってやると、女の子たちは一瞬固まって目を丸くし、それから笑いだした。

「ごめんごめん。じつは前の時間、ちょうど山本くんの噂してたから」

すました顔でそう言ったのは、川原《かわはら》仁美だった。三人の中では彼女だけが僕と同じクラスだ。

僕は、川原の目の前にどっかり座った。

「噂って、どんな？」

「内緒」

「いい噂だろ？」

「さあね」

「いいじゃないか、教えろよ」わざとなれなれしく身を乗り出し、甘い声を作ってささやく。「な？　俺とお前の仲だろ、仁美」

川原は頬を引きつらせていたが、僕は、あとの二人が大喜びしているのを見るとつい、もっとサービスしたくなった。

「教えてくれたら何でも言うことききからさ。彼女にしてほしいっていうならしてやるし、なんなら一緒に『梅の茶屋』へも……痛てッ」

川原はおよそ遠慮なく僕の頭をはたいた。

「何が悲しくてあんたなんかと！」

「ひ、ひどい」僕は身をよじってみせた。「親にもぶたれたことないのに」

「嘘ばっかり」

その時、ふと隆之のやつと目が合った。頬杖をついて、あきれたようにこっちを眺めている。よくやるよ、と顔に書いてある。まったくだ。自分でもそう思う。

と、横から別の子が口をはさんだ。

「山本くん、『梅の茶屋』入ったことあんの？」

何となく生理の重そうな子だなと思いながら、僕は、

「どうだかな」

と思わせぶりに笑ってやった。ちなみに『梅の茶屋』というのは、この街唯一のラブホテルだ。連れ込み宿といったほうがふさわしいかもしれない。

「おたくこそ、どうなわけ？」

「あるわけないじゃない」

「じゃさ、ためしに俺と入ってみない？」

女の子たちが目くばせを交わす。

「なんだよ」

「ううん。やっぱ、噂はほんとなのかなあと思って」

「ちょっと待て」と僕は言った。「どうやら、ろくな噂じゃなさそうだな」

「そうでもないよ。男としてはそれなりに名誉なんじゃない？」

と、ガラガラピシャン、と音がした。

「こら山本」教壇に上がりながら先生が言った。「んなとこでナンパしとらんと、はよ席に着け」

教室がどっと沸く。

「あ、いい、まだ座らんでいい。立っとるついでに、このノート配れ」

「……ちぇ」

「ついでに、」

「げ、まだあるんスか？」

「配り終わったら、五十四ページの頭から読め」

「先生、それってイジメっすよォ」

抵抗むなしく、ろくに予習もしていないところを読まされ、つっかえつっかえようやく一ページぶん読み終わって腰をおろした時には、さっきまでに輪をかけてくたびれ果てていた。

続きを読む誰かの声を聞きながら、ぼんやり窓の外へ目をやる。沖のほうで十数人のサーファーが横一列に並び、ボードにまたがって波待ちしているのが見えた。朝早い時間と比べると、波はもうかなり低くなっているが、それでもほんの時おりデカいのがくる。彼らはひたすら沖を見つめ、息をこらして待ち続けている。

他のすべてのスポーツがそうであるように、サーフィンにもいくつかの厳しいルールがある。中でも、先に波に乗っている誰かの行く手に横入りするのは最悪のルール違反だ。優先権は基本的に、波の頂上《ピーク》に近いポジションにいる者にあって、そいつがライディングを始めた瞬間、その波はそいつだけのものになる。残りの者はあきらめて次の波を待たなければならない。だからこそ僕らは、いい波を自分のものにするために、波の立ち上がり方や崩れ方を先読みしてベスト・ポジションにつけようと必死になるわけだ。

こうして上から見ていると、ライディングの技術以前に、波の取り方にも巧《うま》い下手があることがよくわかる。

「初めのひと掻《か》きをできるだけオーバーに前に伸ばしてさ、ついでに横にいる奴をチラッとにらんで威嚇してやりゃ、もうこっちのもんよ」

ずっとトップ・プロでやってきた克つぁんなんかはそう言うが、僕なんかがそんなことをしようものならたちまち、「てめえ、浜上がれ！」とか怒鳴られて袋叩きにされるのがオチだ。よそから来るサーファーには、やたらと気の荒い連中が多い。

僕らの高校のサーフィン部は、何年か前に一度、夜十時台のニュース番組で取り上げられたことがある。当時、僕はまだここの生徒ではなかったが、顧問の先生がそのときのビデオを観せてくれた。サーフィンと情操教育かなんかを結びつけた特集だった。

でも——少なくともこの二年間、僕の情操教育にサーフィン部が貢献してくれたようには思えない。形こそは部員ということになっているけれど、そうでなくても何も変わらないだろうし、顧問の先生は一応サーファーだそうだがめったに海に入らず、何を教えてくれるというのでもない。僕自身、海を離れた人から何かを教わろうとは思わない。

そもそも、サーフィンというのはなんというか、ひどく孤独なスポーツなのだ。べつにカッコつけて言っているわけでも、そう信じたがっているわけでもなくて、本来そういう性質のものなのだ。波と自分。自分と波。それで終わり。よほどの初心者でもない限り、そこに何かが入り込む余地はない。あるとしてもせいぜい、ボード一枚の余地でしかない。

——そうだ、ボード一枚で思い出した。そういえば今週末には、新しいボードが削りあがるんだった。

急に嬉しさがつき上げてくる。新しいボードがもたらしてくれるかもしれない新しい世界のことを想像すると、早くそれを抱えて海に入りたくてうずうずした。

いつかは自分で削ったボードでいい成績をおさめるのが夢なのだが、僕にはまだそれだけの腕がないので、ボードは今のところ、湘南にある『ＴＡＫＥ　ＯＦＦ』本店のヒロさんに頼んでいる。クリスマス前の子供みたいにわくわくしながら、よし、週末、親父の病院からこっちへ戻ってくるついでにピックアップしてこよう、そう思ったすぐ後で、はっとなった。

その親父は、もう長くない。

いま一瞬、そのことをまったく忘れていた自分に、僕はあきれた。自分の父親の病状より、ボードの出来のほうが気にかかるなんて。思わず、苦笑いがもれる。たいした息子だぜ、おめえはよ。

水平線に、大きなタンカーが浮かんでいた。空はひとかけらの雲もないほどよく晴れていて、まぶしさのせいか、鼻の奥がつんとした。

動いてるんだか止まってるんだかわからないタンカーを眺めながら、僕は、いつも乗るフェリーを思い出し、それからなんとなく藤沢恵理の顔を思い浮かべた。

あの夜、横浜で彼女が一緒にいた男は、こう言っては何だが、とうてい恋人には見えなかった。そのことは、男の腕をふりほどいて別れた時の彼女のそぶりからも、僕に気づいたとたんにおびえて立ちすくんだ様子からも、それに、翌日フェリーの上で再会した時の蒼《あお》い顔からもありありとわかった。彼女が「ゆうべの人は……」と言いかけたきり口ごもった時、だから僕は、広志さんのことに話をすり替えたのだ。

彼女に向かって言ったとおり、誰にだって、人に言えない事情があり、本人にしかわからない理屈がある。それは確かだ。でも、人の事情にいちいち首をつっこむほど暇じゃない、とうそぶいたのは、多分に僕の強がりだった。藤沢恵理の「事情」は、知らんふりを決めこむには、あまりにも刺激的な謎に満ちていそうだった。僕にだって人並みの好奇心はある。

もしかして、ああいうバイトでもしてるんだろうか？　彼女はあのさえない営業マン風の男と寝て、代わりに金を受け取ったりしたのだろうか？　学校きっての優等生で通っている副生徒会長が？

ありっこない、と僕は思った。

と同時に、こうも思った。

案外、ありっこないようなことが平気で起こるのがこの世の中かもしれない、と。

夕方の練習を終えて海から上がり、風呂に入ってさっぱりした後、部屋のベランダに出る。至福のひとときってやつだ。座りこんで外の壁にもたれ、こっそりビールを飲みながら、海からの涼しい風に吹かれる。

視界は、すこんと抜けている。あたりは青い闇に包まれていて、空の低い位置には宵の明星が、高みには月が、沖には漁り火《いさりび》がちらちらと揺れ、かすかな波の音のほかはとにかく静かだ。

裸の上半身を、少し湿り気のある潮風が冷やしていく。サーフィンのことも将来のことも、親父のことも何もかも、こういう時だけは不思議と頭の外へ締め出すことができる。ささやかな幸福感をちょっとでも長く自分のそばに引き止めておきたくて、僕は、息をひそめるようにして少しずつビールをすすった。

だんだん、体に酔いがまわってくる。親父とおふくろの合作だけあって僕の体にはアルコール分解酵素がたっぷり備わっているらしく、少しくらい飲んでも顔には出ないのだが、それでも今日は風呂上がりで血行が良くなっているせいかいつもよりまわり方が早かった。耳が熱くなり、脈拍が上がってきたのがわかる。頭がいくらかぼうっとしてくる。

気持ちがいい。

残り少ないビールの缶を下に置き、僕は、あいた手を綿ジャージの短パンのゴムと腹の間にそろそろとすべりこませた。ずっと缶を握っていたために手が冷たくなっていて、熱い昂ぶりを握りしめてやるとブルッときた。冬の海の中で用を足す時の感覚を思い出す。ウェットの中になまぬるい液体があふれて下半身を包み、そのあと冷えて一瞬の震えがくる。

考えてみれば、ここしばらく女を抱いていない。リョーコと別れてから、そろそろ二か月。彼女とだってそう何回もできたわけじゃないし――女とあれをするまでには、じつに複雑な手順が必要なのだ――終わりのほうはもう、この部屋に来ることもなくなっていたから、清く正しい生活はおおかた三か月くらいになるだろうか。僕にしてはかなり長いほうだ。

暗くてどこからも見えないのをいいことに、僕は、ぐいぐい体積を増してくるそれをきつく握ったまま上下させた。目を閉じて頭を壁にもたせかけ、足を伸ばしてつっぱる。口から熱い息がもれる。このまま行き着く先は、よく知っている場所だ。こめかみが、ザクン、ザクン、と脈打っている。手の中にあるものも、まったく同じリズムを刻む……。

突然、鋭いベルに飛び上がった。

遠慮がちな短い音だったが、邪魔されたことには変わりなかった。心臓がばくばくしている。

こんな時間に訪ねて来るのは誰だろう？　克っぁんや店のスタッフなら、呼び鈴なんか鳴らさずに鍵を開けて入ってくるはずだし、となると、隆之か宏樹か、でなければサーフィン部の誰かだろうか。

(学校の近くに住むのも善《よ》し悪《あ》しだな)

ため息をついて立ち上がった。まだ半分くらい元気なままのそいつをなだめすかしながら階段を下り、何とかこわばりが解けてから、ドアの手前で声をかける。

「誰？」

返事がない。

少し強く声をかけた。それでも、返事がない。

「誰だよ」

半ば警戒しながら、そっとドアを押し開けた。

「な……」

ドアの外、裏庭の暗がりに立っていたのは、なんと、藤沢恵理だった。制服ではなく、白いTシャツと短いデニムのスカートに着替えている。

僕を見るなり、彼女のほうが先に言った。

「いま一人?」

「……は?」

彼女はまるで怒ったような早口でくり返した。

「いま、山本くん一人?」

「あ……ああ、うん。そうだけど」

「じゃ、ちょっといい?」

いいって何が? と訊くより先に、藤沢恵理は僕が開けていたドアの間からするっと中にすべりこみ、僕の腹を手で押し戻すようにしてどかすと、自分で後ろ手にガチャリとドアを閉めてしまった。

「お、おいおい。何やってんだよ」面くらって、僕は一歩後ろに下がった。「っていうかその、何しに来たんだよ」

彼女は、五つ数えるくらいのあいだ目を伏せていたが、僕が再び「おい」と言う寸前に顔を上げ、僕を見つめた。

蛍光灯の下だからというだけじゃなく、顔色は白っぽかった。視線にはへんに強い光が宿っていた。思わずもう一歩あとずさりしたくなるほどの、まるで思いつめたような光だった。

なるほど——ありっこないことが平気で起こるのがこの世の中かもしれない。けれどまさか、こういう形でそのことが証明されようとは思ってもみなかった。

藤沢恵理は、僕をまっすぐに見つめたまま言ったのだ。

「山本くん。私と……寝ない？」

◆

とうとう、本当に口に出してしまった。自分で自分が信じられない。

こうすることを思いついてからというもの、一日じゅう、山本光秀の下宿のベルを押す自分の姿をくり返し空想しているうちに、どんどん抵抗感が薄まって、現実感がなくなって、気がついたら目の前にはほんものの山本光秀が立っている。

八日前のあの夜とそっくりだった。「想像すること」と「実行に移すこと」の間には、人が思っているほど大きな隔たりはない。知らない男に抱かれながら、私が思い知ったことのひとつはそれだった。

あの夜を境に私の中のダムが決壊して、今までの十八年間たまりにたまってきた古い水が一気に噴き出してしまった感じだった。水門を上げたのが私自身だったのか、それともほかの何かだったのかはわからない。ただ、一旦あふれ出してしまったからには、自分ではもう止めようがなかった。腐った水に巻かれてあっぷあっぷしながら、どこまでも流されていくしかない。でも、行き着く先はいったいどういう場所なんだろう。何よりもいちばん不安なのはそのこと——このまま行ったら自分がどうなってしまうのか、まったく想像がつかないことだ。

山本光秀は、あっけにとられたように口を開けて、意味がよくわからないという顔で私を見下ろしている。

「聞こえた？」

そのつもりはないのに、ぶっきらぼうな口調になってしまう。

寝ない？　だなんて直截《ちょくせつ》で下品な言葉をわざと選んだのは、そんなふうにでも言わなければ、とうてい口に出す勇気が出なかったからだ。そういう言葉を使って自分をおとしめることでしか、蓮《はす》っぱな女を演出することでしか、いまの私は平静を保てなかった。彼は気がついてしまうだろうか。私の膝が、本当は震えていることに。

「い……」彼は咳払《せきばら》いした。「いきなり、なに言いだすんだよ」

少し、声がうわずっている。

でも、そうして彼の狼狽《ろうばい》をまのあたりにすると、反対に私はすっと冷静になることができた。頭のひとすみが、方程式を解く時と同じくらい森閑と醒めた。朝から頭の中でくり返されていたシミュレーションのおかげで、今ではもう、何というか、すでに起こってしまったことの録画ビデオを観ているみたいな気分だった。本当にそうならいいのに、と思った。そうすれば、とっとと早送りボタンを押して、この茶番の結末がどうなるか知ることができるのに。

「ふざけんのはやめてくれよ」と、彼はあいまいな薄笑いを浮かべて言った。「冗談にしたって趣味が悪すぎるよ」

「冗談？」

にこりともしないで聞き返してやる。それきり黙っていると、数秒おいて彼の唇から笑いが消えた。

お風呂から上がったばかりなのだろう、少し長めの髪はまだ濡れていて、胸のあたりから石けんの匂いが漂ってくる。その匂いをきっかけに、またしてもあの夜の男のことを思い出してしまった。目の前の彼の責任ではないのに、むしょうにいらいらする。

彼はグレーのトランクス型の短パンをはいているだけだった。さっきは考えもせずにさわってしまったけれど、私の指の先にはまだ、腹筋がきれいに浮き出たおなかの、板みたいに堅い感触が残っていた。

「理由を聞かせてもらいたいな」と、彼が言った。「もしかして、こないだの夜のことと関係があるわけ？」

馬鹿じゃないの、こいつ、と私は思った。それ以外の何が関係あるというのだろう。私たち二人の接点なんて、それしかないじゃないか。

奥は店に続いているらしく、彼の背後の薄暗がりに、サーフボードやウェットスーツがずらっと並んでいる。長袖の黒っぽいウェットスーツがラックにかけられて並んでいる様は、首を切られた人間の列のようにみえて薄気味悪い。その光景を見るともなく見やりながら、私は言った。

「どうでもいいじゃない、そんなこと。それとも山本くん、いま、つき合ってる彼女いるの？　それでその子に義理立てしてるとか」

「そういうわけじゃないけどさ」

「じゃあ、今はフリーってことね？」

「う……ん、まあそうだけど、でも藤沢さん、」

「心配しなくたって平気だよ」わざと途中でさえぎった。「私、病気なんて持ってないから」

彼は怒った。目の色でそれがわかった。

「誰がそんなこと言ってるよ。どうでもいいわけねえだろ。ちゃんとした理由を言ってみろよ」

口調まで変わってしまった。

「理由、ね」私は、大きく息を吸い込んだ。「その前に、部屋に上げるくらいしてくれてもいいんじゃないの」

目の中に、彼の視線が刺さりそうだった。

じっと我慢した。無言のまま、その視線をはねかえそうと歯を食いしばる。お互いの間の空気が煮詰まって、酸素がどんどん薄くなっていく。

いきなり彼が背中を向けた。はだしで奥へ入っていき、壁の切れたところを左へまわって見えなくなった。

どうしていいかわからずに、階段を上がっていく足音を無意識に七段目まで数えたところで、しんとなった。

「上がりたきゃ上がれよ」

「………」

私は、靴を脱いだ。

階段の上の踊り場には、小さい流しとガスコンロと冷蔵庫だけのキッチンがあり、その奥の六畳が彼の部屋だった。正面の大きな窓からベランダに出られるようになっていて、彼は私が上がっていくと、例の白いカーテンをサッと引いた。そうしないと、部屋の中はきっと学校から丸見えだ。この時間ならまだ、残っている先生もいるかもしれない。

お邪魔しますとも言わずに、黙って足を踏み入れる。今ごろ遠慮なんかしてみても意味がない。でも、入って最初に目についたのは、手前の壁に寄せて敷かれたままの布団だった。見るなり、心臓がばたばたっと引きつれた。目的のためには好都合のはずなのに、まだ最後の覚悟が定まりきらない。

「空いてるとこに座ってくれる」

言いながら、彼は布団を無造作に二つ折りにして押しやってしまい、かわりに、反対側の壁際に寄せてあった小机をひっぱり出して、注意深く私との間に置いた。私は「空いてるとこ」を作るために、畳の上に散らばっていたサーフィン雑誌を重ねてどけて、そこに横座りになった。

沈黙がおりてくる。

外からの風でカーテンが揺れ、内側にふくらんだり、網戸にへばりついたりする。

「何か飲むか？」

と、彼が言った。少なくとも表面上は、すっかり落ち着きを取り戻したように見える。気にいらなかった。彼がうろたえていたからこそ、こちらが主導権を握れていたのに。

「……いらない」

「じゃ、俺は失礼して」

閉めたカーテンの下にもぐるようにしてガラッと網戸を開け、ベランダに上半身だけ這《は》い出した彼は、再び網戸を閉めた時には飲みかけのビールの缶をつかんでいた。上を向いて、ごくりと一口飲む。

「ほんとに、いいのか？」

急にそう言われて、ドキリとした。

「……いいの。そのために来たんだから」

「いや、そうじゃなくて。飲み物の話」

頬がカッとなるのをどうにもできなかった。

「いらないって言ったでしょ」

彼は、ふんと鼻を鳴らして、また一口飲んだ。

いったい、この余裕はどこから来るんだろう。

横浜での夜からの一週間というもの、私は、彼の姿を目で追うようになっていた。もちろん、都を目で追うのとは全然別の意味でだ。数少ない一緒の授業とか、休み時間とか、放課後の掃除の時とかの間に、毎日気づかれないように彼を観察していた。監視、といってもいい。

けれど、いま目の前で膝を立てている彼は、学校での山本光秀とは別人のようにみえた。いつもの、まるでお笑いタレントなみのハイテンションで常にしゃべりまくっているのが「山本光秀」なのだとすると……いまここにいるのは誰なんだろう？

知らないうちに、次元の裂けめに入りこんでしまったかのようだ。

私は、膝に目をおとした。いつも穿《は》いているデニムのスカートがふいに見慣れない他人の服のように映り、そこにのせた手の指さえ自分のものではないように思え、今ここにいることが現実なのかどうかさえ自信が持てなくなってくる。

落ち着こうとして、あたりを見まわした。壁のカレンダーとか、汚い字で書かれた時間割なんかを見ている間だけ、現実感が戻ってくる。二つ折りにされた布団の枕もとの壁には、サーフィン雑誌から切り抜かれた写真がべたべた貼ってあった。

「来るなら来るって言ってくれりゃ、もう少し片づけておいたのにさ」

彼は、ようやく「山本光秀的」な軽口をたたいた。

あらためて間近で見ると、彼の肩幅はびっくりするほど広かった。朝夕欠かさず、波をかきわけて沖に出ることをくり返しているせいなのだろうか、肩も上腕部も胸板も、仁王像みたいに筋肉が盛り上がっている。制服を着ている時には、あまりそんなふうにみえないのに。

見ているだけで胸がどきどきしてきて、思わず目を伏せてしまった。こんなの、あのサラリーマンを相手にした時にはなかったことだ。

私は、ずっと前に見かけた道路工事の男の人を思い浮かべた。予想もしなかったことだけれど、山本光秀の体は、あの男の人のそれと同じように、ただそこにあるだけで私の体と思考を痺《しび》れさせる力を持っていた。こういうのをセックス・アピールっていうんだろうか。

スカートの奥のほうがむずがゆくなってくる。じっと座っていることすら苦痛で、膝と膝をきつくこすり合わせたくてたまらない。

でも、流されてしまうわけにはいかない。ひざまずいて抱いてほしいと懇願するのでは、ここへ来た意味がない。

私は、相変わらず醒めたふりを装って言った。

「話の続きだけど」

彼は黙って見ている。

「私が相手なんて、いやかな」

「そういう問題じゃなくてだな、」

「山本くんって、来るものは拒まないいんじゃなかったの？」

「誰がそんな……」言いかけて、彼はチッと舌打ちをした。「川原仁美か？」

「何の話？」私はしらばっくれた。「もしかして、仁美とも寝たってこと？」

「ばか、そんなんじゃねえよ」

彼は、いらついたようにビールの残りを飲みほした。喉ぼとけがごりっと動く。クルミか何かが仕込んであるみたいだ。

「なあ」濡れた下顎を手の甲でぬぐうと、彼は低い声で言った。「俺、あのとき言ったはずだよな。人の事情に首つっこむほど暇じゃないって」

その瞬間、怒りとも恥ずかしさとも知れないものが、ガソリンをなめる炎みたいな勢いで体を駆け抜けた。右脳に電極をさしこまれたかのようだった。

「そんなの信じられると思うわけ？」

膝を握りしめ、声を押し殺して私は言った。

「それに悪いけど私、誰にも借りなんか作りたくないの。だからこれは、頼んでるんじゃなくて取り引きだと思ってよ。あなたはこれから先、好きな時に私と寝ていい。すごく危ない日とか、あと……あれの最中とか、そういう時以外だったら、たいがいは応じてあげられる。でもそのかわり、このことと、それからもちろんあの夜のことも、絶対誰にも言わないって約束して。条件はそれだけ。簡単でしょ？」

言ったことのほとんどは嘘ではなかった。私は本当に彼に借りを作りたくなかったし、これを取り引きだと考えていた。でも、言わなかったこともいくつもあった。学校で彼が誰かとしゃべっているのを見るたびに、私の噂をしているのではないかと不安でたまらなくなること。この一連のできごとを都に知られたらと思うだけで、身がすくみそうになること。その恐れと不安で夜もろくに眠れないこと。こうして彼を共犯に引きずりこみでもしなければ、頭がおかしくなりそうなこと……。

「あのさあ」彼は、うんざりしたようなため息をついた。「なんかおたく、すごく無理してねえか？」

「どういう意味よ」

「ぜんぜん似合ってねえよ、そういうセリフ。はっきり言って浮いてる。まるで、清純派女優が不良の役やってるみたいだぜ」

「なに、それ」思わず鼻で嗤《わら》ってしまった。「この期に及んであんたまで、私のこと優等生のいい子だと思ってるわけ？　あんなところを見たっていうのに？」

「………」

彼はひるんだようには見えなかった。顔にはまだ、余裕の表情が浮かんでいる。

それを目にしたとたん、完全に頭に血がのぼった。信じられないくらいまっすぐに育ち上がったこの男を、むしょうに傷つけてやりたくなった。どこから見てもノーマルで健全で、悪いことといったらせいぜい隠れてビールを飲むぐらいが関の山。そんな彼の、昏《くら》さのかけらもないその顔を、苦痛と自己嫌悪にゆがませてやりたくてたまらなくなった。

「私、お金受け取ったんだよ、あの時」

気がつくと、言わなくてもいいことまで口走っていた。

「……え」

今度こそ、彼の表情が引きつった。その反応に、私は胸の中で勝ち誇った叫び声を上げた。いっそ快かった。もっとショックを受けて、もっとあきれて軽蔑してくれればいいのにと思った。私はそれに値する。

「三万円だったかな」ことさら何でもないことのように言ってやる。「べつにこっちから頼んだわけじゃないけど、くれるって言うんだもん、断わるのも悪いじゃない？　だから黙ってもらっといたの。相場としては安いんだか高いんだかよく知らないけど、コンビニとかでバイトすること考えたら割がいいよね。ほとんど時給二万ってことだよ。裸で横になってるだけでそれだもん、びっくりしちゃう」

止まらなかった。相手が不快な顔をしているのに気づくと、よけいに止まらなくなった。私が自虐的なことを言えば言うほど、彼は、自分が痛めつけられているような表情をする。この偽善者、と思った。私の痛みなんか、あんたにわかりっこない。ほんとは何もわかってないくせに、どこも痛くないくせに、そんな顔をしてみせたってだまされてやるもんか。

「せっかくこっちの『事情』まで思いやってくれたのに悪いけどね」突き放すように、私は言った。「あんなことに、べつに理由なんかないよ。私はただ、男と寝てみたかっただけ。相手なんかほんと、誰でもよかったんだから。ねえ、あれって気持ちいいよね、そう思わない?」

彼は、黙りこくって私を見つめていた。何を考えているのかわからない、複雑なものの入り混じった目つきだった。私にとって救いがあるとすれば、その瞳の中に憐《あわ》れみの色がないことだけだった。憐れまれたりするくらいなら、いっそ死んだほうがましだ。

本当は、こんなはずじゃなかった。仁美の言った「噂」を頭から信じたわけではないにせよ、私自身、山本光秀というのはもっと軽いやつだとばかり思っていたから、ちょっと誘って餌を投げ出してやれば、あのサラリーマンみたいに簡単に引っかかってくれると思った。東京の叔母だって言っていたではないか。男なんてものはいつだって女としたがっている動物だ、と。その動物がまさか、投げ出された餌の理由について考えるなんて……そんなの、反則だ。

彼は何も言おうとしない。だんだん、沈黙にいたたまれなくなってくる。

たとえどんなひどいことを言われても帰るものか、と奥歯をかみしめる。いま逃げ出してしまったら、水の泡どころか、前よりさらにひどいことになってしまう。そう思いながら、一方で、自分の中にこんな激しさがあったことに驚いていた。こういう感情のほとばしりを今までどこにもぶつけられなくて、いい子を演じ続けてとうとうキレてしまった私もかわいそうだと思うけど、罪もないのにその対象にされてしまった山本光秀も相当気の毒だ。

でも、ここまできた以上はもう後戻りはできない。何としてでも、彼に私と同じところまで堕《お》ちてもらわなければならない。いったいどうすれば誘いに乗ってくれるのだろう？　残されている方法は何だろう？　いっそのこと……服を脱ぎ捨てて抱きついてみる？

彼が身動きしたのはそのときだった。

反射的にビクッとなった私の目の前にごつい手が伸びてきて、何をする気かと思ったら、間に置いてあった小机をひょいと持ちあげて元の壁際に戻した。私が混乱している間に、彼は、天井の蛍光灯からぶらさがっていた紐を二度ひっぱって消した。

いきなり腕をつかまれた。真っ暗な中で、私は思わず声をあげた。彼は構うことなく私を畳に倒し、のしかかってきた。重い。それに予想していたより荒っぽい。

ついうっかり抵抗しかけて、はっと気づいた。

望んでいたことだ。いいのだ、どんなに手荒く扱われたって。知らない男じゃあるまいし、たとえめちゃくちゃに犯されたとしても殺される心配だけはない。かえって、いま乱暴にすればするほど、あとで彼が約束を守ってくれる可能性は高くなる。

私は、体の力を抜き、思いきって彼の背中に腕をまわすことまでした。

目が慣れてくると、そんなに真っ暗でもないことがわかった。カーテンごしの蒼い月明かりで、物の輪郭がはっきり見える。

すぐ上にある彼の目を見上げる。低い天井をバックにした彼の表情はなぜか、すごく悔しそうだ。まだしつこくためらっているのがわかる。

「藤沢……」呼び方が変わった。いつのまにか、さんが取れている。「やっぱり、こういうのって……」

何も聞きたくなかった。

だから私は、生まれて初めてのことをした。

手を下にのばして短パンの上からそこを握ると、彼はうっと絶句して眉を寄せた。宇宙人でも見るような目で私を見つめる。私は、予想外のそれの固さにひるむまいとしながら、握った手を不器用に動かしてみた。追いつめられた色が彼の目に走り、とうとう低い呻《うめ》き声をもらすと、荒々しく私の手をふりほどきざま、髪をひっつかむようにしながら唇を重ねてきた。彼の口からも、のどもとに浮いた汗からも、発酵した蜂蜜みたいなビールの甘ったるい匂いがした。

けれど、私にも誤算があった。

どうしたというのだろう。行きずりの男とした後は、こんなこともうたくさんだと思ったのに。本当はちっとも気持ちよくなんかなかったのに。あんなにばかばかしくてしらけた気分になったのに……。

それなのに、山本光秀の呻き声を聞き、その眉根に寄せられた苦しげな縦皺を見たとたん、私の体は一気に沸騰してどろどろに溶けてしまったのだ。体の芯が溶鉱炉みたいだった。噛むように乱暴にくり返されるキスを、いやだとも思わなかった。それどころか、目を閉じて舌の根っこと根っこをきつくからませ合っていると、異様に気持ちが昂ぶっていくのがわかった。私は、舌が抜けるほど強く吸った。彼が獣みたいな唸《うな》り声《ごえ》をもらしながら、私の下唇に噛みつく。痛みよりも、突き上げる興奮のために、私は彼の背中に爪を立てた。もう、誘惑するどころではなかったし、すでに取り引きでもなかった。ただただ、早く裸にされたくて、さっき握った彼のあれを奥まで入れてもらいたくて、気が狂いそうだった。早く。早く私に栓をしてよ。こんなことを思うくらいだから、とっくに狂っているのかもしれない。

彼の右手が私の胸をぎゅっとつかみ、それからTシャツの下に入ってきて、あっという間にブラのホックをはずした。やだ、こいつ慣れてる、と思ったとたん、シャツのすそをまくりあげられ、ブラまで上にずらされて胸の先を口にふくまれる。思わず背中をそらして声をあげかけた寸前、口を手でふさがれた。

今までつき合った女の子にも、みんなこんなふうに乱暴にしたのだろうか。布団も敷かずに抱いたのだろうか。そうは思えないけれど、かまわなかった。もともとろくな知り合い方じゃない。もっと荒っぽくされてもいい。フェリーの上で会った時みたいにむやみに同情されるよりは、そのほうがまだしも惨めじゃない。

恥ずかしさなんてもの、かけらも感じなかった。明かりがついていたって気にならないくらいだ。むしろ、すべてを自分の目で見届けたいとすら思った。している時の彼の表情や、腰の動きや、そして私とどんなふうにつながるかまで、全部。

彼の右手がだんだん下へさがっていく。汗ばんだ太ももの内側をつかまれて、私は鈍い痛みにのどの奥で声をもらした。そんなところには何もない、熱いのは、溶けているのは、もっと奥だ。でも、彼はなかなか先に進もうとしない。またしてもキスなんかしながらためらっている。

さんざん嚙まれてひりひりしている唇をもぎ離し、至近距離で目の奥をのぞきこみながらささやいてやった。

「まだ迷ってるの?」

「………」

「ずるいよね、山本くんって。そんなに、汚れるのがいや?」

「なんで……」食いしばった歯の間から、彼が呻く。「なんでそういうことばっかり言うんだよ。似合わねえって言ってるだろ?」

怒って傷ついた黒い瞳が、私を凝視している。――驚いた。どうやら偶然、痛いところを突いたらしい。

何も言わずに見つめ返す。まばたきもしないで見つめ続ける。

やがて、私のと同じように腫れあがった彼の唇が、かすかに動いた。

（……畜生……）

そして彼は、私の下着を引きずりおろした。

♠

「私、お金受け取ったんだよ、あの時」

藤沢恵理がそう言った瞬間、僕の心臓はぐしゃりとひしゃげた。

「……え」

――金、を？

〈まさか〉と〈やっぱり〉の両方だった。優等生で通っている彼女が金と引き替えに男と寝た、そのこと自体が信じられないというより、いや、それだってかなり信じがたい話ではあるのだが、それよりも僕を驚かせたのはむしろ、ろくに知り合ってもいない僕に対して彼女がそんな重大な秘密をもらしたことのほうだ。

こわばってしまった僕の顔を、藤沢恵理はあざけるように見つめている。

上顎に舌が貼りつくのを感じて、僕は、手に持っていた缶ビールをもう一口飲もうとした。

空だった。

缶を握り潰しながら、目のやり場に困ってうつむく。綿ジャージの短パンひとつしか身につけていないことが急に気になりだす。洗濯済みのTシャツはハンガーにかかったまま鴨居《かもい》にぶらさがっていたが、立ち上がっておもむろにそれを着たりすれば腹の中を見透かされそうだ。しかたなく、潰れた缶をそのへんに置く。

「三万円だったかな」藤沢恵理は、かまわず続けた。「べつにこっちから頼んだわけじゃないけど、くれるって言うんだもん、断わるのも悪いじゃない？」

（悪かねえよ、断われよ）

そう言おうとしても、舌は糊づけされたままだ。

「相場としては安いんだか高いんだかよく知らないけど、コンビニとかでバイトすること考えたら割がいいよね」

（比べるな、そんなもの）

「ほとんど時給二万ってことだよ。裸で横になってるだけでそれだもん、びっくりしちゃう」

形のいい唇から、似合いもしないセリフが次々とこぼれ出す。

そのたびに、ビールの缶と同じように潰れた僕の心臓はザクザク疼いた。馬鹿を言え、と思った。絵のモデルじゃあるまいし、横になってるだけで済んだはずがないじゃないか。

むかむかするのは、酔いがまわってきたせいばかりではなかった。だいたい何だってわざわざ、こんな気持ちのいい夜に胸くその悪い話を聞かされなくてはならないんだ？藤沢恵理が何人の男と寝ようが、何をして金をもらおうが勝手だが、人がせっかく気分よくやっているところへ無理やり押しかけてきて、いきなり「私と寝ない？」はないだろう。「頼んでるんじゃなくて取り引き」だ？「これから先、好きな時に私と寝ていい」だ？あの夜のことは誰にも話さないとあれほど言ってやったのに、人をばかにするにもほどがある。

胃袋の中身がぐつぐつ煮え立つ一方で、心臓はやはり痛いままだった。脳裏に、横浜で見た男の姿がフラッシュバックする。色つきの画面が視神経の奥のほうで明滅しているような感じだ。

藤沢よりも背の低い、サラリーマン風のさえない男だった。あんな男が、ここにいる彼女の体を抱いたなんて。ホテルのベッドに横たえ、服を脱がせて裸に剝《む》き、キスをし、ねっとりと舌をからませ、胸をもみしだき、体じゅうを撫でまわし、やがて膝を両側に割り、すらりと伸びた脚を大きくひろげさせ、そして……。

藤沢が、にらんでいる。何を想像してるかぐらいお見通しだと言わんばかりの目をして、ギリギリと音がしそうにこっちをにらんでいる。

たまらなくなって、僕は再び視線をそらした。

どうしてここまで挑発的な態度を取ろうとするのか、藤沢の言動は僕の理解をまったく超えていた。口止めが目的でここへ来たくせに、なぜ自分の不利に追い討ちをかけるような話まで打ち明けたり、わざわざ僕を怒らせようとしたりするのだろう。そのデメリットに気づかないほど、彼女は馬鹿じゃないはずだ。

「せっかくこっちの『事情』まで思いやってくれたのに悪いけどね」真冬の海より冷ややかな口調で、藤沢はなおも続けた。「あんなことに、べつに理由なんかないよ。私はただ、男と寝てみたかっただけ」

ぎょっとして、思わず目を上げた。

「相手なんかほんと、誰でもよかったんだから。ねえ、あれって気持ちいいよね、そう思わない？」

彼女の顔は陶器みたいに青白くて、髪の先までぴりぴりと緊張しきっていたが、表情だけは平静を装ったままだった。どうやら、いまの自分の言葉が僕に何を教えてしまったかには気づいていないらしい。おそらく無意識だったのだろう。

――なんてこった。

頭痛がしてきた。

〈男と寝てみたかっただけ〉

藤沢恵理のそのセリフは、裏を返せば、それまで男と寝たことがなかったと、つまりあれが初めての経験だと白状しているようなものだった。

信じられない、と、今夜何度目かで思った。初体験に、あえて行きずりの男を選んだっていうのか？　いくら何でもそこまで馬鹿なことをする女がいるとは思えないが、しかしそうとしか考えられない。どうしてなんだ？　何が彼女をそうさせたんだ？　いったいこいつは、何を考えてるんだ？　気持ちいいだって？　そんな、一回目から感じたりなんかできるものなのか？　最初はただ痛いだけのものなんじゃないのか？　リョーコだったかイズミだったか忘れたが、たしか誰かがそう言ってたはずだぞ。

疑問符が無数に折り重なり、津波のように押し寄せてきて僕のまわりで渦を巻く。頭ががんがんして、筋道だててものを考えることすらできなくなってくる。

目の前にぺたんと座りこんでいる彼女が、まるで言葉の通じない宇宙人みたいに思えた。学校での「副生徒会長・藤沢恵理」のイメージと、あまりにもギャップがありすぎる。いったいどっちが本当の彼女なんだろう。学校での優等生の顔のほうが本当で、今は無理してワルぶっているだけなのか、それとも、ここにいる彼女のほうが本当で、学校では猫をかぶって別の顔を演じているのか。……僕にはわからなかった。

それよりもっとわからないのは自分の下半身だった。

それでなくとも体の芯には、階下《した》の裏口の呼び鈴が鳴らされる瞬間まで一人でしていたことの余韻が、熾火《おきび》のようにしつこくくすぶっていた。藤沢の告白は、そこへ新たな薪をくべたのだ。

以前から、思っていた――据え膳食わぬは男の恥なんて言うけれど、そんなもの、食うほうがよほど恥じゃないか、と。

女子の間でどんな噂がとびかっているかは知らないが、さっきこの部屋に上がるなり藤沢が言ったような内容だとすれば（「山本くんって、来るものは拒まないんじゃなかったの？」）あまりに心外だった。噂のすべてを否定はできないが、僕にだって好みもあれば、少しは自制心もある。知り合ったその日のうちに寝た相手はいなかったし、いっぺん寝た相手とは最低でも一か月以上、ふつうにつき合ってきた。一晩限りの、あるいはセックスだけの関係なんてのはこれまで一度もなかった。いくらやりたい年頃だからといって、さかりのついた犬じゃあるまいし、動くものなら何でもいいというわけではないのだ。

なのに……その自信は、いま初めてぐらつこうとしていた。それどころか、下半身からくりかえし突き上げてくる欲望のあまりの激しさに当惑するほどだった。

しばらく前から僕のそれは、異様に昂ぶり、熱を持って脈打っていた。しばらく前というのはつまり、藤沢があの男に抱かれるさまをありありと想像した時からだ。どんどん速く激しくなっていく血の流れが、密林の奥から響く太鼓のように僕をあおりたて、そそのかす。

（捨てちまえ、理性も理屈も捨てちまえ、捨てちまえ、捨てちまえ……）

苛立ちに似たむず痒《がゆ》い欲望がヘソの下のほうで蠢《うごめ》き、その欲望をどこへも注げないことでよけいに苛立ちがつのっていく。内臓のまわりにもそれのまわりにも、無数のアリがうじゃうじゃたかっているみたいだ。これほど強烈な性欲は、今までつき合った女の誰に対しても感じたことがなかった。クラスの男どもと比べても、どちらかと言えば自分は淡泊な部類に入ると思っていたのに、どうしたっていうんだろう、藤沢恵理がすぐそこに、ちょっと手を伸ばせば届く距離にいるのを見ていると、じりじりと体温が上がっていき、肌が汗ばんで、ただもう……やりたくてたまらなくなってくる。べつに彼女に惹かれているわけじゃないのに、本来ならこんな気の強い女は好みじゃないはずなのに、どうしても今はこいつとやりたい、こいつじゃなくちゃ意味がない、恋だの優しさだの言葉だの、面倒な手続きなんかいっさい抜きにして、ただこいつの中に入れて、何も考えずに最後までつっ走りたい、この熱い昂ぶりと苛立ちとを今、たったいま鎮めることができるなら、もう死ぬまで二度とやれなくてもいい……。

足の間のこわばりは、もう硬度を増しすぎて痛いくらいだ。

もともと取り引きを申し入れてきたのは藤沢のほうじゃないか。彼女だってこのままでは引っ込みがつかないだろう。こっちが冷静さを装って断わったりすれば、彼女に恥をかかせることになるんじゃないか？　体の関係を結ぶことで安心できるというなら、黙ってそうしてやるのが思いやりってもんじゃないのか？

（捨てちまえ、捨てちまえ、捨てちまえ……）

湿気をたっぷり含んだ空気の中で、お互いの沈黙が続いている。ただでさえ狭い部屋の壁が、四方からじわじわと押し寄せ、どんどん息苦しくなっていく。

窓の外から、波の音がかすかに届く。庭先で虫が鳴きはじめた。

下の道を軽トラックか何かが通っていく。短いクラクションの音と、遠くで一発だけ、ロケット花火の音。

と、今まで頑《かたく》なに口を結んで僕をにらんでいた藤沢恵理が、かすかに唇をひらいて息を吸い込むのがわかった。肺がふくらみ、それにつれて胸がTシャツの布地を押し上げる。白くて薄い布地の下から、ブラの線がうっすらと透けている。

首の後ろの産毛が逆立つような興奮に、身震いした。

窓から涼しい風が入ってくる。内側にふくらんだカーテンのすそが、僕のむき出しの背中をつつつ……と撫であげ……。

(捨てちまえ)

すーっ……と撫でおろし……。

(捨てちまえ)

つつつ……と撫であげ……。

(——限・界・だ)

思うより先に、手が伸びた。藤沢が飛びあがった。

テーブルをどかす。

電気の紐をつかむ。

引きちぎるように消す。

闇の中をまさぐる。

腕に触れる。

つかむ。

短い悲鳴があがる。

かまわず押し倒してのしかかる。

逃れようと彼女がもがく。僕の胸を押し戻そうとする。

あれだけ挑発したくせに何なんだ、そう苛立つ反面、奇妙な話だがどこかでほっとしていた。今までの彼女の言動がすべて強がってみせただけのポーズでしかないとしたら、そのほうがよほど理解しやすかったからだ。

けれど、抵抗はすぐにやんだ。それはかりか、彼女は思い直したように僕の背中に腕をまわしてきた。へびが巻きついたかと思うほど、冷たくてしなやかな腕だった。

暗さに目が慣れるにつれて、予想していたよりずっと近くに藤沢恵理の蒼ざめた顔が浮かび上がった。こうしてみると、まるで宝塚《たからづか》の男役みたいに端整な目鼻立ちをしている。すっきりと切れ上がった目尻。黒々とした瞳が、僕をまっすぐ見上げている。

ふいに、自分でも戸惑うほど大きく気持ちが揺さぶられた。

あの夜も、こいつはこんなふうに男を見上げたのだろうか。同じように簡単に押し倒されて、背中に冷たい腕をまわしたのだろうか。こんな……こんな澄みきった目をして、金を受け取ったのだろうか。

（くそ、なんでこんなことになっちまったんだ）

強姦《ごうかん》なんかではないにしろ、これは、僕が今までなじんできたやり方とはあまりにも違いすぎる。今さら彼女に向かって「本当に後悔しないか」などと確かめたりすれば思いきりばかにされるのがわかりきっているが、それでも、どうしても罪悪感を捨て去ることができない。

息をのんだ。

「藤沢……」かすれ声を押し出す。「やっぱり、こういうのって……」

一瞬、何が起こったかわからなかった。硬直したまま、茫然と藤沢を見おろす。

彼女は僕のそこを握ったまま、一歩も引かずに見つめ返してきた。その手がやみくもに動かされる。力が入りすぎていて痛いだけだったが、それでも僕の血は一気に沸騰し、すさまじい勢いで逆流を始めた。脳の血管がぶち切れそうだ。

たまらずに彼女の手をふりほどき、唇に嚙みつく。

驚いた。女の唇というのはもっと柔らかいものだと思っていたのに、藤沢恵理の唇は僕のそれを跳ね返すほどの弾力に満ちていた。みかんの房のような感触で、思わず歯をたてて嚙み破りたくなる。

顎をつかみ、強引に口を開けさせながら舌を差し入れる。かすかに歯磨き粉の味がした。僕が使っているのとたぶん同じやつだ、家にはどこへ行くと言って出てきたのだろう、そんな考えは、不器用に応えてきた舌の熱さのせいでどこかへけしとんだ。

藤沢はくぐもった声をもらして僕の舌を吸った。根っこから引き抜かれそうだ。顔をぶっ違いにして噛みついてやると、背中に鋭い痛みを感じた。爪が食いこんでくる。これもみんな演技なのだろうか？　それとも本当に感じているのだろうか。唇をもぎ離し、彼女の顔をさぐってみる。暗がりでもわかるほど頬は紅潮して、息は乱れ、目が潤んでしまっている。これが演技だとしたらオスカーものだ。胸を強くつかむ。藤沢がぎゅっと眉を寄せる。Tシャツの中に手を差し入れてブラのホックをさぐりあて、指をぱちんと鳴らす要領でひとひねりしてはずし、シャツのすそをまくりあげる。胸の先をちぎれるほど強く吸いたててやると、彼女はエビのように跳ねて声をあげかけた。

とっさに手をのばして、口をふさいだ。夜の人声はよく響く。窓の下は往来だ、誰に聞かれるかわかったものじゃない。ちょうど学校帰りの教師が通る頃だし、ここが僕の下宿だと知っているやつはいくらでもいるのだ。

そっと手をどけると、藤沢の口から湿った熱い息がもれた。離した手を、短いスカートの下からゆっくりとさし入れ、ももの内側をつかむ。高圧電流を流したように、彼女の体が震える。

うわの空でキスをくり返して時間を稼ぎながら、今ならまだやめられる、渾身《こんしん》の力をふり絞ればの話だが何とかやめられそうな気がする、でもこの奥にあるものに手を触れてしまったが最後もう引き返せない——何の根拠もないのにそう思った。

と、頭の両側の髪がつかまれ、唇をもぎ離された。

「まだ迷ってるの？」

藤沢は、つきつめた目の色で言った。僕が黙っていると、無表情に続けた。

「ずるいよね、山本くんって。そんなに、汚れるのがいや？」

鋭い痛みが、脳から脊髄を通って足の指の先まで走りおり、わきの下に冷や汗がじっとりにじむ。

「なんで……」わかったんだ、と続けそうになって、慌てて言葉を呑む。「なんでそういうことばっかり言うんだよ。似合わねえって言ってるだろ？」

挑むような目に迎え撃たれて、思わず、ムカッときた。

（……畜生……）

もう、どうとでもなれと思った。こんなやつに遠慮してやる必要なんかない。据え膳だろうが取り引きだろうが、知ったことか。

下着をつかんで、一気に膝まで脱がせる。藤沢ののどがひゅっと鳴った。溶岩みたいな昏い衝動が、全身の血管という血管をかけめぐって僕を駆り立てる。デニムのスカートのジッパーを下げ、すそを両手でつかんでぐいぐい引きずりおろす。無意識にちぢこまろうとする藤沢の体を無理やり組み敷いて、のどに舌をはわせる。ひどく塩辛い。Tシャツを首から抜き取り、ブラもむしり取って後ろへ放り投げる。彼女の腕をつかんでひろげさせ、体の両側で押さえつけ、そして何も考えずに口から出た言葉が、

「そんなに男とするのが好きなら、やってやるよ」

自分で耳を疑った。藤沢が目をみひらく。

「あの男なんかより、もっと気持ちよくさせてやる」

聞いたこともない低い声だが、まぎれもなく自分の声だ。舌が、操られているように、呪われているかのように勝手に動く。ちょっと待ってくれ、違うんだ、こんなことを言うつもりじゃ、

「ごまかさなくていいよ、藤沢。取り引きだなんて口実だろ？　ほんとは俺とやりたかっただけなんだろ？」

真下で、藤沢の顔がゆがんだ。

後悔すると同時に、ざまみろと思った。同情すると同時に、その表情がもっとゆがむところを見たいと思った。こんなひどいことを口にするなんてどうかしている、それがわかっていても、一方では自分の吐いた言葉の残忍さに背すじをゾクゾクさせている僕がいる。今まで誰とこういうことをしても、相手を傷つける言葉だけは口にしないようにしてきたのに。言葉で女をいじめて喜ぶなんて趣味はないはずなのに。

さもしくて、貪欲で、底意地の悪い、もう一人の山本光秀。いったい今までどこに隠れていたのだろう。何かどす黒いものが腹の底でとぐろを巻き、鎌首をもたげ始める。怒りにも焦りにも似たその感情が、藤沢に対するものか自分に対するものかすら、もうわからない。

彼女の目をのぞきこみながら、ゆっくりと短パンをおろした。片方の足を抜き、その

足先で反対の膝に引っかかっている短パンを下まで脱いで、どこか脇のほうへ蹴りやる。胸と胸とを重ね合わせると、いつのまにか二人とも汗だくになっていたのがわかった。藤沢の乳房が、僕の胸の下で平たくつぶれながらぬるんと滑る。唇と同じように弾力のある胸だった。スレンダーな体つきとは不釣り合いなほど、胸だけがたっぷりしている。

足の間に僕のそれがあたるのを感じたとたん、藤沢は息を乱した。まぶたは閉じられ、眉は苦しげに寄せられて、頬がますます上気していく。

思いきって指をやってみると、彼女のそこは、すでに何の準備もいらないくらいあふれていた。今までの女たちなら羞《は》じらいを装ってきつく脚を閉じたのに、藤沢は逆だった。目は閉じたままだが、脚は自分から開いていく。誘うように、僕の指をもっと奥へ迎え入れるかのように、腰を浮かせる。

(こいつ、ほんとにこれで二度目なのかよ)

半ばあきれながら本棚に手を伸ばし、いちばん下の段の奥から小さい箱を取った。中から小袋を一つつまみ出して、歯で破る。好きな女はもちろんだが、好きでもない女ならなおさら妊娠させるわけにはいかない。

片手でなんとかうまく準備を済ませる。そうやっていつもと同じ手順をふむ間には、いくらか自分のペースを取り戻すことができた。これ以上、引きずりまわされてばかりいてたまるか。

自分自身を握り、入口にあてがうと、藤沢が小さく叫んだ。

僕は動きを止めた。彼女が目を開けてこっちを見るまでわざと待ってから、

「声……。出すなよ」

「…………」

藤沢ののどが、ゴクリと鳴るのが聞こえた。

◆

痛い？　ごめんね、いい子だからちょっとだけ我慢しようね、痛いのは最初の一回だけだから、女の人はみんな、これを我慢して大人になるんだからね。

——横浜での夜。

あのサラリーマンは、腰を動かしている間じゅう、私に言い訳し続けていた。うざったくて仕方なかった。黙って調子を合わせてはいたものの、相手がどうやら処女に性の手ほどきをする役どころにすっかり酔っているらしいのが滑稽で、聞いているこっちのほうが恥ずかしくなってしまった。

男ってなんてバカ、そう思ったけれど、そんな男たちに抱かれたくて悶々《もんもん》としていたのは自分じゃないかと気づいたらそれも情けなくて、なおさら落ちこんだ。あの男とのセックスに没頭できなかったのは、いま考えると、そうやってよけいなことばかりぐるぐる考えていたせいもあったのかもしれない。

でも、今夜は、違っていた。

この部屋へ来るまでは、どうせ最初の時のように寒々しい気分になるか、途中でしらけるにきまっていると思っていたのに、山本光秀は——というか彼の体は——怖《おそ》ろしいほど強烈な磁力で私を惹きつけた。もっとあからさまに言うなら、私は、彼の発散する雄の匂いにめちゃくちゃそそられたのだった。蠅《はえ》が、食虫植物の発する匂いにふらふら吸い寄せられて自滅するみたいに。

昔あの倉庫で見つけたポルノ雑誌のグラビアや漫画よりも、これまでに隠れて読みふけったポルノ小説のどんな描写よりも、山本光秀の裸ははるかにいやらしくて、獰猛なまでに官能的だった。本人にはまったく自覚がなさそうだけれど、体形や筋肉のつき方はもちろん、しぐさや声のトーンまでが必要以上にエロティックなのだ。いや、こちらのエロティックな気分を刺激するのだ。もしかすると彼に対してこんなふうに感じるのは私だけなのかもしれないけれど、この際それは問題じゃない。問題なのは、私が今こうして、死にそうなほど発情しているという事実だけだ。

ずっと、自分をプライドの高い人間だと思っていた。中身がそのプライドに見合っているかどうかは別にしても、とにかくプライドを傷つけられるのが嫌いなことだけは確かだった。

けれど、

「ごまかさなくていいよ、藤沢」

地を這うような声で山本光秀が言った瞬間、私の頭はぴたりと思考をやめた。

「取り引きだなんて口実だろ？　ほんとは俺とやりたかっただけなんだろ？」

目に爪を立ててえぐり出してやっても足りないほどひどいことを言われたはずなのに、体も口も痺れて動かなかった。手を押さえつけられていなくたって、同じだったろう。

今さら山本光秀なんかに良く思われる必要はない。だから、何を言われようと反論する必要もない。

でも、私が彼に対して怒りすら感じなかったのはそういう理屈からではなく、ただ、彼の指摘があまりにも的を射ていたからだ。ここへ来た当初の目的はほんとうに口止めのためだったけれど、今となってはもうどうでもよくなってしまっていた。たとえ、そんな取り引きはしない、明日には学校で洗いざらいぶちまけてやると言われたとしても、それでもかまわない、このまま帰されるのだけは耐えられないと思うくらい、彼が欲しくてたまらなかった。

山本光秀のすることは、何から何までがいちいち、憎たらしいほど手慣れていた。あれをつける時だって、前のサラリーマンは私に背中を向けて長い間ゴソゴソ手間取っていたのに、彼ときたらいとも簡単に用意を終えてしまった。

いったい今までに何人の女の子がこの部屋で裸になったんだろう。つまり、延べ、ってことだけど。

そうして考えてみると、これは私にとって、ただの二度目ではないのだった。初めて、の二度目なのだった。一度目よりも、驚くことはかえって多かった。一度目はすべてをこんなものかと納得するだけだったのが、今回は、前の時と比べるせいだ。キスの方法も、愛撫の順番も、触れ合っている肌の感触や匂いや体の特徴にいたるまで、人によってこんなに違うものだなんて思ってもみなかった。

やがて、私の中心に、彼の先端が押しあてられた。とうとう、くる……。あまりの期待に思わず、あっ……と声がもれる。

なのに彼はそれきり何もしない。苛立ちながら目を開けると、彼は無表情に私を見下ろしていた。

「声……。出すなよ」

ぶっきらぼうに言われたとたん、ゾクゾクゾクッときた。

私を押し分けて、彼が入ってくる。ゆっくり……容赦なく……。彼が畳に両腕をついているせいで、私にかかる重みはそこ一点に集中している。

眉を寄せ、顎を引いてじっと耐える。けれど、奥までぜんぶ沈め終わった彼がいきなり腰を引いたとたん、私は再び声をあげてしまった。慌てて手の甲で口をふさぐ。

彼が眉をひそめてのぞきこむ。そして、言った。

「痛い……のか？」

どきっとした。何か言われるとは思ったけど、そんな言葉は予想外だった。慣れていないと気づかれてしまったのだろうか。これがまだ二度目だなんて知ったら、彼はその気をなくしてやめてしまうかもしれない。

　私は首を横にふり、わざと挑発的に言った。

「いいから、早く続けてよ」

　幸いなことに、感じているフリをする必要だけはなかった。私は本当に感じていた。少しの痛みはあったけれど、そしてそれは前の時よりもいくらか強かったけれど、我慢できないほどではなかったし、私の内部《なか》が徐々に彼のかたちや大きさになじんでいくにつれてほとんど気にならなくなった。

　だんだんと、お互いの動きと呼吸が速く、荒くなっていく。

　しょせん動物と同じじゃないか、と思ってみる。恋愛映画なんかだと、ベッドシーンには必ずバラードみたいな美しいＢＧＭが入って、男と女は互いを狂おしげに見つめながらシーツの下で上品に腰をうねらせているのが常だけれど、結局、していることは犬と同じだ。こんな、ひっくり返ったカメみたいな滑稽な格好で脚をひろげて、つながって……こんなことのどこが美しいもんか。

　にもかかわらず、私はすでにどうしようもなくとろけきってしまっていた。こらえてもこらえても漏れそうになる声を、指の節を噛みしめて必死に押し殺す。こういうのを、気持ちいい、というのかどうか、今までに味わったことのある感覚のどれともまったく似ていない。ほかの何にもたとえようがない。自分の体内に異物が、それも赤の他人の体の一部が入ってくるのを黙って受けいれるなんて信じがたいことだけれど、私はいまそれをしていて、しかもそうされることによって心臓が止まりそうなほど興奮しているのだ。

おなかの下のほうの筋肉が、しこりができたかのように固く締まっていくのがわかる。足の指が全部ひろがってそり返る。彼にこすられている部分から全身に、発火しそうな熱さが伝わり、頭の後ろが風船みたいにふくらんで意識が白く濁っていく。あのころ雑誌で覚えた「いい」という言葉の意味が、ようやくわかりかけた気がする。

薄く目を開けた。

彼の額や、のどや、鎖骨のくぼみに、汗が粒になってふつふつと浮き出している。冷たいグラスについた水滴みたいだ。

……きれい。ひとつずつ、舌の先ですくい取りたいほどきれい……。

不思議だ。山本光秀のことは嫌いなのに、その体にはどうして嫌悪を感じないんだろう。している行為も、お互いの間に恋愛感情がないことも、あのサラリーマンの時とまったく同じなのに。

ごつごつした腕が、背中と畳の間に差し入れられる。チューリップの茎のようにしなる私の体を抱き起こしながら、彼は、胸の先を口に含んだ。そこはもう痛いくらい敏感になっていて、でもそうされるだけでのけぞってしまうほど気持ちいい。彼の舌の上で、私の乳首が転がる。そのころころした感触を、私は自分自身の舌先で味わっているかのように感じた。なま温かくて、妙な懐かしさがある。

彼が歯を立てた。私はこらえきれずに彼の頭を抱きかかえ、髪をぐしゃぐしゃにかきまわした。汗に濡れて細かい束に分かれた髪が、シルクみたいにひんやりとした感触を残して指の間をすり抜ける。太い腕が私の腰をきつくきつく締めつける。ねじ切られそうだ。のどに彼の唇が押しあてられ、濡れた舌が軟体動物のように這っていくあとを、窓からの風がすぐに冷やしていく。メンソールを塗ったみたいにすうすうする。

「……がする」

私の耳たぶをかじりながら、彼が何かつぶやいた。

「……え?」両手両足で彼にしがみついたまま、かろうじて訊き返す。「なん、て言ったの?」

「お前、」かすれた声がくり返した。「海と……」

やがて、私が生まれて初めての昂まりに息をつまらせ、足先を引きつらせて悲鳴をあげる瞬間まで、山本光秀のその言葉は、朦朧《もうろう》とした頭の真ん中でくり返し響き続けた。

――お前、海とおんなじ味がする……。

# 第2章

♠

夏の初めに親父と交わした口約束……九月からの大会シーズンより前に久しぶりに二人で海に入ろうというあの約束は、とうとう、果たされずじまいだった。親父の容態はその後もただ悪くなるばかりで、サーフボードに立ち上がるどころか、病院の売店まで一人で行くことさえままならないありさまだったからだ。

いちばん初めに姉貴から、親父がガンだと聞かされた時、僕は言った。

「でも、まだ悪性と決まったわけじゃないんだろ？　ガンにも良性のと悪性のがあるっていうじゃないか」

いま思うと、あまりにも馬鹿な質問で笑えてくる。「良性のガン」なんてものはあり得ない。腫瘍のうち、悪性のものだけをガンと呼ぶのだ。

おまけに親父のは、スキルスという進行性の胃ガンだった。普通の胃ガンはせいぜい大きさが十センチ止まりなのに、親父のそれは二十センチ近くあるらしい。ガン細胞が粘膜や筋の層の中に深く入りこんで進行するために、発見された時には手遅れというケースが多いのだそうだ。

胃の出口のところにも大きなのができているせいで、親父はろくに食べられず、今のところ点滴で血管から栄養を注入して体力をもたせている。口から食べられるようにするには、胃の出口にできたやつをよける形で胃と腸を結ぶバイパスを作る方法があるというが、そのためには当然、またしても腹を開かなければならない。そんな手術に耐えられるだけの力がもう親父に残っていないことは、素人目《しろうとめ》に見ても明らかだった。

「安心しろや、光秀。俺はガンでは死なんさ」

その午後、病院の白い天井をじっと見上げながら親父は言った。窓からさしこむ光の柔らかさも、遠くに見える海の蒼さももう、まぎれもなく秋のそれだ。

自分の病状がもう末期に来ていることははっきり知っているくせに、今ごろ何を言っているんだろう。答えようもなくて黙っていると、

「ガンでは、死なん」親父はくり返した。「死ぬとすれば、単にそれが俺の寿命だからだ」

また屁理屈《へりくつ》をこねやがって、と思った。体がこんなになっても、口だけは減らない。いまだに医者や看護師に向かって馬鹿の一つ覚えのように、「手遅れにならないうちにここから出せ」とゴネては嫌がられている。

「親父」

「ああ？」

「…………」

「遅い。早く言え」

「……怖く、ねえのかよ」

親父は僕を横目で見て、唇の端をかすかにゆがめた。

「ふん。あとのない者に怖いものがあってたまるか」

——そうだろうか。普通は、あとがないという、そのこと自体を怖がるんじゃないだろうか。

「なあ、光秀。生きてるものは、必ず死ぬんだ」

僕の考えを見透かしたように、親父は言った。

「俺みたいなガン患者の死亡率がどの程度のものかは知らんが、そうでなくても、どうせいつかは寿命が尽きて死ぬ。ヒトの死亡率は一〇〇％だ。死ぬことそのものは、だから、そうたいしたことじゃない。むしろ俺にとって苦痛なのはな、」

親父はそこで言葉を切り、僕がちゃんと聞いているかどうかをジロリと確かめてから、再び続けた。

「俺が苦痛なのは、静かに死なせてもらえないことだ。無駄としか思えない延命治療をほどこされて、意識もないのに無理やり生かしておかれることだ。いいか、光秀。そのことだけは覚えておいてくれよ」

——くれよ。

記憶にある限り、親父が僕に頼みごとなんかするのは、それが初めてだった。

九月の第一週に、とある企業の主催で行われた大会における僕の成績は、克つぁんに言わせると、

「ふざけんなよ」

だった。

「ったく、寝ぼけてんじゃねぇぞ。せっかくのお前の持ち味はどこやっちまったんだよ。え？　いつもの攻めのライディングはよ。何だありゃあ、無難に無難にまとめようとしやがって。終わりかけの年寄りか、お前は」

同じ大会で、去年は一位だったのが今年は四位にまで落ちたのだから、まあ何を言われても反論のしようがない。

練習不足とか、体調とかいった以前の問題だった。べつに積極的に攻めていくのを恐れて無難にまとめようとしたわけではなくて、ただ、攻めていこうという気が起きなかったのだ。負け惜しみでも何でもなく、敗因は、単なるやる気のなさだった。そのせいか、悔しささえあまり感じなかった。夏の初めに参加を申し込んだ時点では、ぜひとも優勝して賞品のグアム・ペア旅行券をおふくろと広志さんにプレゼントしてやろうと思

っていたから、それがちょっと残念だっただけだ。いくら旅行代理店をやってたってタダで旅行できるわけじゃないだろうし。

でも、やる気になれないのは試合の時ばかりじゃなかった。どうでもいい、という倦《けん》怠《たい》感は、その後もますますひどくなった。放課後いつものように海に入っても、練習にさっぱり身が入らない。こんなのは生まれて初めてだった。

波に乗ってさえいれば満足だったはずの僕の変貌ぶりに、子供時代から僕を知っている克つぁんが気づかないはずはない。

「おい、ちょっと待った」

夕方、僕がいつもより早く練習を切り上げて下宿へ帰るのが三日ほど続いたある日、克つぁんは、部屋への階段を上がろうとする僕を呼びとめた。

「ついさっき、川井《かわい》が寄ってったぞ。お前に、明日の朝も来ないのか訊いといてくれってよ」

「あ……そうスか」

ひそかに舌打ちをする。今朝の練習をサボったことまでばれてしまったわけだ。

川井先輩は、年こそ一つ上だが、H・R《ホームルーム》のクラスは僕と同じだ。成績があまりにまずかったのと出席日数が足りなかったのとで今年は卒業できなかったのだけれど、根っから能天気な先輩がそのことを気に病む様子はなかった。それどころか、足りない単位を補うには週に三日も学校に来ればいいというので、家業の八百屋を手伝うかたわら、この夏から呑気《のんき》にサーフィンを始めたくらいだ。

なんでも、先に卒業した仲間が夏休みにこっちへ遊びに来た時に、そいつらのボディボードをちょこっと借りてやってみて以来、波に乗るスピード感やスリルが面白くてやみつきになってしまったらしい。どうせやるならサーフィンのほうが女にもてるとか、せっかく一流選手がそばにいるんだから教わらなきゃ損だとか言って、『TAKE OFF』で中古の安いサーフボードを買い、毎朝僕の練習につき合うようになったまではいいのだが……いかんせん、絶望的にセンスがない。ひと月半も練習してようやく、板の上に一瞬だけ立てるようになったところだった。

「川井のやつ、後でまた電話するってよ」

「わかりました」

おとなしく答えて階段を上がろうとしたのに、

「待てって、光秀」

克つぁんはそう甘くなかった。

「お前、ここんとこおかしいぞ。何かあったんじゃないのか？　言ってみろよ」

しかたなく向き直ってみると、克つぁんは商品の並んだガラスケースの上に両手をついて、真面目な顔で僕を見ていた。

「相変わらず心配性だなあ、もう」僕は苦笑いでごまかした。「べつに何でもないですって。ちょっと疲れてるだけっスよ」

「嘘つけ。正直に言っちまえよ。なあ、何があったんだ」

「今んとこ何もないスけど、たとえ何かあったって克つぁんには言わないどきます」

「なんで」

「市子姉ちゃんに筒抜けになりそうだから」

克つぁんの顔が、カメレオン並みの早わざで赤くなる。

「み、光秀お前、それ……なんで？」

「べつに。カマかけてみただけですけど」

「……コンの……」

野郎、までは聞かずに階段を駆け上がる。

親父の病気のことを知って以来、克つぁんと姉貴が前よりずっと頻繁に電話で話すようになったのには気づいていた。親父にしたって、昔から実の息子以上に可愛がっていた克つぁんが娘とくっつくなら大喜びだろう。自分がガンになってやったおかげだとか言って威張りたがるかもしれない。

踊り場まで上がって部屋の引き戸に手をかけたところで、

「おい、どうするつもりなんだ」

下から克つぁんが怒鳴った。

「どうって？」

「明日の朝だよ。またサボリか？」

心配してくれるのはありがたいけれど、その一瞬、爆発するように、すべてがわずらわしいと思った。

「……明日は行きます」

と、僕は言った。


板の上に乗ってバランスを取るという点だけを見て、サーフィンをスノーボードやスキーと比べる人がいるけれど、そこには大きな違いが一つある。サーフィンの場合、乗る波そのものが動くということだ。

とくに、低気圧が近づいている時の波を乗りこなすのは、凶暴な未知の生命体を手なずけるに等しい。一瞬でも気を抜いたが最後、巨大な爪にわしづかみにされ、水面に叩きつけられ、海の底へ引きずりこまれる。

「台風前の波を乗りこなせれば、世の中に怖いもんはなくなる」

昔から、親父は口癖のように言っていた。

「ああいう時の波は次にどう動くか予測がつかんからな。海に比べりゃあ、人間なんぞアメーバより単純なもんさ」

けれどいま、僕は親父に、それは違うと言いたかった。

それは違う。人間はそんなに単純じゃない。少なくとも、藤沢恵理はそうじゃない。次の予測どころか、僕には藤沢がいまこの瞬間に何を考えているかさえ、まったく想像がつかないのだ。

女と男がいくら別の生きものだといっても、何から何まで、すべてが違っているはずはない。でも、藤沢についてだけは、僕にはまるで理解不能だった。今までにつき合った女の子たちの不可解さを全部まとめて比べても追いつかないほど、藤沢恵理のわけのわからなさは群を抜いていた。

初めて藤沢と寝たあの夜から、もう二か月以上が過ぎようとしている。その間、彼女はさらに六回にわたって僕の部屋を訪れた。

六回とも、誘ったのは僕のほうだ。それが相手の弱味につけこんだどんなに汚い行為かわかっていても、どうしてもやめられなかった。

——取り引き。

最初に藤沢がそう言いだした時はあきれかえって腹が立ったはずなのに、一度でも体を重ねてしまうと割りきるのは案外簡単で、だからこれは藤沢の申し出を受け入れたというより、自分自身のダークサイドを受け入れたというのに近い。何だかんだ御託を並べてみたところで、結局のところ僕はあの時、欲望に負けて藤沢を抱いた。そういう仕打ちのできてしまう人間だったということだ。

だが、正直言って、あの夜の藤沢とのセックスはめちゃめちゃ良かった。この快楽が二度と味わえないなら生きていく価値などないと思ってしまうくらいのものすごさだった。罪悪感なんてちゃちなもの、あの圧倒的な快感の前ではこれっぽっちの力もなかった。僕は、思いつく限りのあれこれを藤沢恵理の体で試した。僕を好きだと言ってくれる子が相手ではとうていできなかったことも、あの夜の彼女に対してはなぜか平気で要求できたのだ。彼女の体はすさまじく敏感で、同時にすさまじくタフだった。不器用ながらも僕の動きに応え、しかも驚いたことに自分からも動いた。何もかもを搾り取ろうとするような貪欲な動きだった。

もちろん、快楽に我を忘れていられたのは、している最中だけだった。

夜遅く藤沢が、家から乗ってきた原付で帰っていった後、一人で部屋に取り残された僕は、これまでの十八年のうちで二番目にひどい気分を味わっていた。ちなみに一番目は、むかし実家の前の海で波に巻かれ、水をがぶがぶ飲んで浮かび上がった鼻先に腐った猫の死体が浮いていた時だ。

こんな気分を味わうくらいなら、もう二度とあの女とは関わるものかと思った。これなら右手のお世話になるほうがよっぽどましだ、と。

その固い決意の結果が、二か月に六回という数字だったわけだ。情けなさを通り越して、みじめになってくる。それでも、止まらなかった。止めようがなかった。どれほどのマイナスを埋めても余りあるほど、藤沢とするセックスはすごかった。彼女の体の構造がどうだとかそういうことじゃなく、たぶん、相性としかいいようのないものだ。それがあまりにも良すぎるからこそ、いやなことは三日も過ぎれば都合よく忘れ、五日たつうちにはそわそわと落ち着かなくなり、七日目ごろには何も手につかなくなり、十日目あたりで我慢も限界にきて、気がつくと学校の廊下で藤沢とすれ違いざまに、「来いよ」と低くささやいてしまうのだ。

すべてが平面でできた世界で、藤沢だけが立体的な肉体を持っているかのように思えた。友達やクラスの女たちを相手に、さんざん冗談を飛ばして笑わせているのと同じ口で、藤沢に向かって暗い誘いの言葉を吐く。そのたびに僕は、自分が二重人格になったんじゃないかと思った。

もしかして、女に溺れるというのはこういうことなのだろうか。

僕は、藤沢恵理に狂わされているのだろうか。

わからない。藤沢とこうなってからというもの、僕にはわからないことばかりが増えてしまった。前はこんなじゃなかった。ただ海を眺め、波との距離感をはかることで自分の位置を確認し、それだけで充分に満ちたりていられたというのに。

僕の誘いを、藤沢が断わったことはまだない。声をかけると、こっちが不安になるほどの無表情さで僕をちらりと見上げ、返事をするどころかうなずきもしないくせに、夕方ショップが閉まった頃を見計らって部屋へやってきては、ろくに僕の顔を見もしないまま服を脱ぎ始める。

(本当はこいつのほうも、俺としたがってるんじゃないのか？)

そんなふうに思うこともあった。学校では僕に向かってあんなに険のある視線を投げつけるくせに、そして二人になっても服を脱ぐまではその視線のままのくせに、いったん肌と肌を触れ合わせてしまうと、彼女の頬は一気に紅潮し、僕を見つめる目はまるで恋人の後を追って家出してきた女みたいな潤み方をするからだ。

僕とするのを望んでいるかどうかはともかく、少なくとも藤沢がそれを嫌いでないことくらいは、いくら鈍感な僕にもわかった。もっとはっきり言うなら、嫌いでないどころではなかった。彼女の欲求は、時には男の僕でさえ追いつけないほど強く、激しかった。どんなに隠そうとしたところで、実際に何度か抱き合っていればわかる。

窓を閉めきった部屋の中、それしか頭にない動物みたいにもつれ合い、汗だくで上になったり下になったりしながら、僕らはいつも、あの最初の夜と同じように、互いを傷つける残酷な言葉を口にし合った。とくに僕が彼女の欲求の強さに関してひどいことを言えば言うほど、彼女の体は激しく震えて僕を求め、僕に応えた。まるで、儀式だった。これがあくまでも「取り引き」であり契約であり、決してそれ以上の意味を持たないことを確認し合うための、それは、儀式だった。

いっそのこと、普通の恋人同士のように優しくし合えればもっと楽になれるのにと僕は思った。べつに恋愛感情でなくていい。体の関係を持った男と女の間に普通に生じる、ただの親しみとか気安さでかまわない。せめてそういう情みたいなものをやり取りできたなら、後でいちいち最悪の気分にならずにすむんじゃないか。そう思ったのだ。

けれど藤沢の態度を見る限り、僕の安易なご都合主義はまったく受けつけてもらえそうになかった。彼女は、僕から優しくされることすら徹底的に拒んだ。

くり返す。

僕には、藤沢恵理がわからなかった。

何がわからないといって、いったいなぜ彼女がそんなに独りでいたがるのか、僕と馴れ合うことをなぜそこまで拒むのかが、どうしてもわからなかった。

◆

どうして私を理解しようなんて思うんだろう。私のほうは、光秀に理解されたいと思ったことなんか一度だってないのに。

彼の体さえあれば他は必要ないとまでは言わないけれど、私が求めているのはあくまでも、体あっての光秀だ。肉体ぬきの彼には用がない。

だから私たちは、二人きりになってもお互いのことについて話したりはしなかったし、沈黙が気づまりだからといって音楽をかけることもなかった。一緒にどこかへ出かけたりもしなかったし、もちろん、部屋まで行っておいて裸にならなかったことなんて一度もなかった。

それでも、このごろ私は、光秀の姿を遠くから見かけるだけでドキドキするようになってしまった。彼の太い指が誰かの肩をつかんでいるのを見ると自分の肩がつかまれているような気がする。廊下ですれ違った拍子に、彼の匂いがかすかに鼻先をかすめただけで膝が萎えそうになる。

もし私がクラスやバスケ部の友達に向かってそんなことを口にしたら、彼女たちはすぐさま、それは恋だよと言いきるに違いない。女の子たちはみんな恋をしたがっているから、他人の恋愛話にも目がないのだ。

けれど私は、そういう話に加わるのが苦手だった。女の子たちが「恋」と呼んでいるものは、しょせん「欲情」とほとんどイコールで結べる衝動にすぎないんじゃないかと思った。単なる動物的本能を「恋」と名づけて、純粋でプラトニックなもののように美化することで、彼女たちは無意識に問題をすりかえ、男に対して性的欲望を抱いてしまった後ろめたさをごまかそうとしているのだ。そういうのって、純粋どころか、とても不純な気がする。

クラスの中でもちょっとませた子たちのグループが、「男と女の間に友情は成立するかどうか」なんてことを真面目に議論しているのを耳にすると、私は鳥肌が立った。こういう子たちはきっと、考えてみたこともないのだろう。男と女の間に、「恋」と「友情」以外の関係があるなんて。

恋も友情もなくたって、男との関係を持続させることは可能だ。

部活が終わるころ、体育館の裏口から松林をそっとのぞくと、時おりそこには練習を終えたばかりの光秀がいて、サーフボードを洗ったり簡易シャワーを浴びたりしている。秋の真っ青な海をバックにした彼の裸の上半身を水滴が流れ伝わるのを見ていると、私はもう少しでユニフォームのまま抱きついていって、彼の鎖骨のくぼみに唇を押しあててしまいそうになる。シャワーの下で立ったまま犯される自分の姿を夢想しながらぼんやりしていて、後ろから後輩に呼ばれて我に返ることもある。

あるいはまた、月例の生徒総会で、千人もの生徒たちの中からこちらを見上げている光秀の視線に出会うたび、私は平静な顔を装うのに苦労する。さすがに今ではうろたえて壇上で倒れたりしないけれど、そのかわり、嫌悪と興奮が入り混じったような慄《おのの》きが足もとから這い上がってきて、下着の奥がみるまにだらしなく潤んでしまう。そんなとき私は、誰にもわからないように、隣にいる水島くんにもわからないように、ももをぎゅっときつく閉じて立ち、こっそり熱いため息をつく。

時々、本気で思った。もしもこの生徒たちの中に、人の考えを読めるテレパシーを持った人がいたら、と。先生お気にいりの優等生のふりをしているくせに、じつはこんないやらしいことばかり考えているのが誰かにわかってしまったら、恥ずかしくてもう一日だって生きていられないだろう。

でも、私はいつも、光秀が誘ってくるのをじりじりしながら待っていた。ときどき待ちきれなくて、呼ばれる前に自分から彼の部屋へ押しかけてしまおうかと思うほどだった。もちろん、今のところはまだ実行に移さずに済んでいる。これまでは何とか、光秀の我慢のほうが先に切れてくれていたからだ。私が本当に我慢しきれなくなる、ほんの一秒前に。

彼がこのことで苦しんでいるのは知っていた。同情なんかする気はなかった。どんなに抵抗してみたって、彼は結局私を誘わずにはいられないのだし、誘えば必ずなるようになってしまうのだ。もう、いいかげんに観念すればいいのにと思った。ああするべきだったとか、こうするべきじゃなかったとか、いつまでもグズグズ悩んでいる光秀を見ていると、歯がゆくていらいらした。

彼は、人にも自分にも優しすぎるのだ。そういう人間が、私は大嫌いだった。もっと嫌いなのは、そういう人間を嫌わなくては自分を保っていけない私自身だったけれど、それはこの際言っても仕方ない。

たぶん、今までにつき合った女の子たちにも同じようにしてきたのだろう――光秀は、私との間に何かギザギザするところがあればうまく改善して平らにしようとした。居心地の悪いところがあれば居心地のいいように整えようとした。

普通はそれが当たり前なのだろうし、たいていの女の子はそれを喜ぶのかもしれないけれど、私にとってはよけいなお世話だった。なぜなら、お互いに気持ちを通じ合わせたりしたが最後、これまでのように彼と寝ることはできなくなるとわかっていたからだ。

今のところ私が主導権を握っていられるのは、光秀が私を理解できずにいるおかげだった。あるいは、光秀が私に恋愛感情など持っていないことがわかるからこそ、私は自分の欲望に正直でいられるのだった。彼の前でだけは、装う必要がなかった。優等生でいる必要も、いい子に見せる必要もなかった。

私を抱きながら、昂ぶりのきわで彼が何かひどいことを口にする。どうにかなってしまいそうな状態の私を見下ろして、太い眉を寄せ、呻くような低い声でささやく。

「絶対淫乱だよ、お前……。いねえぞ、こんなスケベ」

言われた私がますます溶けて乱れるのを見て、彼は苦々しげに続ける。

「好きでたまんないんだろ、俺にこうされるの」

ふだんとは人が変わったようなサディスティックな口調でそんなふうに言われるたびに、私は自分のことをほんとうにどうしようもなくスケベな淫乱なのだと思ったし、彼にこうされるのがたまらなく好きなのだと思った。そして、なぜかその瞬間だけは、そういう自分を許せる気がした。

彼の言葉だけがこの世で唯一、私を罰してくれるものだからなのかもしれない。あるいはただ私の中に、言葉によって傷つけられるのを好む習性があるだけの話かもしれない。そういう性向が存在することは知っている。私がそうでないと言いきれる根拠はどこにもない。

いずれにしても、私はたぶん、光秀に救われているのだった。というか、光秀が私のところまで堕ち、そのうえで私に執着していることに救われているのだった。彼がその状態にある間は、私は最後のプライドを保っていられる。執着の対象に同情するなんて真似は、彼にも、誰にもできないはずだから。

要するに、光秀との関係を居心地いいものにしてしまうわけにいかないのは、そういう理由からだった。

もしも互いに情を移してしまったりしたら、光秀はもう、私を抱いても、思ったことを口に出さなくなるだろう。淫乱だなんて二度と言わなくなるだろうし、もしかすると私を更生させようなんて馬鹿げたことを考え始めるかもしれないし、それどころか彼の性格だったら、お互いにこれ以上傷つけ合うまいとするあまり、私を抱こうとさえしなくなるかもしれない。

それでは意味がないのだった。

そう――私が求めているのは、彼の心などではないのだから。


都がまたしても停学になったのは、十一月の初めに行われた文化祭の日だった。

その午後、私と彼女はグラウンドを囲むスタンドに立って、恒例となったラグビー部の招待試合を観戦していた。うちの高校は相手校を二点差まで追いあげていたものの、残された時間はごくわずかだった。制限時間は過ぎてしまっていて、あとはロスタイムだけだ。審判はもう、笛を口にくわえながら時計をにらんでいる。

スタンドにいる誰もがあきらめかけていた。おそらく選手たちも。

それをひっくり返したのが、フルバックの鷺沢隆之だった。

スタンドオフから右ウイングへ渡ったパスを、すぐ後ろから追いすがっていた彼がキャッチし、横合いから飛びついてきた敵をがむしゃらにふりほどき、行く先にまだ二人いるのを見るなりボールを目の前に落とした。

一瞬、ミスしたのかと思った。

スタンドじゅうが大きくどよめく。

ミスなんかじゃなかった。彼はボールがバウンドしたところを思いきり蹴りあげたのだ。楕円形のボールが、残りの十五メートルほどをまるでそれ自体が意志を持つもののように飛んでいき、ゴールポストの上を越える。

直後、笛が鳴りひびいた。観客が躍りあがった。私も思わず跳びはねて手を叩いていた。

でも、三回くらい跳びはねたところでフッと醒めてしまった。

最近、いつもこうだ。何をしていても、そんな自分を嘘くさく思ったとたんにしらけてしまう。それを都にさとられたくなくて、拍手だけは続けながら、

「すっごいねえ、隆之くん」私は声を張って言った。「さすがはあんたが見込んだだけあるじゃない」

都はこのところずっと、鷺沢隆之ばかりを被写体として追い続けている。

以前、どうして彼なの？　と訊いた私に、都は答えた。すごくそそられるのよ、と。

わかる気がする。私自身は鷺沢隆之には何も感じないけれど、たぶん都の言うそれは、私が山本光秀に対して感じるものと少し似ているんじゃないかと思う。

その鷺沢くんの活躍でチームが勝ったというのに、今日の都は浮かない表情だった。

心ここにあらずといった感じだ。

「どうしたの、都」

小柄な彼女の顔を、そっとのぞきこむ。

「うれしくないの？」

「…………」

都は黙ったまま、首を横にふって微笑んだ。私を安心させるためだけに浮かべた微笑なのがわかって、よけいに寂しくなってしまった。

彼女はこのごろ、私にはあまり秘密を話してくれない。一人で何か考えこんでいる時が多いのだけれど、前みたいにこっそり悩みを打ち明けてはくれないのだ。

やっぱり、例の北崎とかいう人とうまくいっていないのだろうか。男なんてただでさえ信用ならないのに、どうしてわざわざ二十歳も年上のカメラマンなんて……。私なら――私なら絶対に、都を苦しめたりしないのに。一人でため息をつかせたり、悲しませたりしないのに。もしも都が私を受け入れてくれたなら、絶対に……。

白くて小さい都の横顔を見つめながら、こぶしをきつく握りしめ、てのひらに爪を立てる。

その時だった。

都がはっと身じろぎした。同時にスタンドがまたざわめいて、見おろすと、鷺沢隆之の大柄な体が地面に倒れていた。

「隆之！」

スタンドオフの高坂宏樹が抱え起こしている。たぶん酸欠で貧血を起こしたのだろう。あれだけハードに走りまわったんだもの、無理もない。

と、視界の隅に、灰色の目ざわりなものが映った。

私がこの学校じゅうでいちばん嫌いな教師が、スタンドの下のほうの通路を通っていく。生活指導の沼口《ぬまぐち》。先生、なんて付けてやることない。あいつはいつだって、都を目の敵にしているんだから。

貧相な顔がのっかった首をニワトリみたいにのばして、沼口は誰かを捜しているようだった。

嫌な予感がした。

さまよっていた沼口の視線が私たちのところで、正確に言うと私の隣で、ぴたりと止まった。工藤ッ、と呼ぶ声が、あたりのざわめきに混じって小さく聞こえた。

私は隣を見やった。都は呼ばれていることに気づかず、まるで恋人を見つめるみたいにせつなそうな目でグラウンドの彼らを見下ろしている。口もとに、寂しい笑みをかすかに浮かべたまま。

一瞬、沼口のことなんか頭から消え失《う》せた。あたりの風景まで消えた。都の赤い唇を見つめる。いつものように、あの時のキスの感触がよみがえってきて、心臓が苦しいくらい収縮する。

「工藤！」

うるさい、と思った。手もとにバスケットボールがなくてよかった。もしあったら、何を考えるより先に沼口の顔面に投げつけてしまっていただろう。この程度なら充分射程距離内だ。

「都」

私が呼んで初めて、彼女はこっちを向いた。ただそれだけのことがこんなに嬉しいなんて、どれほど都からの温かさに飢えているか思い知らされる。

まだ少し物思いの中にいる様子の彼女に、

「あんた、また何かやったの？」

「どうして？」

「だって……」私は、自分の心配が、友達としての限度をこえて聞こえないように気をつけながら言った。「呼ばれてるわよ」


後でわかったことだけれど、沼口が都を呼びに来たのは、彼女が部の展示に出品した写真が原因だった。あらかじめ顧問の先生のチェックを受けた作品が展示してあったのを、都は今日の昼過ぎになって、自分のだけ別のものと取りかえたのだ。

問題のその写真は、私が見に行った時にはもう壁から取りはずされていて、白いボードに並んだ部員の作品の間で一か所だけがぽっかり不自然にあいていたのだが、はずされる前に見ることのできた生徒たちの噂によれば、あっけにとられるほどスキャンダラスなしろものだったらしい。

シーツにくるまった都が、裸の上半身をさらした男の首に幸せそうにぶらさがっているところを写した、おそらくは朝の情景。相手の男が何歳くらいかとか、芸能人でいえば誰に似ていたかとか、その手が都の体のどこに置かれていたかなどという細かい点に関しては、みんな言うことがばらばらだったし尾ひれもついていたが、男と都が特別な関係にあることだけは誰一人として疑いもしていなかった。当然だろう。都の撮る写真はいつも、曖昧さの対極にある。

相手は「北崎」だ、と私は思った。それ以外に考えられない。二年生の夏にはまだキスもしていないと言っていたのに、いつのまにそういう関係になったんだろう。

もっとわからないのは、あの都がどうしてそんなプライベートな写真を人目にさらそうとしたのかということだった。見せ物みたいに学校じゅうの注目を浴びて、先生たちに絞られて……こうなることはわかっていたはずだ。それとも何か、こうする以外にどうしようもない理由があったのだろうか。私にも少しくらい、相談してくれればよかったのに。

「……沢。藤沢ってば！」

ハッとふり向くと、書記の谷川《たにがわ》くんが出店の看板を何枚もかかえて立っていた。

「何ぼんやりしてんだよ。手伝わねえなら、そこどいてくれよ」

「あ……ご、ごめん」

慌ててよけた私の脇を通って、谷川くんは井桁に組んだ薪の山に看板を寄せて立てかけた。あと数分後には、みんな燃えて灰になる。

生徒会役員は文化祭の実行委員も兼ねていて、おかげで私は後夜祭の準備に追われ、都のことが気になりながらも様子を見に行けなかった。

沼口からはもう解放されたのだろうか。処分はどうなったのだろう。

さっき教員室に用事があって行った時、隅のほうで先生たちが話しているのがちらっと聞こえたけれど、正式な処分決定は職員会議の結果を待ってからになるものの、そこで話し合われるのはただ停学の期間がどれくらいになるかという問題でしかなさそうだった。「ああいう根性の子はもう、いくら言ってもどうにもなりませんよ」と体育の本《もと》原《はら》先生が言い捨てたのに対して、古典の柴崎《しばざき》先生が困ったように言うのが聞こえた。

「しかし、やめさせるわけにもいかんのだわ。まあいろいろあって」

その「いろいろ」については、都の口から聞かされたことがある。指揮者をしている都のお父さんは、毎年この学校にかなりの寄付をしているらしい。「税理士に言われてそうしてるだけだけど、おかげであたし、人でも刺さない限り退学になりそうにないわ」と、都は肩をすくめていた。

最初に彼女が停学になったのは二年生の春で、そのときはたしか一週間だった。去年の文化祭で教頭の逢《あ》い引《び》き現場を盗撮して展示した時は、十日間だった。とすると、今度はもっと長くなってしまうのだろうか?

落ち着かない気持ちであたりを見まわす。後夜祭のプログラムが行われるこの小グラウンドには、片づけを終えた生徒たちがぞろぞろ集まり始めていた。いつのまにかもう薄暗い。西の空の夕焼けもほとんど色を失っている。

六時。ファイアーストームは、予定時刻どおりに点火された。

文化祭実行委員長でもある水島くんが松明《たいまつ》を投げ入れたとたん、ヴォッという音とともに炎が薪の山を包んで立ちあがった。大きな拍手と歓声がわき起こる。大音量でスピーカーから音楽が流れ出す。U2は水島くんの趣味だ。焚《た》き火《び》を取り囲むみんなの顔を、炎の色がてらてらとなめる。

しばらく眺めてから、私は火のそばを離れた。

高校生活最後のファイアーストームを、都と並んで見られないのが寂しかった。ここへ来ないところをみると、たぶん強制的に家へ帰されてしまったのだろう。帰りに寄ってみようか。でも、もしかすると一人でいたいかもしれないし……。

校舎の通用口にたどりつく。海からの風がちょっと強くなってきたらしく、ここから見ると火柱は右に左に体をくねらせている。

出入口の脇にまとめて置いてあった予備の消火器を、もういくつか向こうへ運んでおこうと腰を折ってかがみかけたところへ、校舎の中から誰かが出てくる物音がした。すのこ板をガタガタ踏んで近づいてきた足音が、私の前でふと、つんのめったように立ち止まる。

　すり切れたナイキのスニーカー。はだしの足が、靴のかかとを踏んでいる。

　私は、ゆっくりとそこにしゃがみこんでから、目を上げた。

　制服の上着のポケットに両手をつっこんで私を見下ろしていたのは、思ったとおり、山本光秀だった。

　ワァァッ……と、みんなの集まっているほうから歓声が上がる。光秀がそっちをふり向いた。誰かがマイクでわめいている。音が大きすぎて、何を言っているんだかさっぱりわからないのに、みんな笑っている。

　一人きりになりたい、と、ひりつくような気持ちで思った。今はとても光秀につき合える気分じゃない。そっとしておいてほしい。誰にも触れられたくない。体にも、心にも。

　光秀が私に目を戻す。その唇が動きかけた寸前で、私はさえぎった。

「今日はイヤ」

　光秀が鼻白んだのがわかった。

　けれど、彼の口もとはすぐに苦笑いの形にゆがんだ。

「バーカ。んなこと言おうとしたんじゃねえよ」

　顎をしゃくって消火器をさしながら、彼は言った。

「それ、運ぶのか？」

「……え？」

「手伝ってやるよ」

「……え？」

「遠慮すんなって」

誰が遠慮なんか。ただ……。ただ、面食らっただけだ。いつもの用件以外で彼が私に声をかけるのはめずらしかったから。

「何コ？」

と光秀。

立ち上がってスカートのすそを払う。

「二つくらいでいい」

光秀はポケットから両手を出し、自分の足もとに近いのからひょいひょいと三つ抱えあげて、また私を見た。

「どこ持ってく？」

「……火のそばに決まってるでしょ」

ぷ、と光秀がふきだした。

「そりゃそうだ」

何の因果でか、光秀と並んでファイアーストームを眺める羽目になってしまった。といっても、みんなの輪からはだいぶはずれたところでだ。

炎の近くに設けられたステージでは、軽音楽部がオリジナル曲を演奏している。恥ずかしくないのかと思うくらい歌も演奏もヘタだけど、本人たちは楽しそうだった。

こちらに背中を向けた生徒たちの影が私たちの足もと近くまで長く長く伸び、炎が風にあおられて揺らめくのに合わせてひらひら躍る。私たち二人の影もまた同じように後ろへ伸びて、揺れながら松林の中の闇へと吸い込まれていく。

これだけ離れているから炎の熱はほとんど感じなかったけれど、ときどき風向きによって煙の匂いが漂ってきた。じっと立っていると、足の先からしんしんと冷えてくるのを感じる。もう冬もすぐそこだ。

「なあ」ふいに光秀が言った。「お前、工藤のあの写真、見た?」

午後いっぱい、学校じゅうが同じ話題でもちきりだったのに、光秀が都の名前を口にすると妙な違和感がある。

「見てない」

と、私は言った。

「なんで? お前、工藤と仲いいんじゃなかったっけ?」

「だから何なのよ」つっかかるつもりなんかなかったのに、ついそういう口調になってしまった。「関係ないじゃない」

光秀が鼻からフッと息を吐いた。ため息かと思ったら、どうやら笑ったらしい。それきり何も言わないので、しかたなく訊いてやった。

「そういうそっちはどうなの」

「見たよ」腕を組みながら、光秀は言った。「まあ、見たっつっても人だかりの後ろからチラッとのぞいただけだけどさ。その後すぐ、青筋立てた沼口が飛びこんできて持ってっちまったし」

オリジナルが終わって、曲がいま流行《はや》りのに変わる。やっぱりへただけれど、みんなは曲に合わせて踊ったり歌ったりしている。

しばらく沈黙が続いたあとで、口をひらいたのは光秀のほうだった。

「工藤のやつ、やっぱ停学だってな」

びっくりして、初めてまともに隣を見上げた。

「誰から聞いたの？」

「本人」

「え？」

「っていうか、本人がしゃべってるのが聞こえちまっただけ」

「いつ」

「つい今さっき。隆之の様子を見に保健……ああ、お前、俺のクラスの鷺沢隆之知ってる？　ラグビー部の奴でさ」

「見てたわよ、試合」

「あ、なんだ。で、ほら、あいつ倒れたじゃん。様子見に保健室行ったら、ちょうど工藤が来てて話してたんだ」

「何て」

なぜかそこで、光秀は躊躇《ちゅうちょ》した。言葉を選んでいるようなおかしな間があく。黙っている光秀の頬が、炎を映してオレンジ色のまだらになっている。初めの頃より少し痩せたかもしれない。

「何て？」

もう一度うながすと、彼はようやく私のほうを見た。

「うん。『停学にはなったけど、おかげでスッキリした』って」

「都が自分でそう言ったの？」

「ああ」

スッキリした？　どういう意味だろう。

「ほかには？」

「さあ」

「さあって何よ、聞いてたんでしょ？」

「んなこと言ったって、長々と立ち聞きするほど俺、恥知らずじゃねえもん。せっかく二人きりでいるとこ邪魔しちゃ悪いしさ。声もかけないで早々に退散したよ」

――二人きり。

あの二人が言葉を交わすのは、私が知っている限りでは、これが初めてのはずだった。

もちろん、それも私が知らないだけなのかもしれないけれど、少なくともまだそんなに親しい間柄でなかったことは確かだ。

沼口から解放されたあと、都はその足ですぐ保健室へ向かったのだろうか。鷺沢くんを心配して？　それとも、彼と話をするために？　だとしたら、何を、どんなふうに話したのだろう。私には話さなかったことでも、彼になら話せるのだろうか。

激しく嫉妬している自分に気づいて、私は血が出るくらい唇をかんだ。苛立ちを、いちばん近い他人にぶつける。

「誰が、恥知らずじゃないって？」

光秀の頬がひきつるのを見ても、いやな後味が残っただけだった。

最悪の気分で八時過ぎに家に帰り着き、二階へ上がろうとしたところで、階段の脇にある電話が鳴りだした。

台所から良美さんが手を拭きながら出てきて、またかしら、と嫌そうにつぶやく。

「さっきから何べんもイタズラ電話みたいなのがかかってきてんのよ。お義母《かあ》さんが取っても私が取っても、声だけ聞いて無言で切るの」

テル兄と父は、まだハウスの作業から帰ってきていないらしい。祖父たちは基本的に電話に出ない。

ベルは鳴り続けている。

「出てみようか？」

二段ほど上がりかけていた階段をおりて、手を伸ばす。誰だろう。うちにかけてくるような友達に、そんな礼儀知らずはいない。クラスの男子だろうか。まさか、光秀？

受話器を取り、耳にあてる。車が通る音が聞こえている。どこか外からだ。

「……もしもし」

相手は何も言わない。

「もしもし！　どちら様ですか？」

向こう側で、ふっと息をつく気配がした。

『やっとお前が出てくれたか』

思わずびくっとなった。アキ兄？　と言いそうになって、慌てて言葉をのみ込む。すぐそこで良美さんが心配げに見ている。

どうしよう。どうすればいいだろう。

「あ……なんだ、ミチコ」私は不自然なほど陽気に声をはりあげた。「ごめん、ちょっと声が遠くて。もしかして、さっきから電話してた？　してない？　あ、ううん、ならいいんだけど」

『そばに誰かいるんだな』

ちょっとうろたえた様子で、アキ兄が言う。その声が外へもれないように受話器を耳に強く押しつけたまま、

「うん、そうだよ」

私は良美さんに向かって口だけ（トモダチ）と動かしてみせた。ホッとしたようにうなずいた良美さんが、のれんの向こうへ引っこむ。

台所に背を向け、受話器をかかえこむようにしてささやく。

「……もう平気」

何年ぶりだろう、アキ兄の声を聞くのなんて。二年……ううん、もうすぐ三年になる。

「どこからかけてるの？　元気なの？　ねえ、今どうしてるの？」

『恵理、頼みがある』

私の訊いたことには一つも答えないで、アキ兄は言った。

『明日、会ってくれ』

明日？　明日、どこで会おうというのだろう。そう思った瞬間、電話の声がひどく近いことに気づいた。

「まさか、こっちへ帰ってきてるの？」

それにも答えないまま、

『なあ、頼むよ、恵理』

アキ兄は——三年前に家を出ていった上の兄は、情けない声でつけ加えた。

『お前にしか頼めないんだ。もう、お前しかいないんだよ』

♠

部屋からベランダへ出た拍子に、ふわっと煙の匂いがした。

さっきまでグラウンドで焚いていたファイアーストームの煙かと思ったが、そんなはずはなかった。後夜祭のあと、火が消されてからもう一時間以上たつ。いくらここが学校に近いといっても、燃え残りの匂いまで漂ってくるとは思えない。

ふと、シャツの袖に鼻を近づけた。これだ。帰ってすぐに制服は脱いだものの、煙の匂いは下に着ていたシャツにまでしっかりしみついてしまっていた。たぶん髪も肌も同じように燻製《くんせい》の匂いがしているのだろう。

背中からぶるっときた。息が白くなるほどではないけれど、空気はしんと冷たい。夜空には雲一つなく、月は水平線をかなり離れて、銀色の光がちらちら揺れながら海を照らしている。そのまま映画のワンシーンにしたいくらい美しい光景だったけれど、眺めているうちにかえって鬱々としてきた。きれいなものとじっくり向き合うには、どうやらそれなりのエネルギーが要るらしい。

どうしてこう憂鬱の種ばかり増えていくんだろうなと僕は思った。

自分を憐れんでいるつもりはない。とくに不幸だとも思わない。両親が離婚したことも、父親が死にかけていることも、べつに僕だけの不幸じゃない。どうしようもないことをどうしようもないまま片づけておく場所だって、僕は心の中にちゃんと持ってる。

それでも、この慢性的な憂鬱だけはどうしようもなかった。中世の拷問みたいに、胸の上に重い石を次々と積まれているような気分だ。

藤沢恵理が僕の誘いを断わったのは、今夜が初めてだった。正しく言えば、彼女は僕が誘おうともしないうちに断わった。

「今日はイヤ」

そんなことを言おうとしたんじゃないと僕は打ち消したし、実際そのときは本当に違うことを言うつもりだったのだが、もし彼女があんなふうに拒まなかったら……三分後にはやはり誘っていただろうと思う。

(なんでイヤなんだよ、今はあれの最中じゃないはずなのに)

何気なくそう思ってから、ぎょっとした。

いつのまにかこんなに慣れてしまっている。藤沢が自分と寝るのを、当たり前だと思ってしまっている。なんてことだ。これが僕か?

藤沢との間に交わされた契約は、あの七月の夜、初めて彼女が僕の部屋に来た時以来、完全に守られていた。僕は望む時にいつでも彼女と寝ることができ、そしてそのかわりに彼女の秘密を誰にもしゃべらなかった。もちろんそんな契約がなくたってしゃべるつもりなどなかったのだが、それは僕らの間では禁句だった。いまだに互いのことを満足に知りもしない僕らが、こういう関係を——それぞれに理由は違っても——結び続けるためには、二人ともがその契約の効力を信じているふりをすることが不可欠だったのだ。

藤沢恵理との間には、他にも数えきれないほどタブーがあった。たとえば、彼女の本心を詮索すること。その行動を非難すること。彼女に同情すること。優しくすること。お互いにリラックスすること。彼女が僕をどう思っているのか確かめること。僕が彼女をどう思っているか口にすること……。

だから僕らは、二人でいる時よけいな話をしない。彼女の体にある傷跡のすべてを僕は知っているが、その傷ができた理由を聞いたことはない。僕がどんな体勢でするのを好むか彼女は熟知しているが、食べものの好みとなるとまるで知らない。裸になってすることに関しては何ひとつとしてタブーがないのに、いざそれ以外の部分で向き合おうとすると、僕らはとたんにうまくいかなくなる。

不自然だった。いつまでもこんなことを続けていていいはずがなかった。一日も早く終わりにするべきなのだ。そう、今すぐにでも彼女に電話をかけて、二度とお前を誘う気はないと言ってやればいい。大丈夫、秘密は守る、もう充分だと。

そう考えるそばから、僕の中にいるもう一人の僕は、今夜ああして拒絶した彼女に腹立たしささえ感じていた。もう充分どころじゃなかった。まだ足りない。全然足りない。今すぐ彼女を抱きたい、彼女の熱くて柔らかい肉が僕のそれにからみついてくるのを感じたい……。

想像するだけで心臓が勝手に暴れ出して息が荒くなる。のどがひりひりして、全身が焼けそうだ。なのにあいつは……。

藤沢恵理が初めての拒否権を発動する三十分ほど前。

僕は、一人で保健室へ向かっていた。ぶっ倒れた鷺沢隆之を見舞うためだった。

宏樹たちがのぞきに行った時には呑気に爆睡していたというけれど、もういいかげんに目を覚ましている頃だろうし、もしかすると衆人環視の中で気絶したのが恥ずかしくて出てこられないでいるのかもしれない。案外プライドの高いところのある奴だから……そう思って、わざわざ迎えに行ってやったのだ。

生徒たちはみんな後夜祭のためにグラウンドへ出ていて、保健室のある別棟になど誰も残っていなかった。薄暗い廊下を奥まで歩いていくと、ちょうどつき当たりの曲がり角にある保健室の引き戸は半開きになっていた。

隆之はまだいるだろうか、と何気なく引き戸に手をかけようとした時だ。かすかな言葉の切れ端が耳にとびこんできて、僕は手を引っ込めた。

「……ってたら、かえって驚きだわ」

聞こえてきたその女の声に、覚えがある気がした。

「ねえ、隆之くん。あたしはこんなふうだけど、男と見れば誰とでも寝るってわけじゃないのよ」

——思い出した。特徴のある、歌うようなアルト。工藤都だ。生活指導の沼口にしぼられていたはずの彼女が、なんでこんなところにいるんだろう。

「そんなふうには思ってないよ」

と隆之の声が言う。

「いいから聞いて。その反対に、女の子に欲望を感じたことだってあるのよ。キスだってしたわ」

あっけにとられた僕の顔が見えたかのように、

「やだ、そんなにびっくりしないでよ」と工藤は言った。「女の子の半分くらいはたぶんそういう気持ちになったことがあるはずだし、そのまた半分くらいはあたしと同じ経験してるわ。女のほうがそういうところ頭柔らかいし、小さいときからマンガやなんかで免疫つけてるからね。……だからね、」

外でキイィィンとマイクの音がして、声がかき消される。僕は眉を寄せて耳を澄ませた。

「……の、よしなさい。男だったら女を好きになるのが当たり前だなんて、そんなの嘘っぱちもいいところだわ。あたしたちは、動物のオスやメスとは違うのよ？　本能の導くままに交尾するわけじゃない。まず相手に恋をして、その結果結ばれるのよ？　そこの違い、わかってるの？」

いつのまにか自分が奥歯をくいしばっていることに気づいて、僕はそろそろと息を吐いた。いったい二人が何だってこんな話をしてるのかはさっぱり理解できないが、にもかかわらず、隆之だけに向けられたはずの工藤都の言葉は僕にまで深く食いこんできたのだ。

〈あたしたちは、動物のオスやメスとは違うのよ？〉

〈まず相手に恋をして、その結果結ばれるのよ？〉

悪かったな、と思ってみる。僕と藤沢に動物と違うところがあるとすればせいぜい、本能ではなく快楽にあらがえずに交尾しているという点だけかもしれない。いったいどっちのほうがケダモノに近いんだろう。

耳もとに、あの夜の藤沢恵理の声がよみがえる。

〈相手なんかほんと、誰でもよかったんだから〉

藤沢がもし今ここにいたら、と僕は思った。仲のいい工藤の意見をどう思うだろう？想像した瞬間、ほんとうに一瞬だけだったのだが、僕は工藤都に対して怒りに似たものを感じた。あんなふうに言わざるを得なかった藤沢の気持ちがお前にわかるのかよ。そしてすぐ、ばかなと思い直した。自分だってわかってやしないじゃないか、どうかしてるぞ。

「あ。ファイアーストームの用意、終わったみたい」

ギシ、とパイプのきしむ音とともに、彼らの動く気配がした。こっちへ来るのかと思って焦ったが、そうではなかった。

ヴォッと音がして奥の窓の外が明るくなる。点火されたようだ。歓声があがり、音楽が流れ出した。

外がうるさくて工藤と隆之の声がきれぎれにしか聞こえない。いらいらしながらもっと耳を近づけると、驚いたことに、隆之から何か言われた工藤が声をたてて笑うのが聞こえた。

迷ったのはわずかの間だった。息を殺しながら頭の半分だけをそろりと引き戸の隙間へ差し入れる。そうすると、かろうじて言葉の粒までが聞き取れるようになった。

「……あたしね。初めての男が忘れられなくて、いつまでもぐちゃぐちゃやってる自分が、イヤでイヤでしかたなかった。それで、あの写真を展示したの。秘密とか悩みなんてもの、一人で大事に抱えてるから、なおさら重たくなってっちゃうのよ。いったん人目にさらしてしまえば、いやでも客観的に見られるようになるわ。停学にはなったけど、おかげでスッキリした。芸能レポーターみたいにいろいろ訊いてくる連中に向かって、今朝からずっと、『それがどうしたのよ』って態度とりつづけてたら、何だか自分でもそう思えてきちゃった。北崎みたいな不良中年の一人や二人、それが何なのよって……」

歓声が一瞬大きくなって彼女の声がまたかき消された、その直後だった。

何か物音が聞こえた気がして、僕は頭を戻した。息を詰めて廊下の奥をうかがう。いつのまにかずいぶん暗い。ちょうど外の音楽がフェイドアウトして、あたりが少しだけ静かになる。生徒会長のアナウンスと拍手、その合間をぬって、今度はたしかに向こう側の曲がり角のあたりからガラガラピシャン、と扉の閉まる音が聞こえた。

誰か、来る。

そう気づいてから間もなく、角を曲がってきたのは……沼口だった。

とっさに僕は、走って逃げた。こっちの角を折れ、階段を駆け下りる。何も考えなかった。中にいる二人に僕が立ち聞きしていたと知られるのだけが怖くて、何を考える余裕もなかったのだ。一階まで駆け下り、ほっと息をついてから気づいた。沼口に見つかるとまずい立場なのは、あの二人だって同じだったんじゃないか。逃げるより前に、たった今来たふりで隆之たちに声をかけてやればよかった。——後悔しても、もう遅い。

一階の廊下の窓からは、グラウンドの真ん中で燃え盛るファイアーストームがよく見えた。炎をかこんで浮かれ騒ぐ生徒たちの黒いシルエットは、離れて眺める僕の目にはまるで、秘密の宗教儀式のために集った信者の群れみたいに映った。へたくそなバンドの演奏が大きければ大きいほど、校舎の中はなぜかひどく静かに感じられて、自分の足音だけがぺたぺたと耳につく。

グラウンドをはさんだ向こう側の体育館や校舎から、オレンジ色の明かりがこぼれている。その後ろには暮れていく海がひろがっている。

ふいに、たまらない寂しさと焦りが僕を襲った。決して追いつけない何かを追いかけているような。後ろから誰かにせきたてられているような。運動会だの文化祭だのといったイベントが昔からこの季節に集中していたせいもあるのかもしれない。夕暮れの海を背景に校舎からこぼれる明かりは、くり返しながら確実に終わりへと向かっていくものを象徴しているような気がした。

一人きりだ、と思った。唐突に、けれど突き刺さるような痛みとともにそう思った。親はもういないも同然だし、姉貴ともそんなに深い話をしたことがない。友達は山ほどいても心底親友と呼べる奴はいない。もちろん今は恋人もいない。いや、これまでだって本当の意味での恋人はいなかったのだ。つき合った女なら何人もいたけれど、真剣な恋をしたためしはまだ一度もない。そのことの寂しさに、いま突然気づいてしまった。たとえばもし僕が明日この世からいなくなったら、本気で悲しんでくれる奴なんて誰がいるだろう。

少し考えたけれど、心当たりがなかった。誰一人思いつけないことがたまらなく寂しくて、まるで八つ当たりのように、ああして話のできる隆之や工藤都がうらやましく思えた。

人恋しかった。誰かの体温に触れてみたかった。今なら誰が相手でも、前より優しくできるのにと思った。

そうして靴を履きかえて外へ出ていったところにいたのが、藤沢恵理だったのだ。

玄関脇にかためて置いてある消火器に手をのばしかけていた彼女は、僕に気づくと、ゆっくりその場にしゃがんだ。見上げてくる彼女の視線が、見下ろす僕の目とぶつかって、からまり合った。お互いのむき出しの気持ちがからみ合っている気がした。不思議なことにそれは、肌を重ねるよりもずっと生々しい感触のものだった。

いたたまれなくなった僕は、歓声に気を取られたふりで目をそらした。

マイクの音量を上げすぎているせいで、音がばりばりに割れている。ここまでお祭り騒ぎになってしまえばもう、みんな何だっていいのだろう。

目を戻すと、藤沢はまだしゃがんで僕を見ていた。薄紫色の夕暮れの隅っこでうずくまっている彼女の体は、いつもよりずっと頼りなくみえた。女子の中でいちばん背が高いはずなのに、とても小さくみえた。

何でもいいから何かしてやりたくなって、僕が口を開きかけたとたん、

「今日はイヤ」

さえぎられて正直むかっ腹が立ったのだが、どうにか顔には出さずにすんだ。

「バーカ。んなこと言おうとしたんじゃねえよ」

かわりに消火器を運んでやると言ったら、彼女は心の底から意外そうな顔をした。まったく、人を何だと思ってるんだろう。

生徒たちの輪のいちばん外側で二人並んでファイアーストームを見物した。クラスの男がふり返り、遠目に僕と藤沢恵理という組み合わせがわかると目を丸くして隣の奴をひじでつついた。藤沢は露骨に迷惑そうな顔をしたが、そこから立ち去ろうとまではしなかった。

だが、それも僕が工藤都の話題を持ち出すまでの話だった。勝手にすればいいという投げやりな感じが肩のあたりに漂っていた。

「工藤のやつ、やっぱ停学だってな」

そう言ったとたん、藤沢は驚いた顔でこっちを向いた。

内心、まずったと思った。工藤の写真の一件は学校じゅうの話題になっていたから、停学が決まったことくらい誰でも知っているものと思いこんでいたのだ。

「誰から聞いたの？」

「本人」

隆之がぶっ倒れたいきさつは、藤沢も知っていた。

「様子見に保健室行ったら、ちょうど工藤が来てて話してたんだ」

「何て」

僕はためらった。何をどう話せばいいんだろう。

「何て？」

藤沢がきつい口調でくり返す。尋問されてるみたいだ。

「うん。『停学にはなったけど、おかげでスッキリした』って」

あえて藤沢をまっすぐに見たのはその話題を切り上げるためだったのだが、それくらいで納得する彼女ではなかった。

「ほかには？」

「さあ」

「さあって何よ、聞いてたんでしょ？」

「んなこと言ったって、長々と立ち聞きするほど俺、恥知らずじゃねえもん」

　思わず嘘が口をついて出た。まさしくその「立ち聞き」をしてしまったことへの罪悪感が、言わなくてもいい嘘を僕に口走らせたのだ。

「せっかく二人きりでいるとこ邪魔しちゃ悪いしさ。声もかけないで早々に退散したよ」

　と、どういうわけか、みるみるうちに藤沢の顔つきが変わっていくのがわかった。切れ長の目尻がつり上がり、唇が真一文字に結ばれた。怪我《けが》をして気の立った雌猫が首筋の毛を逆立てるみたいな感じだった。

　わけもなくヤバイなと思ったとたん、切りつけるように彼女が言った。

「誰が、恥知らずじゃないって？」

　ぐうの音も出なかった。彼女の言うとおりだ。僕ほどの恥知らずはいない。

　でも同時に、そういう言い方はないだろうとも思った。

　なんだよそれ。それじゃあ、いつものあれは本意じゃないって言いたいのかよ。俺が一方的にお前の嫌がることをさせてるとでも？　俺には、お前だってけっこう楽しんでるように見えるけどな……。

　口からこぼれそうになる言葉を、かろうじて飲み下す。何とかそれをやりおおせた自分をほめてやりたいくらいだった。

　どんな相手に対しても、決して口にしてはいけない言葉というものがある。ふだんどれほどきつい冗談を連発している時でも、あるいは本気で誰かと言い合っている時でも、僕はそれだけは守ろうとしてきた。考えてみれば、これも親父の教えだったのだ。いわく、最後の逃げ道をふさぐな。

苦笑と舌打ちがいっしょくたにもれた。生まれて初めて、むなしい、というのがどういう気分かわかった気がした。

取り引きだの契約だのという口実を盾に、あれだけ彼女を好きにしておきながら虫のいい話だけれど、せめて一度くらい笑った顔を見せてくれたっていいじゃないか、そう思った。藤沢に対しても口に出して言いたかった。俺、お前のこと全然嫌いじゃないよ。お前が友達と笑ってる時の顔、けっこう好きだよ。本当に言いたいのはそういう種類の言葉だった。なのに、どうして僕は言えないんだろう。違う、どうして彼女は僕に言わせてくれないんだろう。

声に出してため息をつき、僕は一階のショップに下りて風呂に湯を入れた。バスタブがいっぱいになるまで、レジのそばの椅子に座って薄暗い店の中を眺める。

ラックにはウェットスーツのサンプルがかけられ、棚にはサーフボードを足首につなぐためのコードや滑り止めの『ＳＥＸ　ＷＡＸ』、ボディボード用の足ひれ《フィン》など、定番の小物類が並べられている。ボードは壁沿いだ。『ＴＡＫＥ　ＯＦＦ』のオリジナルからケリー・スレーターのアルメリック（ただし量産モデルのほう）まで、ぴかぴかの新品がずらりと並んでいるのを見ていると、ほんの少しだけれど気分が上向きになるのがわかった。

結局、好きなんだよな、と思う。誰だったろう。その人間の本質に深く食いこんで、生き方そのものを変質させてしまう力を持つのは、すべてのスポーツの中でサーフィンだけだと言ったのは。それが本当かどうか、ほかのスポーツにのめりこんだ経験のない僕にはわからない。ラグビーに夢中の隆之や宏樹がそんな言葉を聞いたら、バカを言うなと怒りだすかもしれない。

(——隆之、か……)

考えがまたさっきと同じところへ戻りかけるのを頭をふって追い払い、椅子から立ち上がった。

皮膚が赤くなるほど体をこすり、熱すぎるくらいの風呂から上がって、新しいジャージに着替えた。髪をがしがし拭きながら階段を途中まで上がったところで携帯が鳴っているのに気づき、残りを駆け上がって、まだ煙臭い制服のポケットに手をつっこむ。液晶画面には川井先輩の番号が並んでいた。ががらがらの胴間声がいきなり耳に飛び込んでくる。

『おう、光秀か、俺だ』

「俺って、どちら様ですか」

ほんの軽口のつもりで言ったのに、

『あれっ、すいません』

　おっちょこちょいの先輩は慌てて切ってしまった。止める暇もなかった。

　僕は、手にした携帯をぼんやり見おろした。毎日会ってるんだから声を聞けばわかりそうなものなのになと思った。かつがれたことに今ごろ気づいて悔しがっているかもしれない。まあ、用があるならもう一回かかってくるだろう。

　一コ上だが同学年。同学年だが一コ上。

　そのへんの微妙さは、遠慮よりもかえって不思議な気安さとなって僕らの距離を近づけていた。がさつでお人好しな先輩の性格を暑苦しく感じることがないわけではなかったけれど、彼にサーフィンを教えるのを面倒だとは思わなかったし、その時間をもったいないとも思わなかった。年上でありながら弟のように手のかかる先輩との関わりは、ずっと姉だけをきょうだいに育ってきた僕にとってひどく新鮮なものだったのだ。

　手の中の液晶画面が明るくなり、続いて呼び出し音が鳴りはじめた。いきなり文句を言われることを覚悟して、耳にあてる。

『もしもし、光秀?』

「はい」

『あ、よかったぁ。さっきさあ、何を間違えたかどっかよそへかけちまってさ。悪《わり》ィことしちゃったよ』

　あれ俺ですよ、とはそれこそ悪くて言い出せなくなってしまった。

「どうかしたんスか」

『いやさ。お前、明日の朝も練習行く？』

「そのつもりですけど」

『小池《こいけ》と杉田《すぎた》がさ、今こっちへ帰ってきてんだわ。うちと同じで、あいつらもやっぱ文化祭の代休なんだってよ。で、久しぶりに海入ろうってんだけど、杉田のやつコードがないっつうからさ。悪いけど明日お前、店から一本持ってきて売ってやってくんねえ？』

「いいっスよ」と僕は言った。「なんか色の好みとか聞いてますか」

『べつに何でもいいんじゃねえの、足につなげさえすりゃ』

「じゃあ、いちばん高いやつ持っていきます」

そりゃいいや、そうしてやれ、とげらげら笑って川井先輩は電話を切った。

小池と杉田というのは去年までの川井先輩の同級生で、今年無事に卒業して東京の大学へ行った連中だ。先輩に波乗りの楽しみを教えたのも彼らだった。浜ではなじみだったし根っから悪い人間じゃないのはわかっているのだが、どうにもそりが合わないというか、僕自身はあまり好きじゃなかった。もちろん態度に出したことはない。川井先輩と違ってそっちの二人は名実ともに僕の「先輩」なのだ、どうしたって遠慮がある。

気が重いなと僕は思った。約束してしまったのだから明日は行くしかないが、正直、かったるい。

今の僕には、ほかの誰かに遠慮してやるような気力も余裕もなかった。自分にふりかかるあれこれを何とか受け止め、やり過ごすだけで精一杯だった。

誰だってそうして生きてるんだと言われてしまえばそれまでだけれど。

◆

外で食べてきたから夕食はもういい、と、そっと嘘を言ってみたのだけれど母には通用しなかった。おかずと野菜だけでも食べなさいと言われて仕方なく台所に入る。

「ああ恵理、さっきの電話、誰？」

どきっとした。

「ミチコ。明日のことでちょっと」

「良美さんから聞いた？　無言電話が何回もあってね」

「聞いた。ミチコはかけてないって」

さっきのもその前のも全部アキ兄からだなんて、言えやしない。絶対誰にも言うなよと、しつこいほど念を押されたのだ。

「明日のことって、あんた明日は代休じゃないの？」

「うん。そうなんだけど、午後から千葉まで行ってくる」

「千葉？　どうしてまた」

私は家族みんなのご飯をよそいながら、用意しておいた嘘を言った。

「塾で入試直前集中講座っていうのがあってね、明日はそれの体験授業が無料で受けられるの。クラスからも何人か行くみたい。ねえ、その講座、良さそうだったら申し込んできちゃだめかな」

釜の中に目を伏せていたおかげで思いのほかなめらかに言えたけれど、心臓はばくばくしていた。

「いいんじゃない」気のいい母はすぐに信じた。「あんた塾なんか必要ないなんて言ってたけど、そりゃ行ったほうがいいわよ。追い込みだものねえ。で、それ、いくらかかるの」

「ん……五講座は取りたいから、四万円くらい」

「それくらいなら今あると思うけど、なかったら明日にでも銀行でおろしてくるわ。後から振り込むんでもいいんでしょ?」

それではだめなのだ。どうしても明日までにもらわなければ。

「定員が決まってるみたい」危うい嘘を重ねる。「申し込み順で締め切られちゃうかも」

「そう。じゃあしょうがない、なかったらおばあちゃんに借りようかね」

ごめん、ありがと、と言ったとたんに気がゆるんだ。

でもこれで、年末年始は毎日、見つからないようにどこかの図書館で勉強する羽目になりそうだ。アキ兄にあそこまで必死に頼みこまれなかったら、とてもこんな嘘はつけなかった。

『恵理、金貸してくれ』

さっきの電話でアキ兄は言った。いくらでもいい、けどできるだけたくさん持ってきてくれ。頼む、ほんとに困ってるんだ。わけを訊いても教えてくれなかったけれど、ものすごくせっぱ詰まった声だった。いったい何があったんだろう。また麻雀《マージャン》で借金でも作ったのだろうか。

考えてもしょうがない、とお茶碗《ちゃわん》を運ぶ。

総勢九人、四世代にわたる家族全員がそろう食卓はいつもどおりのにぎやかさだった。うちの夕食はいつも遅い。外の作業から全員が戻るのを待って、みんなそろって食べるのが日課なのだ。

私の席はちゃんとあいていたけれど、耳をふさぎたくなるくらいのおしゃべりとテレビの音の中でそこに座るには、満員のエレベーターに無理やり乗りこむくらいの気力が必要だった。祖父と父、それにテル兄の男三代はたまにボソボソ物を言うだけなのだが、私をのぞく女三代はテレビに負けない大声でひっきりなしにしゃべっている。兄夫婦の子供たち二人のかん高い声までが今日はぴりぴり神経にさわる。

食事がすむまでの我慢だ、と自分に言い聞かせる。ここで暗い顔なんかしていたら、すぐにおばあちゃんか誰かがうるさく訊いてくるにきまっているのだ。

お義理のようにほんのちょっとだけよそったご飯と味噌汁《みそしる》を前に、食べる気のうせた

ミニトマトを隣のおちびの皿にそっと移しかえていたら、

「そうだ恵理、あんた慎一《しんいち》くんて覚えてる?」と母が言った。「ほら、あんたが小さいころよく一緒に遊んだ……」

「覚えてるよ。清水《しみず》さんとこの慎ちゃんでしょ」

彼は私の二つ上で、私が四年生になるころお父さんの転勤で仙台かどこかへ引っ越していった。覚えてるも何も、私の初恋の相手だ。あのころの私はまだ、自分が女の子であることに違和感を覚えていなかったし、女の子は男の子を好きになるものだということにもまったく疑問を感じていなかった。ずっとあのままだったらどんなに楽だったろう。

「それがどうしたの」

と、これもお義理で私が訊くと、母は今日買い物に出た先で慎ちゃんのお母さんにばったり会った話をした。ご主人が千葉支社の支社長になったので七年ぶりにもとの家に戻ってきたばかりらしい。

「慎一くんストレートで一橋《ひとつばし》に受かって、いま東京で一人暮らしですってよ」

「……そう」

限りなくシンプルな返事を選んだのに、案の定言われた。

「あんたも頑張らなくちゃね」

「大丈夫だってば」

親はとりあえず安心させておくに限る。代わりにやきもきしてもらったってどうにもならないのだし、どうせ結果は、出る時になったらいやでも出るのだ。

それよりも私は、早くこの話を終わりにしたかった。兄たちの目の前で大学の話題を持ち出されるのが苦痛でならなかった。うちのクラスの担任に「国公立も狙えます」なんて言われてすっかりその気になってしまった母は気づいていないみたいだけど、その話題が出るたびに、テル兄や良美さんのまわりの空気はすーっと温度を下げる。

次男のテル兄はいま二十六歳。二浪して大学の経済学部に入ったのだが、映画研究会の活動をきっかけにその世界にのめりこみ、やがては授業にも出ずに本物の撮影現場で助手のバイトに明け暮れるようになった。いつかは自分も映画監督になりたかったらしい。家業の花卉《かき》栽培を継ぐのは一つ上のアキ兄と決まっていたから、テル兄のほうは基本的に何をしても自由だった。

でも、三年前、突然アキ兄が蒸発した。賭け麻雀でさんざん借金を作ったあげくに飲み屋で知り合ったずっと年上の女性とデキてしまい、ヒモの男の人にばれて家まで怒鳴りこまれ、はては怒り狂った父に殴りとばされた数日後にその女性と駆け落ちしてしまったのだ。家のお金をあらかた持ちだし、借金は踏み倒して。

ひどいことはそれでは終わらなかった。その年はバラの苗が病気にかかり、心労で祖父が倒れ、おまけに台風が温室を直撃してカーネーションが全部だめになり……。

テル兄はそれを見過ごしにできずに、大学を中退し、映画監督の道もあきらめて家を継ぐことを選んだ。
ところがあるとき、何かのきっかけでテル兄と対立した父が、腹立ちまぎれに口をすべらせてしまったのだ。この馬鹿が、こんな理屈もわからんのか。下らん映画にばかりうつつを抜かしおって、大学なんぞ行かせても結局クソの役にも立たなかったな、金まで積んで押しこんでやったってのに。

テル兄はいまだに、そのときの父の言葉を許していない。誰が裏金で入れてくれと頼んだ。誰のために夢をあきらめて戻ったと思ってるんだ。そう言いたいのだと思う。いわゆる出来ちゃった婚でお嫁に来てくれた良美さんももちろんテル兄の味方で、だから二人とも、うちの親が私を「いい大学」に入れることに夢中になっているのを見ると、あんなにしらけた顔をするのだ。末娘ってのは苦労知らずで得だよな。そう言いたそうに。

　末っ子なのも、一人だけ女に生まれたのも、苦労せずにいい成績が取れるのも私の責任じゃないし、べつに兄夫婦からそのことで直接当たられたりするわけではなかったけれど、それでも私は居心地が悪かった。

　アキ兄がいた頃はよかったな、と思う。アキ兄にだったらたいていのことは話せたし、彼はいつだって私の味方になってくれた。九歳も離れているにもかかわらず、家族の中でのアキ兄と私は、兄妹《きょうだい》というよりも親友みたいな、もっと言うなら同志みたいな、特別の信頼関係で結ばれていた。とくに、小さかった頃の私には、自分をかばってくれるアキ兄がとても強く、男らしく見えた。彼がそんなふうにふるまえるのは妹の私の前だけだなんて思いもしなかった。もちろん、今ならもうわかる。私は彼の弱さを優しさだと勘違いしていたのだ。

『お前にしか頼めないんだ』

電話はすぐに切れてしまって、この三年近くアキ兄がどこで何をしていたのかはもちろん、今どこにいるのかさえ訊けなかった。相手の女の人とはまだ続いているんだろうか。明日会えばわかることだろうけれど。

どうにか食事の時間をやり過ごし、部屋に戻って念のためにドアをロックすると、私は下着類を入れたタンスの引き出しの奥から水玉のポーチを取り出した。中をのぞくのには少しの気合いが必要だった。思いきってちりちりとチャックを開け、何枚かの生理用ナプキンをかきわけて、ポーチの底から四つにたたんだお札をひっぱり出す。

横浜での夜、あの男から受け取った三万円。とても使う気になれずにそのままになっていたけれど、こんなことで役に立つとは思わなかった。これと、母からもらうお金を合わせれば七万になる。それで足りるんだろうか。

とりあえずお金をもう一度引き出しの奥に戻し、それからドアのところへ行ってロックをはずした。隠したいことがある時こそ、隠しごとなんか何もないところを見せなくちゃいけない。

ようやくほっとしてベッドに腰をおろしたとたん、心の底から疲れ果てている自分に気づいた。今日一日、いろんなことがありすぎた。

上半身だけ横になって、枕に頰を押しあてる。

都は今ごろどうしているだろう。お父さんはいまドイツかどこかへ演奏旅行中のはずだし、一人で寂しい思いをしてるんじゃないだろうか。

横のテーブルに手をのばして電話の子機を取り、都の家の番号を押してみた。ずいぶん鳴らしたけれど誰も出なかった。こんな遅くにいないということは、もしかして「北崎」に会いに行ったのかもしれない。それとも光秀の言っていたことが本当なら、鷺沢隆之と意気投合してしまって、そのまま家に帰ってないんだろうか。停学中に夜遊びなんかしているところを見つかったら、今度こそ絶対まずいのに。

のろのろと子機を戻したと同時にノックが響き、返事もしないうちから良美さんの顔がのぞいた。

「あら、寝てた？」

私は体を起こした。

「ううん、ちょっと食休みしてただけ。なに？」

「コーヒーでもいれたげようかと思って」

ほっといてよ、飲みたければ自分でいれるから、あっちへ行って、一人にして。

……言えっこない、そんなこと。

「うん、ちょうど飲みたいと思ってたんだ」そして私は、甘えるようにつけ加えた。

「今日はエスプレッソの気分かな」

「ナマ言っちゃって」

どこか気が楽になったような顔を引っこめて下へおりていく良美さんの足音を聞きながら、私は枕を抱きかかえた。

わかってる。あなたはべつに私を嫌ってるわけじゃない。ただ、私の気持ちより、夫や自分の気持ちのほうが大事なだけ。それと、この家が嫌いなだけ。

ため息をついて立ち上がり、机に向かった。とうてい集中できそうにないけれど、形だけでも勉強しないことにはコーヒーをいれてもらう理由がない。

机いっぱいに問題集とノートをひろげる。白いノートの上に、慎ちゃんの顔がおぼろげに浮かんだ。私の髪をひっぱって泣かせたりしていた彼がもう大学の二年生だなんて、全然ぴんと来ない。

あのころ私は、よく慎ちゃんと遊んだものだった。いじめっ子とまではいかないけれどけっこう強引な彼は、一度など私のスカートの中身を知りたがって下着を膝までおろした。びっくりした私が泣き出したら、しょうがねえなあという顔で放してくれたけれど、慎ちゃんの手が案外あっさり離れていった時、安心すると同時に少しがっかりしたのを覚えている。

そうだった。私がそうやって慎ちゃんに泣かされて家に帰るたびに、慰めてくれたのはやっぱりアキ兄だった。忙しい両親や祖父母は私にかまっている暇などなかったし、テル兄とは気が合わなかったから、私はとにかくアキ兄にべったりだった。いつだったか祖母が言っていた。あんたは秋人《あきひと》と一緒でなければお風呂にも入らなかったのよ、と。でもそれも、四歳くらいまでだったと思う。どちらが先に避けるようになったのかは覚えていない。ただ……。いま、ふっと思い出した。アキ兄と一緒に湯船につかって、くすぐりっこをしていた時のことを。

私は最初のうち、きゃあきゃあ笑って逃げようとしていた。アキ兄の手がしつこく脇をつまんだりお尻を撫でたりするのがくすぐったくて、身をよじって笑いころげていた。アキ兄が私を抱き寄せる。やだぁ……と私は笑う。アキ兄の手が、胸をさわり、前から足の間に入ってくる。やだったら……私は笑う。そしてふいに気がつく。アキ兄の様子がいつもと違うことに。彼の顔には表情がなく、目尻がつり、私の肩をつかむ手には有無を言わせない力がこめられてだんだん強くなっていき、

「頑張ってるじゃない」

飛び上がってふり向いた。

いつのまに入ってきたのか、良美さんがマグカップを持ってそばに立っていた。

「やあね、ちゃんとノックしたわよ。聞こえなかった？」

「ちょ……」私は咳払いした。「ちょっと、ややこしい問題解いてたから」

カップを机に置いた良美さんが、けげんそうにのぞきこんでくる。

「なんだか顔色悪くない？」

「そんなことないよ。今日ほら、文化祭だったから疲れただけ」

「そう？　あんまり根詰めすぎないようにね」

出ていこうとする良美さんの背中に、コーヒーごちそうさま、と声をかける。

どういたしまして、と微笑んでドアを閉めた彼女の足音が聞こえなくなるやいなや、私はたまらずに立っていってノブのロックボタンを押した。隠しごとをするも何も、私自身がどこかへ隠れて、そのまま消えてなくなってしまいたかった。

べつに特別なことじゃないんだ、と自分に言い聞かせる。十三くらいの男の子が、女の子の体に興味を持つのなんか当たり前のことなんだ。でも――

思い出すんじゃなかった、あんなこと。

ドアの内側にもたれてずるずる座りこむ。

そういえば、あの日のアキ兄も、今日と同じことを私に言った気がする。

誰にも言うなよ。

参考書で埋まった机が、ひどく遠くに見えた。

♠

「怖《こえ》えええええーッ！」

ゴゴゴゴゴ……と押し寄せる波音に混じって、野太い悲鳴が僕の耳に届く。大きめの

波が沖からぐんぐん盛り上がって近づいてくるたびに、

「うわああ来るんじゃねえぇぇぇ」川井先輩の叫び声はぎりぎりまでクレッシェンドしては、「死にたくねえええーッ!」ぷつりと途切れる。

土壇場になれば、ああして自分から潜って波をやり過ごすくらいのことはできるのだ。ドルフィンスルー——うつぶせになって片足を後ろへ上げ、サーフボードの先をぐっと沈めながら波の下をくぐり抜けるテクニックだが、まあそれくらいのことはいいかげんにできてくれなければ困る。

同じように波をくぐり抜けて浮かび上がり、塩水のしみる目をごしごしぬぐう。川井先輩と、それに小池先輩、杉田先輩の頭が向こうでブイのように浮かんでいるのを確かめてから、沖に視線を戻した。

よく晴れた朝だった。せっかくの波だというのにサーフィン部の連中が誰も来ていないのを知って、馬鹿めと思う。

今日の波は、かなりすごい。川井先輩がびびるのも無理はないかもしれない。浜から見た時はまだそれほどでもなかったのだが、だんだんうねりが大きくなって、さっきから三つ四つのセットにまとまってきている。海向き《オフショア》の風が強まった加減で波はすっくと立ち上がり、先端《トップ》が巻き、不完全だがチューブになりかけているのがわかる。

半ば無理やりに自分を発憤させ、思いきってゲティングアウトした。

迫りくる小山のようなセットを次々にかわしているつもりでいても、やっぱり食らうときは食らう。海底に引きずりこまれ、もみくちゃにされ、それでもなんとか浮かび上がると気を落ち着かせてもっと沖を目指す。自分に発破をかけて奮い立たせてやらないことには、煮えたつ崩れ波《スープ》の迫力に気圧《けお》されて萎えてしまいそうだ。

パドルする腕のひと掻きひと掻きに渾身の力をこめる。数えきれないドルフィンスルーと幾度かのもみくちゃに耐えてようやくポイントにたどりつくと、そこは、真空のように静かな海だ。

波待ちの体勢に入る。ボードにまたがって座り、腰でバランスを取りながら、はるか沖からやって来る波を待つ。空と海の境に目をこらして、わずかな動きも見落とすまいとする。頭の中がどんどんシンプルになり、しだいに意識がとぎ澄まされていく。それは、祈りに似ている。僕はまだ神に祈ったことはないが、きっと似ていると思う。

来た。

遠くの海面が徐々に盛り上がり、ものすごいエネルギーの塊がじわじわと近づいてくるのがわかる。

ボードのテールを沈めてくるりと向きを変えた。腹ばいになってパドリングを加速していく。背後から追いすがる波の獣じみた気配がぎりぎりまで高まる。盛り上がりきったうねりは僕のボードを追い越そうとしながらテールをぐぐと押しあげ、頭に血が下がり、必死のパドリングで極限まで加速したボードがほんのわずかに波の先へ出て、ふいにするすると急斜面を滑り出す。

素早く立ち上がる、よし、最高のテイクオフだ。

波の頂点から足の下を見おろすと、深くえぐれた谷底が口を開けている、波の腹はたっぷりと肉厚でおそろしく蒼い、その斜面を猛スピードで滑りおりる、水煙にかすんだ視界の隅で遠くの砂浜が傾《かし》ぐ、落下していく感覚が尻から脳天へと抜ける、それを追って鋭い興奮がつき上げる、レールのないジェットコースターだ、波側へ体を倒しながら膝を深く曲げ、遠心力を利用してなめらかにボトムターン、そそりたつ水の壁を今度はぐいぐい駆け上がり、波の馬鹿力にくじけそうになるのをふりきって水しぶきを蹴たて、強引にトップターンをかまそうとしたその時、

ぎくりとなった、

今にも崩れ落ちてきそうなリップ、

波のブレイクが早すぎる、

しまった読みを誤った、

膝と肩がこわばる、瞬間、

強烈な平手打ちにはたき落とされ、

泡立つ崩れ波《スープ》に呑みこまれ、

ボードに頭をぶつけ、

何度もでんぐり返り、

上も下も右も左もわからなくなる、塩からい水をがぶりと飲み、かろうじて目を開け

ると、大小の透きとおったあぶくが僕を取り巻いている、このまま永遠に浮かび上がれない恐怖に駆られてやみくもに足首のコードをまさぐる……。

くたくたになるまで乗って浜へ上がると、川井先輩が砂の上に腰をおろして退屈そうに僕を待っていた。とっくの昔に上がったらしく、朝日に照らされた黒のウェットはすでに乾きはじめている。

「小池先輩たちは？」

「食いもん買いに行った」

まぶしそうに僕を見上げて先輩は言った。克つぁんが知り合いからタダで手に入れてやった中古のウェットは、太めの先輩にはわずかにきつくて、首の後ろのチャックがあと五センチを残して締まりきらない。

「先輩、根性なさすぎ」隣に腰をおろしながら、僕は言ってやった。「そんなんじゃいつまでたってもうまくなれませんよ」

「冗談じゃねえよ、こんなバケモンみてえな波」先輩は口をとがらせた。「何回食らったかわかりゃしねえ。そのたんびに浜まで押し戻されてよ」

「それも練習ですって。痩せるにはちょうどいいんじゃないスか」

「やかましい」

先輩は笑いながら僕に砂を蹴りつけた。

「今日のところはあれだ、お前のクールなライディング見ながらイメージトレーニングしたってことで」

「横文字並べりゃいいってもんじゃないです」と僕は言った。「だいたい、あんなの見たって役に立ちませんって。俺、ここんとこ調子最悪なんスから」

「お前なあ」先輩はため息をついた。「あれだけ乗れててそれは、嫌味以外の何ものでもねえぞ」

僕は苦笑した。

「でも、まだまだっスよ」

女にいいところを見せるとか、趣味でサーフィンを続けるつもりならこの程度で充分かもしれない。でも、僕の目標はプロ、しかもその前にアマチュア選手権でチャンピオンシップをとることなのだ。そうすれば永遠に名前が記録に残るからだが、さっきみたいに肝腎なところで攻め込めずにいるようじゃ、大会での好成績すら望めない。

〈無難に無難にまとめようとしやがって。終わりかけの年寄りか、お前は〉

あの時克つぁんから言われたことの重大さが、今ごろになってわかりはじめていた。当初は単にやる気のなさからちょっとコンディションを崩しただけのはずが、ふと気がつくといつのまにか、守りに入るのが癖のようになってしまっている。夏前までの僕なら、失敗を恐れて小さくまとめるなんてケチな真似は決してしなかった。それが今はどうだ。イチかバチかの勝負を賭けられない奴のところに勝ちは転がりこまない、それくらい百も承知なのに……迷いがふりきれない。

スランプなど初めてではないけれど、今回のはこれまでのと何かが違っていた。いま感じているこの壁がどれくらい厚いものか、僕には想像もつかなかった。少なくとも、ドルフィンスルーでやり過ごせるほど簡単なしろものではなさそうだ。

「あ。あれ、克也さんじゃないか？」

先輩につつかれて肩越しにふり返ると、確かに克つぁんだった。浜の入口の駐車場のところで柵に座っている。

さっきのあのヘボいライディングを、見られていたんだろうか……。

今日は海に入るつもりらしく、ウェットを着こんで板も持っている。まだ若いつもりでいるのか見栄《みえ》なのか、この薄ら寒いのに半袖《シーガル》だ。僕らが見ているのに気がつくと、ボードを抱えてこっちへやってきた。てっきり何かきついことを言われるだろうと身構えていたのに、克つぁんはチラリと僕に一瞥《いちべつ》をくれたあと、

「おう、誰かと思ったら川井かよ」

先輩のほうに声をかけた。

「あっちから見たらトドが座礁してるのかと思ったぜ」

「ひっでえ……」

「ひどかねえよ。少しは痩せろよお前。そんなんで浮いててみろ、漁師がモリ持ってとんでくんぞ」

克つぁんが砂に立てたボードに朝日が隠れて、ようやく目を開けていられるようになった。

「どうだ光秀。川井のやつ、ちょっとは上達したか?」

「そりゃもう」と僕はうけあった。「ね、先輩。うまいっスよね、波待ちは」

「てめえ」

のしかかってくるトドから慌てて逃れる。

「あ、そうだ」と先輩が起きあがった。「克也さん、小池と杉田に会いました?」

「いや。帰ってきてんのか?」

「明日までこっちにいるそうっスよ」

「あとで店に寄るように言ってくれよ。とくに小池。いいかげんに金払えって」

「あ、それ言ったら行かないと思うな」

「じゃあ、俺から言うわ。とにかく寄れって言っとけ」

片手をあげて、克つぁんは海へ入っていった。

寄せてくる崩れ波《スープ》をものともせず、パドリングで器用に沖へ出ていくその背中を眺めて、川井先輩がうっとりとつぶやく。

「やっぱ、うまいよなあ」

「当たり前っしょ」僕はあきれて言った。「ちょっと前までトップ・プロっすよ」

言いながら、なんだか変な気分だった。安堵と落胆、そして苛立ち……。克つぁんに何も助言してもらえないことがこんなに不安なものとは思わなかった。何か言われたら言われたでうっとうしいにきまっているのに。

「なあ」と、ふいに先輩がこっちを向いた。「お前さ、今晩あいてない？」

「え。なんで」

「いや、俺らどうせ、夜はカラオケとか行くと思うんだけどさ。そのあと集まるとこがないんだよな。ほら、うちオフクロうるせえし……」

先輩の言いたいことはわかった。よそで騒いだあと、みんなで僕の部屋へ押しかけるのはどうかと訊いているのだ。アパートと違って大家もいなければ同居人もいない。まわりはさびれた商店街だから少しくらい騒いでも近所迷惑にならない。朝まで酒をくらって好き放題やるには好都合というわけだ。でも……。

僕が返事をためらったのはほんの数秒だったのだが、

「あ、いや、いいんだ無理しなくて」慌てたように川井先輩は言った。「なんか用があるんだろ？　悪い悪い、どっかほか探すよ、忘れてくれ」

べつに用事があるわけではなかった。ただ、一人でいる気楽な時間を邪魔されたくなかっただけだ。

さらに少しだけ迷ったものの、僕はすみませんと頭を下げた。

藤沢恵理から電話がかかってきたのは昼過ぎ、ちょうど僕が二階で久しぶりに布団を干している時だった。

携帯の向こうにその声を聞いた時、最初、誰だかわからなかった。もしもし、と取って、

『……私』

「え？」

訊き返すと、彼女は言った。

『藤沢、ですけど』

あんまりびっくりして、思わず言った。

「なんかあったのか？」

少し黙っていた後で、彼女は思いきったように早口に言った。

『お願いがあるんだけど』

「なに」

『山本くん、いまお金いくら持ってる？』

「はあ？」

『いくら持ってる？』

僕は、テーブルの上に腰をおろした。頭の中で生活費をざっと計算する。

「たぶん、二万足らずだけど」

本当は三万くらいあるはずなのだが、とっさに少なめに答えていた。

『お願い』低い、押し殺したような声で藤沢は言った。『それ貸して』

「なんだよ、どうしたんだよ」

彼女は黙っていた。

「お前……まさか、」

『やめてよ。そんなわけないでしょ』

「そう、だよな」

確かに、それはあり得ない。いつだって避妊にだけは気をつけている。もちろん、彼女が僕以外の男と寝ていなければの話だが。

「わけぐらい聞かせろよ」と僕は言った。「でなきゃ貸せねえよ」

藤沢は前より長く黙っていた。

『……にきが……』

「え？　聞こえない」

『兄貴が……ちょっと、困ってて』

「それでなんでお前がカネ集めんの」

『いろいろあるのよ』電話の向こうで藤沢は苛ついた。『誰にでも事情があるって言ったの、あんたじゃない』

——まあ、それもそうだ。

『お願い』と、藤沢はくり返した。『貸せるぶんだけでいいから』

その声があんまりせっぱ詰まっていたせいで、僕はつい、わかったよと言ってしまったのだった。そればかりか、急いでいるのだという彼女の強引ともいえる懇願に負けて、その金を館山《たてやま》の駅へ届ける羽目にまでなってしまった。

まったく、自分でも信じられない。今までつき合ったどの女にだって、そんな面倒見のいいことをしてやった覚えはないというのに。

時刻表を見るとしばらくは館山まで行く電車がないとわかったので、克つぁんに急用だと言って愛車のカワサキを借りた。満タン返しの約束でだ。重ね重ね、いい迷惑だった。

駅のホームで待っていたジーンズ姿の藤沢は、僕が外から呼ぶと驚いてふり向き、改札を出てまっすぐに走り寄ってきた。いつもの彼女だったら絶対にしないことだ。

一万円札を二枚、裸で手渡した僕と目を合わせないようにうつむいたまま、

「ありがと」藤沢は言いにくそうに言った。「こんなに、いいの?」

「いいよ。お前が俺に頼みごとするなんて、よっぽどのことだろうし」

また体でも売られちゃかなわない——と、言うのはやめておいたが、本音だった。彼女を誰かと共有するなんてまっぴらだ。

「お金はもちろんだけど、この借りはちゃんと何かで返すから」

「いいよ、金だけきっちり返してくれりゃ。ろくでもない兄貴によろしくな」

藤沢は唇をかんだが、何も言わなかった。

部屋に戻った頃には、四時をまわっていた。すっかり冷えてしまった布団を取り入れ、店を少し手伝って、また海に入ったものの波の具合は朝ほど良くなかった。ボードとウエットを洗って干し、風呂に入り、店の並びの定食屋で中華丼セットを食う。それだけで一日が終わってしまった。せっかくの平日休みだというのに、なんだかひどくもったいないことをしたようで気分がくさくさする。おまけに財布の中にはあと数千円しかない。バイクにガソリンを入れたせいでなおさら減ったのだ。

やけくそで今夜は早寝でもしようかと思いかけた時、

「……クン！」

誰かに呼ばれたような気がして耳をすますと、窓の下が妙に騒がしかった。また酔っぱらいどもが騒いでやがるなと思ったら、でかい声が合唱した。

「みーつひーでクン！　あ、そ、ぼ！」

飛び起きて窓を開け放つ。下の道路から小池先輩と杉田先輩、それに僕の知らない女が二人、肩を組んで見上げていた。その後ろで川井先輩が大きな体を申し訳なさそうに縮こまらせ、ごめん、と片手で僕を拝んでいる。

居留守でも使うんだったとホゾをかんだが、後の祭りだった。

「よう、来たぞぉ」

ひょろりと痩せた杉田先輩が言った。すでにろれつが怪しい。

「なあ、ちょっとだけ上がらせろよ。すぐ帰るからさあ」

と小池先輩も言った。目のまわりだけが赤いせいで、彫りの深い二枚目が台なしだ。

部屋に上げてしまえばちょっとだけなんかで終わらないことはわかりきっていたが、こうなったら断わるわけにもいかない。

「……いま開けます」ため息を隠して僕は言った。「裏まわってもらえますか」

六畳の和室は、全員が上がりこむとめちゃめちゃ狭かった。

先輩たちはすぐさまコンビニの袋からビールやチューハイの缶を取り出し、つまみまでひろげてくつろぎ始めた。

そろってガタイのでかい男ばかり四人の間で、女たちがやたらと高い声を上げている。東京から遊びに来ていたところを小池先輩たちにナンパされ、カラオケで盛り上がったらしい。二人とも顔はけっこう可愛くて、年は十九だと言った。本当かどうかわかったものじゃないが、べつにどうでもよかった。どうせ僕には関係ない。

やがて川井先輩がそっと寄って来て、ほかのみんなに聞こえないように、

「ほんっとごめんな」

と謝った。

「いいっスよ、べつに」

「止めたんだけど、みんな酔っ払ってて聞きゃしなくてよ」

「わかってますって」

「お前、用事は？」

「あ、大丈夫です、済ませましたから」

「おい」小池先輩の声が言った。「おい光秀ってば」

ふり返ると、

「ほら、いいものやるよ」

鼻先に何か白いものがつきつけられた。薄紙で巻いた、よれた煙草みたいなものだ。

「何スか、これ」

「え？　やったことねえの、お前」

何をですか、と言いかけたところで、息をのんだ。

「まさか……」

「そうだよ。ほんとにねえの？」

「ないっスよ、そんなの」

「うっそォ、信じらんねえ。サーファーのくせに？」小池先輩は大げさに驚いた。「じゃあ、記念すべき初体験じゃん。これさ、今日、浜に来てたやつから安く買ったんだ。そいつ、自分ちの裏庭で作ってんだってよ」

「ええーっ？」女の一人が素っ頓狂な声をあげる。「そんな簡単に作れるもんなの？」

「何にも知らねんだな、お前ら。こんなの、探せばそのへんの藪《やぶ》にも生えてんじゃん」

たしかにそういう噂は聞いたことがある。昔、麻糸をとるために栽培されていたものが野生化して、今でも道端や山の中に生えているというのだ。

「でも、そんなのやって大丈夫かなあ」と、もう一人の女が言った。「変になったりしない？」

「なるのがいいんじゃない」と言ったのは杉田先輩だった。「大丈夫さ、アメリカなんかじゃみんな堂々と吸ってる。煙草よりかずっと害がないんだってよ」

「でも、やばいよやっぱ。やめとけよ」

川井先輩が言ったのだが、誰も聞いていなかった。

「さ、始めようぜ」と杉田先輩は言った。「アッパー系だからフワァーッと気持ちよくなるだけだっつの。お遊び、お遊び」

小池先輩はそれを口にくわえ、ポケットからライターを取り出して思わせぶりに火をつけた。煙を肺いっぱいに吸い込み、すぐに吐き出さずに息を止める。三十秒ほどしてから、ふーっと僕の顔に吹きかけた。思わず顔をそむけた僕を見て笑い、横にいる女にも同じようにする。

かいだことのない臭いが、部屋に充満しようとしていた。出てってほしいと思ったが、テーブルの上の食い物の山や、寝転がって靴下まで脱いでいる杉田先輩を見ると、うまく言い出せなかった。

「ほら、光秀」

酒のせいかこれのせいか、とろんとゆるんでしまった目で小池先輩が言った。

「いいじゃんかよ、ぶっ飛ぼうぜ。やなことみんな忘れてさ」

◆

暮れかけたＪＲ千葉駅の裏手で待っていたら、いきなり腕をつかまれた。

ふり返るより早く、ぐいぐい引っぱられて脇道へ連れていかれる。三年ぶりに会うというのに、アキ兄は背中しか見せてくれない。

「どこ行くの」

答えるどころか、ふり返りもせずに私を引きずっていく。

「痛いよ、ねえ」

返事もしない。

「痛いったらもう、放してよ！」

大きな声を出すと、ようやくアキ兄は私の腕を放して立ち止まった。

ガード下の暗い道だった。頭上から水がしたたり落ちてくる。通り過ぎる電車がゴーッとすさまじい音をたてる中で、アキ兄がゆっくりとふり返る。この暗いのにサングラスなんかかけて、ちゃんと見えているんだろうか。

「恵理……」

かすれたような、懐かしい声。見覚えのある黒いジャンパーの襟は立てられ、顔の下半分を覆い隠している。襟の端はもうすり切れていた。

「何よ。顔くらい見せてよ」

迷った末に、アキ兄はあたりをうかがいながらサングラスをはずした。

「やだ、どうしたの」思わず言ってしまった。「どっか悪いの？」

びっくりするほどの痩せようだった。目ばかりぎょろぎょろして皮膚にはつやがなく、とがった頬骨がとび出ている。道で偶然すれ違ってもわからなかったかもしれない。

「急に無理言って悪かったな」と彼は言った。「で、金、持ってきてくれたか」

いきなりこれだ。

「持ってきたけど……」

さっきとは反対側から轟音《ごうおん》が近づいてくる。アキ兄は再びサングラスをかけて歩き出した。

私は慌てて追いつき、横からのぞきこんだ。

「ねえ、どうしてそんなに痩せちゃったの？　病気なの？　ちゃんと食べてないんじゃないの？」

アキ兄はわずかに顔をゆがめた。どうやら苦笑のようだった。

「お前は元気そうだな」

今の彼に比べたら、絞首台にのぼる死刑囚だって元気そうに見えるだろう。

人通りの多い明るい道に出ると、アキ兄はあたりを気にしてまた襟を立てた。待ち合わせの時間を暗くなってからにしたのも、どうやら、人目に立ちたくなかったためらしい。

「じつを言えば、ここんとこ、ろくに食ってない」と、アキ兄は言った。「無理に食おうとすると吐いちまう。体が受けつけるのはアルコールだけさ」

「何それ」私はショックを受けた。「ちゃんと、お医者さん行った?」

「そんな金があったら酒を買うさ」私のほうをちらりと見て、アキ兄はまたくっと頰をゆがめた。「冗談だよ、そんな顔するなよ。今は酔ってない」

ふいにまた私の腕をつかんで脇道へ引っぱりこむ。人のいないほうへいないほうへ行こうとしているのがわかる。

片側にずらりと車が止めてある狭い道をしばらく歩いたところに小さな公園があって、アキ兄は他に誰もいないことを確かめてから、隅のベンチに腰をおろした。

私も、少しほっとして隣に座った。

ブランコとシーソーと滑り台しかない公園。周囲には排気ガスに強そうな木々が植えられ、そのまた周囲を古ぼけたビルが取り囲んでいる。昼間は日向《ひなた》ぼっこをしにくる人もいるのだろうが、今は暗い茂みが多すぎて気味が悪い。こんなところへ連れこまれて乱暴されたら、いくら叫んでも誰も気づいてくれないだろう。

アキ兄はせわしなく貧乏揺すりをしながら、内ポケットから煙草を取り出して火をつけた。フィルターのついていない両切り煙草だ。なんだか意地になって体をいじめているみたいにみえる。

「ずっと、どこにいたの」

アキ兄は肩をすくめた。

「まあ、あちこちな」

「あちこちって」

「あちこちは、あちこちだよ」

答えたくないのだ。

「ねえ」私は思いきって訊いてみた。「あの人はどうしてる？」

びくっとアキ兄の肩が動き、貧乏揺すりが止まった。

「もしかして、別れちゃったとか」

それでも返事をせずに、煙草の先を見つめている。お酒が切れているせいか、手の震えがひどくて今にも灰が落ちそうだ。やがてアキ兄は言った。

「時間がないんだ」

「え？」

「悪いけど、早く金貸してくれよ。頼む」

私はアキ兄の顔を下からのぞき込んだ。

「何があったのよ。それくらい教えてくれたっていいじゃない」

「恵理」

また貧乏揺すりが始まる。くいしばった歯の間から、アキ兄は声を押し出した。

「頼むから」

「…………」

私はため息をついて、持ってきたミニリュックを開けた。用意できたのは全部で十万と少し。例の三万円と、母からもらった塾の費用四万円、それに私のお財布にあったお金、そして光秀から強引に借りた二万円だ。

お金を貸してくれたことはともかくとしても、光秀がバイクを飛ばして来てくれた時には本当に驚いた。彼との電話を切ってから時刻表を見て、しばらく電車が来ないのがわかったから、アキ兄との待ち合わせには絶対遅れてしまうと覚悟していたのに。

「何とかこれぐらいは用意できたけど」

言いながら私がリュックから封筒を取り出すが早いか、アキ兄はひったくるように取って中身を確かめた。

「おい、これだけ？」

「これだけって……十万円もあるんだよ？　知り合いに無理言って借りて、母さんに嘘までついて、必死でかき集めたんだから」

「それが何だよ」

「え」

「……いや」

頭の上のほうで、街灯がまたたいてついた。

煙草が足もとに捨てられ、踏み消される。

「悪かった。サンキュ。助かるよ」

「どうするの、そのお金」

アキ兄は黙って封筒を内ポケットに入れた。

サングラスをはずして横に置き、不精髭《ぶしょうひげ》の伸びた頬を両手でごしごしこする。指の間で、その顔がふいに泣きだしそうにゆがむのが見えた。

「……きしょう」ペッと横につばを吐いて、アキ兄はつぶやいた。「あのクソあまのせいで、俺は……」

ほとんどひとりごとに近いつぶやきだったのだけれど、私は前にも増してショックを受けた。自分の耳がどうにかなったのかと思った。以前の兄なら、決してそんな言葉を使わなかった。私の前でも、誰の前でもだ。

三年という歳月の長さを、まざまざと目の前につきつけられた思いがした。テル兄とはあまり似ていないハンサムな横顔に、すさんだ感じの皺がいくつも刻まれている。

私はそれを見つめた。アキ兄がどんなに変わってしまおうと、ほうっておけない私の気持ちまでが変わるわけではなかった。小さい頃のあの記憶はともかくとしても、彼にはやはり恩がある。恩なんて言葉、妹が兄に対して使うのは変かもしれないけれど。

「アキ兄」

「……うん？」

こっちを見てくれるまで待ってから、私は言った。

「一緒に、うちへ帰ろ？」

彼は目をみひらいた。

「ばか、帰れるわけないだろ」

「なんでよ。そりゃ、最初はみんな怒るだろうけど。でも、アキ兄が病気だってことわかったらお父さんたちだって許してくれるよ。お金のことも何とかしてくれるかもしれないし」

「無理だよ、それは」

「無理じゃないよ」私は必死になって言った。「本気で謝れば、許してくれるにきまってるよ」

「そうじゃなくて」貧乏揺すりがひどくなる。「ほんとに無理なんだよ」

「大丈夫だってば」

「…………」

「ね、帰ろ？」

「帰れないんだって！」

突然アキ兄が叫んだ。

どうしてよ、と訊こうとする私の手をふり払い、頭を抱えこむ。唇だけが、もう一度動く。

(帰れないんだ)

しばらくそうしていたかと思うと、唐突に立ち上がった。私が一緒に立ち上がりかけるのを制して、

「いいか、恵理」

憔悴《しょうすい》しきった目を私に据える。

「今日俺に会ったこと、ほんとに誰にも言うなよ。家のもんだけじゃない、どこの誰が訊きに来ても絶対言うな」

「どういうこと、それ」

「いいな。頼んだぞ」

「ちょっと、ねえ、変なこと言わないでよ。何のことだか、」

「今にわかるさ」アキ兄はサングラスをかけて、ぐいっと襟を立てた。「たぶんな」

しぐさだけ見たらヤクザ映画の主役を気取っているみたいで滑稽だったけれど、その顔色は冗談ごとではなく青白かった。

「じゃな、恵理」

早足で歩き出す。

「待ってったら」

追いかけようとしてきっかけを失ってしまい、私は中途半端に立ち止まった。

「ねえ、じゃあ連絡先くらい教えてよ、絶対誰にも言わないから!」

アキ兄は公園の出口の柵のところまで行って、ふり返った。三つ数えるほどのあいだ、そこに立って強く私を見つめていた。言うに言えない複雑な顔をして、じっと見ていた。そしてまたくるりと背中を向け、

「アキ兄！」

……行ってしまった。手もふらずに。

私は、ベンチに座りこんだ。体じゅうから力が抜けてしまっていた。

ぼんやりと腕時計を見る。待ち合わせた時間から、まだ十五分と少ししかたっていない。三年ぶりに会ったというのに、たったの十五分。おまけに、訊いたことには何ひとつ答えてもらえなかったなんて。

なんだか、現実だとは思えなかった。ゆうべの電話からの全部、何もかもが、白昼夢だったような気がしてくる。本当に今まで、ここにアキ兄がいたのだろうか？　本当に？

ふいに空がぐるっと回り、私は慌てて目をつぶってうつむいた。前に講堂で倒れた時と同じように、キーンと耳鳴りがして気持ち悪くなる。視界が狭まり、かすんでいく。

でも、今日のは前のよりだいぶ軽かった。意識までは失わないですんだ。

しばらく我慢してから、そうっと目を開ける。頭ががんがんする。体じゅうから噴き出した汗が早くも冷えはじめていて、寒くてたまらない。まだ少し狭い視界に、じわじわと街灯の明るさが戻ってくる。

私は、そこにあるものを見つめた。

踏み消された吸い殻のすぐ脇の砂地に、アキ兄の吐いたつばの跡が黒くしみこんで残っていた。

♠

川井先輩が次に僕の部屋に来たのは、あのぶっ飛んだ夜から一週間ばかりたってからのことだった。

「怒ってるだろ？　光秀」

壁際に腰をおろしながら、先輩は言った。まるで寝小便がばれた子供みたいに、上目づかいにこっちの様子をうかがっている。

「無理ねえよなあ。ほんと、悪かったよ」

「いや、なにも先輩が謝るようなこっちゃないスよ」

僕は踊り場の冷蔵庫を開けて前にしゃがんだ。

「ビールとオレンジジュースとウーロン、どれがいいスか」

「あ……いや、いいよ。おかまいなく」

「なーに遠慮なんかしてんですか。柄にもない」

先輩も、ようやくしわしわと口もとをゆるめた。

「じゃ、俺ジュースもらうわ。悪いな」

ペットボトルとコップを先輩に手渡し、ベランダの窓を背にあぐらをかいて自分用のビールをプシュッと開ける。

「でもさあ、やっぱ俺が悪かったんだよ。最初から俺があいつらを連れてこなけりゃ、あんなことにはさあ」

「いや、ほんとに先輩のせいじゃないですって」と僕は言った。「連れてくるつもりじゃなかったのはわかってますし。例のあれだって、結局のとこ断わりきれなくて吸ったこっちが悪いんだし。けど、俺はもう、ああいうのはいいっスよ。あんな目にあうのは二度とごめんです」

先輩はため息をついた。

「そっか。そうだよなあ。お前、一人でバッドになっちまったもんなあ」

そう——あれはバッドなんてものじゃなかった。あのとき味わった幻覚に比べたら、本物の地獄のほうがまだましだったろう。思い出すといまだに条件反射のように胸がむかむかする。あれからあとも二、三日は体がだるくて何もする気になれず、ひっきりなしに乗り物酔いに似た吐き気に悩まされ続けた。アッパー系だから気持ちよくなるだけだ、なんていう杉田先輩の言葉は大嘘もいいところだったわけだが、かといって彼を恨むのはお門違いだった。信じた僕が馬鹿だっただけの話だ。

断わろうと思えば、断われたはずだった。実際、断わろうとも思ったのだ。

今となっては、言い訳にさえならないけれど。

あの夜、小池先輩はしつこかった。

「そら、いいから吸えよ」

浜で引っかけたという女の子たちまでが興味津々で僕らを見ていた。

「お前ら、なにイイコぶってんだよ。嫌われんだぜ、そういう奴はよ」

最初は尻ごみしていた川井先輩までがおそるおそる、けれど好奇心を隠しきれずに受け取って吸いはじめたのを見ると、僕は、取り残されたような気持ちになった。

大麻。

マリファナ。

呼び方が違うだけなのに、同じものじゃないみたいに思える。「大麻を吸う」と思うとまさしく重罪という感じで気がとがめるけれど、「これが噂のマリファナか」と思えばそれほどたいしたことではないような気もしてくる。

「たかが麻の葉っぱじゃねえかよ」と、小池先輩は鼻で嗤った。「これなんかべつに、隠れて外国から持ちこんだわけじゃないんだしさ。純国産、それも地元産だぜ」

親父も以前、苦笑まじりに言っていた。若い頃はよくハッパでキメてぶっ飛んだもんだ、と。そういう時代だったのだという話だし、もちろんその頃は親父も元気だったのだ。

吸っているところに居合わせたことがあるわけではないが、少なくとも、吸ったと豪語するやつなら、今だっていくらでもいる。海辺の駐車場でシャワーを浴びていたら、こっそり売りにきたやつだっていた。そのとき僕は断わったけれど、まったく興味がなかったといえば嘘になる。先輩たちが買ったのも、たぶんああいう連中の一人からだったのだろう。

「だいたい、そこらへんに生えてる雑草の葉っぱ燃やして煙吸いこんだからって、なんでとやかく言われなきゃならないんだよ、なあ?」と杉田先輩がうそぶく。「誰にも迷惑かけてやしないじゃないか」

女の子たちの指から、杉田先輩は煙草状に巻いたそれを受け取ってゆっくりと吸いこんだ。別の一本に火をつけた小池先輩が、

「ぶっ飛んでる時はさ、光秀。気が大きくなって、どんなでかい波でも怖くなくなるんだってよ」

「そりゃいいや」と杉田先輩が笑う。「川井、お前なんか怖がりだからぴったりなんじゃないの」

げほげほむせている川井先輩を指さして、女の子たちは互いにこづき合ってけらけら笑いころげている。笑われた川井先輩までが一緒になって笑っている。何がそんなにおかしいのか知らないが、一種異様なまでの笑い方だった。酒に酔っているのか、それともやっぱり、マリファナのせいなんだろうか。

「光秀、なあ光秀、なんかこれ、すっげえ面白いぜ」川井先輩が笑い続けながらこっちに渡してよこした。「全然へんなもんじゃねえよ。いいじゃん、ちょっとだけ試しにやってみなよ」

なおも迷ったものの、僕は結局、それを受け取ってしまった。

受け取ったら、くわえないわけにいかなくなった。

くわえてみたら、吸わないわけにいかなくなった。

これは確かに犯罪なんだろうけれど、だとすれば、どのみちここに居合わせた全員が共犯なのだ。僕だけ意地を張って吸わずにいたところであまり意味はない。——そんな言い訳があぶくのように頭に浮かんできては、ぷちっとはじけて消える。

暴れる心臓をなだめながら、そっと吸いこんでみる。

煙は、ひどく苦かった。煙草なんかとは根本的に違う、ねっとりと重い苦さだった。言われるままにゆっくり深く吸い込み、咳《せ》きこみそうになるのを我慢して息をとめる。肺の粘膜を通して、血液全体に煙がいきわたっていくのが感じられる。動悸《どうき》が疾《はや》いぶんだけ、まわるのも早い気がする。息が苦しくなると少しだけ吐き、そのぶんだけ空気を吸いこみ、そしてまた少しだけ吐き……とうとう本当に苦しくなってしまってドッと息をついた。煙はもう、ほとんど出てこなかった。

川井先輩に返したそれが杉田先輩に渡り、また僕のところに戻ってくる。それを何度かくり返しているうちに、やがて、まぶたがとろんと重くなってきた。

「前に大学の先輩がムンバイに旅行してさ」杉田先輩の声が、僕の頭のド真ん中でうわんうわんと響く。「街なか歩ってたらヤバそうな奴が寄ってきて、『タイマー？　タイマー？』ってうるさくまとわりつくんだとよ。なんでタイマーなんか売りにくるんだと思ったら、大麻のことだったんだってさ」

みんなが腹をよじってひいひい笑っている。べつに面白くもないはずなのに、ひきつけでも起こしそうな笑いっぷりだ。

胸の奥がざわざわしてきた。決していい気分じゃない。ましてや笑いたくなんかならない。何か邪悪な生きものに追われているような、ものすごく嫌な気分だ。なんでこんな気分で、みんなは笑えるんだ？

（だ……だめだ）

何がだめなのかもわからないまま、

（だめだだめだだめだだめだだめだだめだだめだだめだだめだだめだだめだだめだ）

まわりにいる誰も彼もが僕をあざ笑っている気がしはじめた。本当に耳もとで笑い声が聞こえるのだ。はっきりと。

天井の木目が蛇のように蠢きだす。目をぎゅっと閉じてもう一度見なおすと、今度は天井自体がどんどん下がってくる。このままでは押しつぶされてしまう、逃げ出そうとして見た窓のカーテンに見知らぬ女の顔が心霊写真みたいに浮き出して見え、そいつまでが僕を笑い、笑い、笑い続け、ゆがんだその顔がぺらりとはがれて飛んでくると僕の毛穴からシュッと中に入って心臓のまわりに濡れたビニールのように貼りつき、そのまぐいぐい締めつけてくる。ぐいぐい、ぐいぐい、ぐいぐい……コレガソウカ、痛む頭をかかえて呻く、コレガアノばっどとりっぷトイウヤツカ、息、息息息がうま、息がうまくできない、波に巻か、に巻かれた時と同じようにいくらもがい、ても浮上できな、い肺が、肺肺肺肺肺が、さ、酸素を求めて悲鳴を上げる、うろたえて目を上げるとテーブルにのったビールのビールの缶がばらばらの細かい粒に砕けその一つひとつがムカデみたいな虫虫虫虫虫になってわらわらと押し寄せ足から腕から這い上がってきて首筋から服の中に入ろうとしてギザギザの足が皮膚にひっかかって僕は思わず声を上げて体じゅうを手で払いまくったナニヤッテンダヨ誰かの声が耳のど真ん中で響くミロヨコイツオカシイゼ笑い声が脳に突き刺さる脳みそがマチ針だらけの針山になる何もかもマリファナの見せる幻覚だ本物じゃないわかっていても怖い怖い怖い何がというんじゃなく理屈で説明できるようなことじゃなくとにかく怖い怖い怖くてたまらないまわりの何もかもが恐ろしくて息苦しくてよろけながら立ち上がり紫色のマーブルに溶けだした引き戸を開けて部屋の外へ転がりでて安全なところへ逃げたくて下の店におりようとしたとたんに階段がぐにゃりぐにゃりぐにゃりと波打って起き上がり僕の頭上にそそり立った——まるで恐竜の背骨のように。

「俺のトリップはさ」

何杯目かのオレンジジュースをコップにつぎながら、川井先輩は言った。

「全然その逆。べつにおかしくもないはずなのにひとりでに笑いがこみあげてきてさ。止めようとしても止まらねえんだよ。何がおかしいってんじゃなくて、ただおかしいんだよ。すんげえ幸せな気分でさ。そばでおんなじように笑ってる小池の腕つかもうとしたら、手がスルッて通り抜けやんの。3D映像《スリーディー》ってあるじゃん。ちょうど、あれをつかもうとしたみたいにさ」

思い出しながらしゃべっている川井先輩の顔はなるほど、夢見るように幸福そうだ。

「この部屋の何もかもがぐにゃぐにゃゆがんで見えてさ。そこの机も本棚も、みんなどろどろに溶けてたんだぜ」

「知ってますよ」

「けど俺のは、全然いやな気分じゃなかったんだよ」先輩は不思議そうに首をひねりながら言った。「とにかく気持ちよくてさ。途中から杉田か誰かがそこのデッキで音楽かけたんだけど、なんていうのかなあ……音がそこから飛び出してきて、目に見えて、手でさわれるんだよ。いやほんとに。隣の人間の気持ちも自分のことみたいにわかっちまうし、しゃべってもいないのに相手が何考えてるかびしびし伝わってくんだよな。テレパシーみたいにさ。もう、お互いに何もかも許せる気分っての？　だからあの女たちも……」

ふっつりと、言葉が途切れた。川井先輩は、僕から視線をはずして自分の膝に目を落とした。

気まずい沈黙だった。

「あん時さあ」先輩の声はぐっと低くなっていた。「お前、一人で部屋出てから、どうしてたんだ？」

「そりゃもう……」思い出すとまたゾクッとして、僕は無理にひきつり笑いを浮かべた。「ひたすら、ホラーの世界をさまよってましたよ。何年にも長く感じたけど、実際は三時間かそこらだったみたいで。気がついてみたら、下の店のショーケースの陰で震えながらちぢこまってました。何から隠れたつもりだったんスかね」

先輩は黙りこくっている。

ベランダに干してあるウェットスーツが風に揺れて、ぱしん、と窓に当たった。

「――しょうがなかったんスよ」

と、僕は言った。

先輩がすがるような目を向けてくる。

「べつに、無理やりやっちゃったってわけじゃないんでしょ」

「そりゃ、そうだけどさ」先輩は情けない顔でまた目を伏せた。「後から考えたら、お前はきっと腹立ったろうなと思って」

「まあ、正直、あんまりいい気はしなかったスけどね」

ようやく我に返って這うようにこの部屋に戻ってみたら、いまだトリップしたまんまの男と女が五人、あっちとこっちに分かれて裸でもつれ合っているのを見せつけられたのだ。気分のいいはずがない。

「でもまあ、ほんと、しょうがなかったんスよ」と僕はくり返した。「みんな正気じゃなかったんだから」

もちろんそれは、本末転倒のごまかしに過ぎなかった。正気でさえなかったら、たとえ何をしてもしょうがないで済まされるのか？　そんなわけはない。そもそも、正気でなくなったこと自体が許されないことだったのだ。ただ、今さらそれを言ったところで始まらないというだけの話だ。

「でも……」先輩はもそもそと言った。「軽蔑したろ」

さすがに少しうざったくなってきて、ビールの空き缶をゆっくりと握り潰す。

東京へ行った仲間ほど遊び慣れていない川井先輩は、あの女の子たちとのことで自己嫌悪に陥っているらしい。僕のところへ謝りにきた気持ちに嘘はないにしろ、先輩にとっては僕に謝ることそれ自体よりも、何とも思っていないという返事を聞くことのほうが大事なのだろう。

「軽蔑なんか、するわけないっしょ」

つぶした缶を、僕は狙いをさだめて部屋の隅のゴミ箱に放りこんだ。

「もういいじゃないスか。気にしないで忘れて下さい。俺も忘れますから、先輩の汚ねぇケツ拝まされたなんてことは」

「ばッ……かやろ」
ようやくいつもどおり鼻の穴をふくらませて怒った先輩に、僕は肩をすくめてみせた。
「だいたい、先輩が純情すぎるんですよ、あんなことぐらいでくよくよするなんて」

──軽蔑？

どうして、先輩たちのしたことを軽蔑なんかできるだろう。そんな資格など、この僕にあるはずがないのだった。マリファナでぶっ飛んで女を抱くどころか、僕は完全に正気のまま藤沢恵理を抱いたのだから。それも、一度きりじゃない。何度も、何度もだ。

初めのころは、藤沢恵理と会うたびに混乱させられた。学校でのあの優等生ぶりと、僕の前で見せる乱れた姿とが、どうしてもうまく重ならなかった。でも、今ならわかる。どちらが本当の彼女なのかが、ではなくて、そういう区別をしようとすること自体がナンセンスだったということが、だ。

あのころ藤沢に対して抱いていたのと同じ種類の違和感を、僕はこのごろでは自分自身に対して感じている。たとえば学校で友達と笑いこけているさなかに、ふと、汗だくで藤沢とからみ合っている裸の自分を思い出してギクリとすることがある。でも、そういう僕が本当の自分じゃないかといえば、決してそうではないのだ。クラスの友達といる時。海に入っている時。先輩たちの前に出た時、克つぁんと話す時、親父やおふくろと顔を合わせる時、部屋で一人になった時、そして藤沢を抱く時……そのどれもが違う僕であり、しかもすべてが同じく僕なのだ。

それを認めるにはかなりの苦痛が伴った。あんなのは本当の自分じゃないとか、あの時はどうかしていたのだと思ってしまえたらずっと楽だったはずだ。自分の中の嫌いな面にさえ目をつぶってしまえば、好きな自分とだけ向き合っていられるのだし、過去の過ちは水に流して新しい自分をやり直すことだってできるだろう。でも、僕の「過ち」はまだ現在進行形なのだった。藤沢恵理との関係にきっぱり終止符を打つことができないのなら（できない）、そういう自分も含めて、まるごと受け入れるしかしょうがないじゃないか。

あの日、館山の駅で藤沢に貸した金は、まだ返してもらっていない。生活費の足りなくなった僕はしかたなく、週末におふくろのところを訪ねたとき、拝み倒して一万借りた。

学校の廊下で僕とすれ違うたびに、藤沢は同じ言葉を口にした。

「もうちょっとだけ待ってて。きっと返すから」

返してくれるのはそりゃけっこうだが、いちいちそんなふうに言われるとかえって腹が立ってくる。サラ金の取り立て屋じゃあるまいし、そんなに俺の顔に金金金と書いてあるかよと言ってやりたくなる。彼女とのつながりが金だけのように思えてきて憂鬱にもなる。まあ、金のつながり以外に何があるんだと訊かれれば、体のつながりしかないわけだけれど。

いずれにしても、あの日以降、僕はずっと彼女を部屋に誘えずにいた。なんだか借金のカタに無理やり抱くみたいで、どうにも気が進まなかった。

よく考えてみれば、それもバカバカしい感傷ではある。藤沢との関係はもともと取引きの上に成り立っているのだし、今さら金の貸し借りという負の条件が一つ増えたくらいでどう変わるものでもないはずなのだ。

要するに——いつからか僕にとって彼女と寝ることは、契約なんかではなくなっているのだった。もしかすると、最初からそうだったのかもしれなかった。恋ではないにしろ、いや、あるいは恋なんかよりもずっと激しく強烈に、僕は藤沢恵理を欲していた。単なる性欲とどこが違うのかと訊かれても、うまく答えられない。でも、たとえばそこそこ可愛くて、いい体をしていて、面倒くさい手続き抜きでやらせてくれる女が別にいたとしても、僕はやっぱり藤沢恵理を選ぶだろうと思う。彼女と寝るたびにたいてい、後味の悪い思いをさせられるにもかかわらずだ。少しばかりマゾの気があるのかもしれない。

藤沢がようやく僕の部屋に来たのは、十二月に入ってすぐの放課後のことだった。下の店の定休日が水曜だということを、彼女は今ではよく知っている。

いちばん最初の夜を別にすれば、僕が誘うより先に藤沢のほうからここへ来たのは初めてだった。それればかりか彼女は、電気ストーブ一つをつけただけの暗い部屋でいつものように服を脱ぎ捨てると、今までだったら僕が要求しない限り決してやらなかったことを自分からしようとした。

「や……やめろよ」

面食らった僕は、思わず押しとどめた。

「『借りを返す』ってこういうことだったのかよ」

藤沢はやめなかった。

「よせったら。返すのは金だけでいいって言ったろ」

「ほっといてよ、私の気がすまないだけなんだから」

藤沢はくぐもった声で言いながら、うつむくたびに落ちてくる前髪を片手でかきあげた。

「あんただって、こうされるの嫌いじゃないくせに。今さら、カッコつけることないでしょ」

確かに、嫌いなんかじゃない。好きかと訊かれれば、好きだと答えてやってもいい。気持ちいいかと訊かれれば、むちゃくちゃ気持ちいいと答えるしかない。でも、問題はそういうことではないのだ。

鋭すぎる快感がくり返しつきあげてきては、そこを中心に熱く、むず痒くひろがり、あやうく押し流されてしまいそうになる。奥歯をくいしばってこらえ、懸命に気持ちをそらせると、僕は藤沢の頭を無理やりもぎはなした。

「なにす……」

言いかけた彼女の腕をつかんで引きずるようにひっぱりあげ、その体の上にのしかかって組み伏せる。藤沢のきつい視線が僕をにらみあげてきた。濡れた唇にストーブの光が反射して、きれいな色の軟体動物みたいにぬめぬめと輝いている。

「お前、借りを作るのが嫌いだって言ったよな」

「…………」

「相手がしてほしくもないことをしたからって、借りを返したことにはならないよな」

「じゃあ、何がしてほしいっていうのよ」

べつにないと言いかけたのに、

「ないわけないでしょ。言えばいいじゃない、何だってさせて頂くわよ」

思わず、長々とため息がもれた。

どうしてこいつはこうなんだろう。あれから五か月もたつというのに、少しもガードをゆるめようとしない。自分のまわりに幾重にも鉄条網をめぐらせて、絶対に僕を入ってこさせまいとする。歯がゆくて、時々横っ面をはりとばしたくなる。

「そうだ」気をとり直して、僕は言った。「してほしいこと、一個だけある」

「なに」

「話」

「え?」

「話をしてほしい」

「……なんの話よ」

「お前のさ」

藤沢は眉をひそめた。

「お前についての話が聞きたい」僕はかまわず言った。「お前の家族の話。友達の話。飼ってる動物の話。小さいころの話。バスケの話。何でもいい。お前に関する話ならどんなことでもいいから、聞いてみたい」

言っているそばから、藤沢の眉間の縦皺はどんどん深くなっていった。

「ふざけないでよ」

「ふざけてねえよ」

「ふざけてるわよ。どうしてそんなことあんたに、」

「借り」

藤沢がぐっとつまった。

「返してくれるんだろ？」

顔をそむけ、居心地悪そうに身じろぎしようとした彼女の細い体を、僕は自分の体重で押さえつけた。

「――いいから、話してみろってば」

まったくふざけている。冗談じゃない、なんであんたなんかに……。

そう思ったけれど、何だってするとまで言ってしまった以上、後には引けなかった。

◆

「兄貴は二人よ」

思いきり投げやりに言ってやる。光秀から目をそらして、電気ストーブで赤く照らされた部屋の隅に向かって私はしゃべった。

「家族は全部で九人。友達は普通にいるし。動物は飼ってない。小さいころは……べつに普通よ。それから何だっけ?」

「そんなことが聞きたいんじゃねえよ」と光秀は言った。「わかってんだろ? 俺はもっと、ちゃんとした話が聞きたいの」

「ちゃんとしてるじゃないよ」

いきなり顎をつかまれた。光秀は私の顔を自分のほうに向け、黙って目の奥をのぞきこんできた。

強くにらみ返してやる。無駄話なんかしてないで、さっさと抱いてくれればいいのに。

私はそれが欲しくてここへ来たのに。

このまえ抱き合った時からおおかた一か月ほども間があいたのは、ひとつには文化祭の夜に私が彼を牽制《けんせい》したせいもあったけれど、もっと大きな理由はあのお金のせいだった。あれ以来、光秀がぱったり誘ってこなくなったのはきっと、私にお金を貸したことが負い目になっているからだと思う。普通は借りた側のほうが負い目を感じるものなのに、彼の場合は逆なのだ。光秀に対して精神的なつながりを求めたことなどないとはいえ、これだけつき合っていればそれくらいの癖はわかる。

だからこそ私は今日、思いきって自分からこの部屋に来たのだった。借りたお金を全額返せるのは、へたをするとお年玉をもらった後になりそうだし、かといって、これからさらに一か月近くも自分で自分を慰めて過ごすなんて耐えられそうにない。このごろではもう、病気だと思ってあきらめている。アキ兄の体がお酒を必要とするみたいに、私の体にはあれをすることが必要なのだ、と。

光秀は、黙りこくって私の目を見つめている。ニキビ一つない額はなめらかで、眉も鼻筋も、猛々《たけだけ》しいまでにまっすぐだ。見ようによればハンサムと言えないこともなくて、そのことがよけいに私の腹立たしさに拍車をかける。これがもしジャガイモを踏みつけたみたいな相手だったら、あとほんの少しくらいは優しくできたかもしれない。

「せめて、どれか一つにしてくれない？」とうとう根負けして、私は言った。「いきなり何もかもしゃべれったって無理よ」

光秀はようやく私の顎を放した。

「そのかわり、俺の質問には答えろよな」

「黙秘権は？」

「あると思うか？」

「………」

「それじゃ」一拍おいて、彼は言った。「ろくでなしの兄貴について」

ぎょっとなって、つい体を固くしてしまった。

観察するように見ていた光秀が、私の上からすべり落ち、隣に寝そべった。ひじをついて頭を支える。

「このことには、俺だって関係あるんだからな。聞く権利もあるはずだろ」

たしかに、光秀からお金を借りたのがアキ兄のためだったのは事実だし、彼がそのへんの事情を知りたがっても無理はない。アキ兄からは口止めされたけれど、された時にはすでに、光秀は私が兄と会うことを知っていたのだ。今になって隠しても遅い。

仕方なく、私はアキ兄が家を出ていったいきさつをかいつまんで話した。文化祭の夜、うちにかかってきた電話のこと、そして千葉で待ち合わせをした時のことなどをぽつぽつと話した。私が途中で口ごもったり何かを隠そうとしたりすると、光秀はすぐに気づいてしつこく質問してきた。とうとう、母に嘘をついて四万円もらったことや、横浜のサラリーマンからの三万円を一緒に渡したことまでしゃべらされてしまった。

「誰にも言うなって言われたのよ」私はいやいや言った。「あの日アキ兄と会ったことは、うちの家族にだけじゃなくて、どこの誰が訊きに来ても絶対に言うなって。だから、あんたも黙っててよね。お願いだから」

「誰にしゃべんだよ、お前の兄貴の話なんか」と光秀は言った。「心配すんなよ。こう見えても口が固いってことは証明済みだろ」

横目で思いきりにらんでやったのだけれど、彼は涼しい顔で見つめ返してきた。

私は再び顔をそむけた。

さっきから打ち明け話をさせられている間じゅうずっと、光秀のほうを向いて話すことがどうしてもできない。なんだか気持ちまで向かい合っているかのように誤解されそうだから、というより、うっかりすると私自身が勘違いしてしまいそうだったからだ。

これまでさんざん抱き合って身体をつないできた間は平気でいられたのに、普通に話をするのがこんなに恥ずかしいとは思わなかった。おまけに、こんなに無防備な心地のするものだなんて。言葉はまるで、相手にさしだす人質みたいだ。

「もしかしてお前の兄貴、マズいことに巻き込まれてるんじゃないのか?」光秀は、言わずもがなのことを言った。「妹から金巻きあげるほど困ってるなんて、やっぱ普通じゃねえよ」

「人聞きの悪い言い方やめてよ。私が貸したくて貸しただけなんだから」

光秀は、とがらせた口を横へゆがめた。

「ごめん」

やけに素直だ。

「その後は連絡がないのかよ」

私はうなずいた。生きているのか死んでいるのか、それすらもわからない。どこか別の土地へ行ってしまったのかもしれない。あの時だってずいぶん人目を気にしていたから、光秀の言うとおり、このへんには居られないことをしてしまったに違いない。

ふと気づくと、光秀の指が私の肩先をそっとなぞっていた。たぶん無意識にしているのだろう、その愛撫には性的な匂いがまったく感じられなかった。

でも、だからこそよけいに親密な行為に思えた。その親密さを苛立たしく思う気持ちと、気づかないふりで身をゆだねていたい気持ちが私の中で入り混じる。そんな馴れ合いなんかさっさとふりはらえばいいのに、なんだかちょっと惜しいような、もう少しだけこうしていてもべつにかまわないような気がして、なかなか踏んぎりがつかない。

ようやく思いきって寝返りをうち、私は光秀に背中を向けて目を閉じた。布団を鼻まで引きあげ、すぐに思い直して顎まで下ろす。光秀の布団は男くさかった。

閉じたまぶたの裏が熱い。いつのまにかこんなに弱くなっている。こんなことでは、今にほんとうに何もかも光秀にしゃべってしまいそうだ。言葉どころか、私自身をそっくり差し出してしまいそうだ。

と……何か温かなものが、うなじのあたりにそっと押しあてられた。

光秀の額だとわかるのに、二秒ほどかかった。

「前にさ」

湿った息が背中にかかる。

「親父のこと、話したろ？」

私は記憶をまさぐった。

〈俺の親父ってさ、いまちょっと入院してんだけど……〉

横浜からの帰りのフェリーで初めて光秀と言葉を交わしたのが、はるかな昔のように思える。

「ほんと言うと、親父、ガンでさ」

「……え？」

「もうすぐ、死ぬんだ」

思わずふり向こうとしたら、彼は後ろから腕をまわしてきて、私を抱きかかえた。静かなため息とともに、その腕にゆっくりと力がこめられていく。

どうして彼が唐突にそんな話を始めたのか、私にはわからなかった。それを私に言ってどうしようというのだろう。慰めてほしいとか？

フェリーの上で帽子をかぶり直した時の、光秀の声のふるえを思い出す。

〈息子の俺に、親ァ殺させる気かよ、なあ〉

あの時から彼はもう、父親が助からないことを知っていたのだろうか。

てっきりまだ何か言うものと思って待っているのに、光秀はいつまでたっても黙ったままだった。

私はやがて、体から力を抜いた。光秀の腕の重みを感じた。背中をぴったりと覆っている彼の胸がひどく温かい。

すべてに現実感がなくて、この部屋だけが海の底にあるみたいだった。

私たちはそれきり長いこと、電気ストーブのかすかなノイズに、お互いの息づかいが重なり合うのを聞いていた。

# 第3章

♠

「どうしても会っておきたい人間なんぞ、こうしてみると思いつかないものだな」

いつものように窓から遠くを眺めながら、親父は言った。べつに返事を期待しているわけじゃなさそうなのも、いつものことだ。

　痩せて筋ばった手の甲には点滴の針、ももには静脈栄養の針。機能がことごとく低下した体に必要な栄養分や薬や痛み止めを注入するためとはいえ、そんな姿はまったく親父に似つかわしくなくて、何べん見ても見慣れることがなかった。

　隣のベッドの爺《じい》さんが別の病棟へ移されてしまってからは、この二人部屋は親父の個室になっている。白いカーテンや糊のきいたシーツに、冬の初めの弱い日ざしがぼんやり反射して、それでなくても一人には広すぎる部屋をなおさら広く見せていた。

「光秀」

「うん？」

「冷蔵庫に、雨宮の持ってきた果物があるぞ」

「……うん」

「食えや。一つも減ってないのは悪いしな」

姉貴の話によれば、雨宮さんは、店だって忙しいだろうに週に一度は必ず見舞いに来てくれているらしい。小さい冷蔵庫を開けると、メロンやイチゴやオレンジなど、みずみずしくて柔らかそうなフルーツばかりが入っていた。おかゆさえ受けつけなくなった親父でもこんなものなら食欲がわくかもしれない――雨宮さんはそう思ったのだろうけれど、親父はこのごろでは、すりおろしたリンゴすらスプーンに二杯ほど食っただけで吐き戻してしまう。

僕はオレンジを一つ取り、隣のベッドに腰をおろして皮をむいた。

「ああ、いい匂いだ」

かすれ声で親父がつぶやく。

「ちょっと食ってみる？」

「いや、いい。近ごろの果物はどれも甘すぎてな。正直、食う気がしない」

言いながらこっちを向いた親父の喉ぼとけがごくりと動くのを見て、僕はようやくそれが負け惜しみであることに気づいた。

「じゃあ、レモンでも買ってきたら食う？」

親父は、ふんと鼻を鳴らした。

「俺は智恵子《ちえこ》か」

「誰、それ」

親父の女？　と訊いたら、あきれ顔でにらまれた。

「お前、そんなことも知らんのか。もっぺん学校行き直せ」

憎まれ口だけはいまだに達者だ。

「そういやあ、ガキのころ、鵠沼《くげぬま》の庭に大きな夏みかんの木があってな」

天井を見上げて、親父はつぶやいた。鵠沼、というのは親父の生家のことだった。祖父と祖母が前後して亡くなった今では、叔母夫婦が跡を引き継いで住んでいる。

「あの酸っぱい味を思い出すと、いまだにこう、きゅうっと生唾が湧いてくる。知ってるか。夏みかんってのは、夏になるから夏みかんなんじゃなくて、冬から夏までずっとなってるから夏みかんというんだ。うーん、しかし懐かしいな。あんな酸っぱい夏みかんは、このごろじゃ店には売ってない」

口もとが徐々に、苦笑いの形にゆがんでいく。

「どうもこのごろ、昔のことばかり思い出していかんな」

「老人性のフラッシュバックってやつじゃねえの」

「何を言う……」

笑おうとした拍子に咳きこんで、親父は体をよじった。枕から頭が浮き、点滴のチューブが引っぱられ、上からさがっている液体の袋がぶらぶら揺れる。血でも吐くんじゃないかと怖くなった僕が枕元のブザーに手をのばしかけると、親父はそれを押しとどめ、

（大丈夫だ）

というふうに何度かうなずいた。

咳がようやくおさまってきたところで、僕はサイドキャビネットの上に置いたアイスペールから氷をひとかけら取って口に含ませてやった。病院の製氷機のそれではなく、姉貴がわざわざ家から作ってくるミネラルウォーターの氷だった。腹水がたまらないようにと水分を制限されるのは仕方のないことだが、いくら点滴をしていたって喉は渇く。透きとおった氷のかけらをうまそうに口の中で転がしながら、親父はじっと目を閉じた。

どんなに忙しくても毎朝海に入っていた精力の塊みたいな男が、たった半年かそこらでここまで変わってしまうなんて、僕には信じられなかった。唇はひび割れ、頰はそげ落ちて、五十歳にもならないのに八十近い老人のように見える。別の病棟へ移されたほうがじつは親父で、手違いであの爺さんのほうが残されたんじゃないかと疑いたくなるくらいだ。

これまでの数年間、親父は僕にとって邪魔な存在でしかなかった。気分の浮き沈みを生のまま押しつけてくる親父が大嫌いだったし、その減らず口も、意地っぱりなところも、すべてが癇《かん》にさわった。人前では傲慢なほど自信ありげにふるまうくせにじつは意外と小心者で、そんなところも一度見えてしまうと嫌でたまらなくなった。

でも、こうして相手が自分より弱い存在になってみると、感情にまかせて反発するわけにいかないせいもあって、僕は初めて冷静に親父を一人の人間として見るようになった。そして、認めざるを得なくなった。あれほど反感を覚えたのは、親父という人間が、僕自身の持っている嫌な部分を全部寄せ集めた存在のように思えたからだ、と。

要するに、ありがちな同族嫌悪だったのだ。親父が弱ってからでなければその程度のことにも気づかなかった自分を、僕は、つくづくばかだと思った。病人だからという理由で歯向かうのをやめたのでは、アンフェアな気がした。戦えば勝てない相手がたまたま勝負を下りてくれたせいで拾った、不名誉な不戦勝という感じだった。せめてもう一度だけでも、大げんかをやらかした上で僕のほうからしぶしぶ折れてやるような、そんな機会が欲しい。このまま死なれたのではたまらない。

親父の口の中の氷が、歯に当たって涼しげな音をたてる。鼻の下や顎のまわりに生えかけた不精髭を、やりきれない思いで盗み見る。体がこんなに弱り、抗ガン剤のせいで髪がほとんど抜け落ちても、髭だけは普通に伸びていく。そのことがひどく理不尽に思える。

と、外の廊下で話し声が聞こえ、ドアが開いて姉貴が入ってきた。なじみになった看護師と話していたらしく、顔に笑みが浮かんでいる。一時よりは元気そうだ。

大きなバッグを椅子に置き、姉貴はコートを脱ぎながら言った。

「どう？　父さん、気分は」

「ああ、悪くない」

娘の前ではどこまでも虚勢を張りたがる。

「市子、お前、今日は化粧のノリがいいな。さてはゆうべ、克也と会ったか」

姉貴は長い髪を後ろへふりやり、げんなりした顔でこっちに目くばせをよこした。でも実際、僕の目にも姉貴はきれいに見えた。連日の病院通いでやつれたせいか、女っぽさがぐっと増して、黒いセーターにグレンチェックのスカートというシンプルな格好がよく似合っている。

「ゆうべは会ってないけど」姉貴はバッグから手早く新しいパジャマや下着を取り出した。「克也さん、あとでお見舞いに来てくれるって」

「会ってないのにどうしてわかる」

「電話で話したからにきまってるでしょ」

「ふん。ひとの病室で待ち合わせてデートか」

「ちが……」言いかけて、短くため息をつく。「そうよ。いけない？」

親父はもう一度、ふん、と鼻を鳴らした。

「そうか。なら、今のうちに渡しておくかな」

点滴の針のついていないほうの手をサイドキャビネットにのばし、親父は引き出しを開けた。白い封筒を二通取り出す。

「読んどけ」

毛布の足もとにぽいと放り出した。姉貴と僕が固まったままそれを凝視していると、親父はあほくさそうに笑った。

「安心しろ、遺言じゃない。正式な遺言状はとっくに、別に用意してある。いいから読め」

僕は姉貴と顔を見合わせ、気の進まないまま封筒を手にした。中にはきちんと印刷された既成の書類が一枚、折りたたまれて入っていた。

横書きの文面をざっと見渡していくと、左下のほうに書かれた「山本信長」の署名が目に飛び込んできた。まぎれもない親父の字——右肩上がりのひどい癖字——の名前の横には、実印まで押してある。書類のいちばん上には太字で、

【終末期宣言書】

とあった。

終末期？　何だそれ。その下に続く細字の文章を目で追っていく。

【私は精神的に健全な状態で、自らの意思で自発的に、私の終末期および死に備えて、私の家族および医療担当者に、以下の希望を表明し、これを宣言します】

ざくっと耳の奥で血が脈打った。喉が、からからに干上がっていく。

こんなものがあるなんて……何なんだ、これは。親父はいったい、どこからこれを手

に入れたんだ？　いつのまに？

さらに下には、まるでアンケートのように、いくつかの項目に対する答えの選択肢が並んでいる。目が、文面の上をつるつるすべる。集中しようとすればするほど、耳の中の血の音が邪魔をする。

【1・私が終末の状態であると診断された時、および3カ月以上植物状態が続いた時は】

☑延命の措置（蘇生《そせい》術、生命維持の装着または継続を含む）を一切お断わりします。

□最期まで最高の医療技術で延命の措置を続けてください。

【2・私の死が不可避であり、なお意識がある時は】

☑肉体的・精神的苦痛を取り除く措置をできる限り実施してください。そのために死ぬ時期が早くなってもかまいません。

□苦痛を除去するために生命を縮める恐れのある措置はしないでください。苦痛は忍びます。

意識の隅っこを、前に親父が言った言葉がよぎる。

〈俺が苦痛なのは、静かに死なせてもらえないことだ〉

隣で読んでいた姉貴の手が震えだした。

「な……んなのよ、これ……」

「見たままだ」と親父は言った。「俺なりの始末のつけ方さ」

「そうじゃなくて、これは何なのって訊いてるの。自分で作ったわけじゃないでしょう?」

「そういう協会があるのさ。いわゆる尊厳死協会ってやつとは別にな。俺も初めて知ったが、入会はなにも、くたばりかけの人間でなくてもいいんだそうだ。いざという時に備えて書き残しておく会員も、けっこういるそうだぞ。実際、人間いつ意識不明になって病院に運ばれるかわからんのだし、いっそのことお前らも登録して自分のを書いておいたらどうだ」

姉貴も僕も、言葉をなくしていた。

「右側に、代理人の署名欄があるだろう」親父は骨張った手で指さした。「お前ら相談して、どっちかそこへ署名しろ。どっちでも俺はかまわんが、署名した以上は責任持てよ。俺の意識がなくなった場合にも、医者がちゃんと俺の言い残した通りの措置をするかどうか、代わって見届けるための代理人なんだからな」

「冗談じゃないわよ。私たちに安楽死の手伝いをしろって言うの?」

親父は、やれやれと片方の眉を上げ、長いため息をついた。

「阿呆《あほう》は光秀だけかと思ったが、市子、お前も相当なものだな。心臓移植がまかり通るこの時代に、安楽死と尊厳死の区別もつかんのか、ええ?　デートの行き先を図書館にでも変更して、せいぜい勉強してこいや」

姉貴はなおも口をひらきかけたものの途中でやめ、片手でベッドの足もとの鉄柵を握りしめた。

「一通は、俺が持っとく」と親父は言った。「もう一通はお前らに預ける。この先、俺の意識が戻らなくなった時は、忘れずにそれを医者に見せろ。しばらくはまだいい。今から見せて、へそを曲げられても困るしな。治療を受けたくないなら退院しろと言いだす医者もいるそうだ。まあ、それならそれで俺はかまわんが」

親父は、昏く笑った。

「いいか、お前ら。よく見ておけよ。これから俺がじわじわ弱ってくところを」

「どうして……」姉貴の声が揺れた。「どうしていつもいつも、そんなことばっかり言うのよ。私たちが傷つくの見て、面白い？　悪趣味すぎるわよ」

「どこが悪趣味だ、ばかめ。誰でも死ぬ。みんな死ぬ。俺なんかじきに死ぬ。その俺が、自分の死にざまを考えて何が悪い」

「だって……」

姉貴はとうとう泣きだし、書類を親父に投げつけると、両手で顔を覆って僕の肩につっぷしてしまった。ひろげたままの書類は毛布の上をすべって、ベッドの向こう側にぱさりと落ちた。

肩先に、姉貴の体の震えが伝わってくる。

最初に姉貴からガンだと聞かされた時より、医者から余命を告げられた時より、この書類は僕にはっきりと事実を思い知らせた。見慣れた字で書かれた署名を見たとたん、奇跡は起こらないのだという現実をむきだしで突きつけられた気がした。

「何を泣く」親父はへんに凄みのある声で言った。「お前ら、ラッキーだと思え。死ぬってのがどういうことかは、死んでいく者からしか学べんのだぞ」

廊下からのかすかなざわめきを縫って、姉貴のすすり泣きが細く響く。

苦々しげに見つめていた親父はやがて小さく舌打ちをし、

「ったく。病人の前でめそめそするな、うっとうしい」

面倒くさそうに再び外へ目を向けた。

窓のずっと遠くには、今日もくっきりと海が見えていた。

家に泊まるのは久しぶりだった。

僕の部屋は二階の南側にある。板張りの壁がブルーなのは、中学の時に自分でペンキを塗ったからだ。誰の家を設計しても、木だけは必ずといっていいほど無垢《むく》のまま使う親父に反抗してのことだった。いま見ると、塗らないほうがよかったような気もする。

片隅に、生まれて初めて乗ったあの黄色いサーフボードが立てかけてある。机の横の壁には、身長の十倍はある波を乗りこなすトム・カレンのポスター。彼のボードが波の腹に描くマニューバー・ラインは独特の滑らかさと美しさを持っていて、トム・カレン・ムーヴとまで呼ばれている。

床に落ちていた画びょうを拾って、ポスターの隅がめくれているのをとめ直した。

つい三年足らず前まで毎日ここで寝起きしていたというのに、なんだか落ち着かない。しばらく閉めきっていたためによどんでいる空気を入れ替えようと、思いきって窓を開け放ったとたん、潮の香りのする冷たい風が流れ込んできた。

見慣れた海がそこにあった。病室から見るより、よほど近かった。

姉貴が帰ってきたのは、十一時をずいぶん回ってからだった。リビングでテレビを観ていた僕が、

「克つぁんは一緒じゃないのかよ」

からかい半分に訊くと、

「うん。雨宮さんちに泊まるって」

姉貴は動じもせずに小さく答えて部屋へ引っこんだ。ちらっと見えただけだが、病室で別れた時よりさらに目が腫れぼったかった。僕が今夜、時々そうするようにおふくろのところに泊まることにでもしていれば、二人は一緒にここへ帰ってきたのかもしれない。そう思うと、えらく野暮な真似をしてしまったようで気がとがめた。

テレビの音を小さくし、照明も少し落として寝転び直す。ここは、大きな台形のリビングの片隅におまけのように突き出してつくられた八畳ほどのコーナーで、床がほかより一段低くなっているせいか、ちょっとした隠れ家のような趣がある。床にはどこかの

国の遊牧民が織ったカーペットが敷かれ、壁際に体育の授業で使うようなマットレスとたくさんのクッションが放り出してある。海好きの客が集まった時など、親父はこのコーナーの奥の壁に取り付けた超薄型の大画面テレビで、サーフィンやヨットレースのビデオを流していた。

ここにいると、自分の部屋より落ち着ける。

僕は、床の上に置いた封筒を眺めた。中身はさっきから何度も読んで、ほとんど暗記してしまった。

あのあと見舞いに来てくれた克つぁんが、一時間ばかりして姉貴と二人で帰って行ってから、親父は「破いても無駄だと市子のやつに言っとけ」と、これを僕に押しつけた。まだ他にもコピーが取ってあるという。

親父は残りの項目にもチェックで答えていた。いわく、最期を迎える場所は病院がいい。病名や余命の告知に関しては、真実をありのまま告げてほしい。

すでに自分の病名を知ってしまっている親父がそう答えたのが、果たして本心なのか、それとも僕らへの気遣いなのかはわからなかった。このまま病院で看取《みと》ってほしいという選択についても、もしかすると、自宅で死にたいなどと言いだせば姉貴や僕によけいな負担をかけると思ってのことかもしれない。

中でもいちばん目を引いたのは最後の項目だった。

【5・私が脳死の状態になったと診断された時は】
□ 利用できる私の全ての臓器を提供します。（　）
□ 下記の臓器のみ提供を認めます。（　）
☑ 私の臓器の提供は拒否します。

その答えは、ふだんからリベラルな物の考え方をする親父には似合わないようにも思えたし、逆に、そのエゴイストぶりからすると納得できるようにも思えた。

手渡されたコピーをもう一度ひろげて読んでいた僕に、親父は、どうかしたのかと訊いた。

「いやさ……」僕は努めて平静を装って言った。「親父は、臓器移植には反対なんだなと思って」

すると、反対ってわけじゃない、という答えが返ってきた。

「そう、反対ってわけじゃないが、かと言ってとことん納得できてもいない。これから死ぬまでのわずかな間に納得できるとも思えない。だから、少なくとも俺に関しては提供を拒否させてもらった。それだけのことだ。ま、いずれにしてもこの体じゃあ、使える臓器なんざろくにないだろうがな」

そしてふと、お前はどうなんだと言った。

「え、俺？」とっさのことで戸惑ってしまった。「あんまりまともに考えたことなかったけど、まあ、自分が死んだら、そうだな……何でも使ってもらっていいかな」

「心臓もか」

「うん。だって、脳死の時ってのはもう、あれだろ。機械なしじゃ自分で息もできなくなってるわけだろ。なら、心臓でも何でも、必要としてる人に使ってもらったほうがいいんじゃないの。無駄にするよりはさ」

「ふん。まあ、そういう考え方もあるわな」

「なんか、しっくり来てなさそうじゃん」

べつに、ぜひとも親父に臓器を提供してもらいたいわけじゃない。ただ、ごく単純に、親父の頭の中が知りたかっただけだ。

でも、しばらく黙っていた後で親父がようやく口をひらいた時、僕は耳を疑った。

「カミの領域があるとは思わないか」

「は？」

カミって、あの「神」だよな、と混乱しながら思った。親父の口からはおよそ出そうにない言葉だったからだ。

「なあ、おい。どう思う。俺らは、できることなら何でもやっていいのか。医学の力で可能なことなら、どんどんやっちまえばそれでいいのか」

親父は、手の甲に刺さった点滴の針を見つめた。

「この先さらに医療技術が進歩して、たとえばもし、脳を移植することまでできるようになったら、どうだ。やっていいのか」

　あまりにばかばかしくて笑ってしまった。

「何言ってんだよ。できっこねえじゃん、脳移植なんて」

「心臓移植も、百年前にはあり得なかったさ」

　僕は口をつぐんだ。

「まあ、脳移植ってのは例が極端かもしれんが、要するにそういうことだ」

　親父は僕に目を移した。

「たとえば野生の世界に、走れないウサギや飛べないスズメはいない。すぐに食われて死ぬからな。だが人間は、生きものとしての自分らの運命に、医学という武器でもって抵抗したわけだ。そうしてこれまでに、死ななくていい命をたくさん救ってきた。俺だって、そのことを否定するつもりはない。それはもちろん素晴らしいことさ、偉業だよ。しかし、俺はな、光秀。この世には、人間が踏みこむべきでない、神の領域があると思う。神という言い方に抵抗があるなら、自然の摂理と言い換えてやってもいい。潮の満ち引き。季節の移りかわり。生きものの寿命。そういったこと全部だ。人間だけが特別であるわけがない。人間も、老いれば死ぬ。体が弱くても死ぬ。それが、各々の寿命ってもんだ。違うか」

「…………」

「間違えるなよ。何もお前に俺と同じように考えろと言ってるんじゃないぞ。いろんな考え方があっていい。いや、なけりゃ気味が悪い。いちばん恐れなけりゃならんのは、これから先、移植手術が成功すればするほど、『俺の臓器は誰にもやりたくない』という者が白い目で見られる風潮ができあがっていくことだ。世の中、自分の考えが絶対的に正しいと信じこむ輩《やから》が多すぎるからな。そういう馬鹿にだけは、なるなよ、光秀」

すぐに答えを出そうとはするな、と親父は言った。ゆっくり、まともに考えろ。おそらくお前にはまだ、時間に余裕があるはずだ。——そう言った。

洗面所から聞こえていた水音がやんだ。

やがて姉貴は、僕のそばに来てあぐらをかいた。黒いセーターはそのままだが、下だけジーンズに着替えていて、すっぴんに戻った頬っぺたはぴかりと光っている。手にはグラスを二つと、親父の秘蔵のブランデー。

「つき合いなさいよ」

大きなクッションにもたれかかりながら、姉貴は言った。

しばらくのあいだ二人とも、黙ってブランデーをなめていた。上等な酒のはずなのに、妙に苦かった。

途中で姉貴はテレビを消した。沈黙が加わると、酒はもっと苦くなった。お互い足もとの封筒にはなるべく目をやらないようにしていたけれど、薄明かりの部屋の中でも白い色はひどく目立った。まるでそこから沈黙が湧き出てくるみたいだった。

「なあ」とうとう、僕が口火を切った。「どうすんだよ、それ」

「私に決めろっていうの」

「そうじゃないけどさ」

どうしようか、それ――と訊けばよかったんだろう。でも、どっちにしろ考えなければならないことは一つだった。姉貴と僕のどちらが代理人として署名するかは、そういした問題じゃない。親父の考えを、僕ら二人ともが納得できるかどうか。納得して、それに協力できるかどうかが問題なのだ。

姉貴が封筒を手に取り、中から書類を出して床にひろげた。破くかなとチラリと思ったが、案外冷静だった。

「こんなこと、考えてたなんてね。お墓なら、先祖代々のがちゃんとあるのに」

姉貴の言っているのは、宣言書の最後の部分だった。付け加えたい希望があれば自由に書くようにと用意された欄に、親父は例の癖字でこう書き込んでいた。

墓は不要。遺灰は海に撒《ま》け。

「わっがままよねえ」ゆっくりと首を横にふりながら、姉貴はため息をついた。「だいたい、代理人なんて残酷なこと、どうして私たちにやらせようなんて思いつくんだろ」

書類の右下には、［代理人はあなたが最も信頼する近親者や友人がよい］とある。そう、べつに友人だっていいのだ。たとえば雨宮さんなら、驚きはしてもすぐに納得するだろうし、親父の意思を尊重して二つ返事でサインしてくれるだろう。でも、親父は、どうしても僕らにやらせたいらしい。

「残酷なことだから、なんじゃねえの」と、僕は言った。「何せ俺たち、ラッキーだぞうだから」

「ふん。そうでしょうとも」

姉貴はボトルを引き寄せ、手酌で自分のグラスについだ。

「っとに、バッカじゃないの、父さんたら。あとで飲もうなんて、いじましく隠匿しとくから結局飲めずに死んでくことになっちゃって。ザマミロ、ぜーんぶ飲んでやる」

洟《はな》をすすりあげる音がして、見ると姉貴はいつのまにかぽろぽろ泣いていた。

ふと、おふくろの泣き方を思い出した。

離れていても、似るものなんだなと思った。


日曜の昼のフェリーで下宿へ戻り、夕方から海に入ると、夜には頭も体も芯からくたびれてしまってテレビさえつけずに布団に転がりこんだ。翌朝は始業時間ぎりぎりまで寝ていたせいで、新聞なんか読んでいる暇もなかった。

だから僕がそれを聞かされたのは、眠いままの頭で学校へ行き、一時限目の授業を終えてからのことだった。

「なんだお前、まーだ知らなかったのかよ」

同じクラスの高坂宏樹は、あきれたように言った。

「学校じゅう、朝からこの噂で持ちきりだぜ。あ、おい光秀！」

思わず化学室を飛び出し、廊下を走り……。

けれど僕は、３Ｃの教室の手前でつんのめるように立ち止まった。

会いにいったところで何になる？　第一、そんな大変なことがあったなら、藤沢恵理は今日は来ていないかもしれない。来ていたとしても、僕にできるのはせいぜい他の野次馬に混じって遠巻きに見ていることくらいだ。そばへ行って慰めてやれるような間柄じゃないし、彼女がそれを望むとも思えない。

〈もしかしてお前の兄貴、マズいことに巻き込まれてるんじゃないのか？〉

あのときの僕の予想は、やっぱり当たっていた。というより、甘すぎた。

恵理の兄貴・藤沢秋人は、同棲《どうせい》していた女を死なせた罪で逮捕されたのだった。

◆

光秀の部屋へ行った二日後の金曜日、いつものように家族がそろって晩ご飯を食べている時、玄関の呼び鈴が鳴った。はーいと答えて立っていった母は、やがてすっかり取り乱して戻ってきた。

「お父さんっ！」

とたんに私の胃はきゅうっと縮みあがった。

「け、警察の人が、あの子の」母は紫色の唇を震わせた。「秋人のことを訊きに……」

警察手帳というものを、初めて見た。何のことはない、普通の地味な手帳だった。太った年輩の刑事が、せわしなくまばたきをしながら、アキ兄が何をしでかしたかを教えてくれた。

逮捕されたのは、なんと、その翌朝だった。船橋《ふなばし》近くのさびれたカプセルホテルから出てきたところにたまたまパトカーが止まっていて、アキ兄は警官と目が合うなり走って逃げた。そのせいでかえって不審に思われ、結果的にすべてがばれて捕まってしまったのだ。

お金が心もとなかったとはいえ、いまだにそんなところでぐずぐずしてたなんて、あまりにもアキ兄らしくてあきれてしまった。さっさと遠くへ逃げきるだけの勇気も決断力もなかったということなのだろうけれど、そういうアキ兄に、私はどこかでほっとしていた。

そう、不思議なことに、捕まったと聞かされた時に私が感じたのは、ショックや悲しみよりもむしろ安堵だった。あのまま放っておいたら、お酒で死ぬか、自分で死ぬかのどっちかだ。そんな気がしていたからだと思う。

三年前に駆け落ちした例の女の人とアキ兄は、東京の下町にある安アパートで暮らしていたそうだ。夜はたいてい二人とも飲んだくれていたらしい。当初、女の人のほうはパチンコ店でパートをしていて、アキ兄は時たま日雇いに出ていたのだが、そのうちに彼女はトラブルを起こして店を辞め、家事ひとつせずに昼間から飲んでばかりいるようになった。もともと、アキ兄をしのぐ酒好きだったのだ。

二人は毎晩のように言い争った。お金のこと、賭け事のこと、部屋の汚さのこと、それから犬も食わない痴話げんか……。お酒が買えないと二人とも気が短くなり、怒鳴り声は大きくなり、酔ったら酔ったでアキ兄は殴る蹴るの暴力をふるい、それにつれて女の人のヒステリックなわめき声や悲鳴もエスカレートした。食器や窓ガラスが割れ、壁や床はどすんばたんと振動した。あまりのひどさに隣や下の住人が苦情を言いに行くと、急に弱気になって謝るのはアキ兄のほうで、たった今まで殴られて泣きわめいていたはずの彼女は逆に開き直り、よけいな口を出すなと食ってかかったという。ついにはまわりもあきらめて何も言わなくなった。

問題の事件が起きたのは、十一月最初の週だった。あの文化祭の直前のことだ。

その日彼女は買い物に出かけ、途中で忘れ物に気づいたか何かして、アパートに引き返した。一方アキ兄は、そんなこととは知らず、ちょうど彼女の鏡台やタンスをひっくり返しているところだった。へそくりでも隠してあるんじゃないか、質に入れられるものはないかと物色していたのだ。

当然、二人は大げんかを始めた。アルコールが切れて普通でなくなったアキ兄は、いつにも増してひどく彼女を殴った。歯向かってくるとさらに、何度も何度も叩いた。鼻血が出るくらい横っ面をはり飛ばし、かがみこむとおなかを蹴りあげたりして、やがて彼女は何か堅いところに（おそらく柱とかタンスの角に）頭と背中を強く打ちつけた。

　相手がちぢこまっておとなしくなったのを見ると、アキ兄は彼女の財布からお金を抜き取り、途中の道でお酒を買って、いつもの雀荘《ジャンそう》へ行った。

アパートに戻ったのは真夜中だった。ぐでんぐでんに酔っぱらっていたので、先に寝ていた彼女の隣に潜りこんで、自分もすぐに眠ってしまった。

　そして翌朝。いつまでたっても彼女が起きてこない。食事を作らせようとその肩をつかんで揺さぶったとき、アキ兄は初めて気づいた。寝ているのだとばかり思っていた彼女は、いつのまにか冷たく、固くなっていたのだ。

　解剖の結果わかったことだけれど、じつは、直接の死因は頭の傷ではなく、肝硬変という病気だった。争った時に頭をかなり強く打ったのは事実だが、それ自体は死んでしまうほどの傷ではなかった。彼女はここ何年か、お酒の量ではアキ兄を追い越すほどで、それがたたって肝臓の機能が低下してすっかり硬くなり、心臓も肥大してしまっていた。肝臓が悪いと、外からささいな刺激を受けただけでもショックを起こしやすいのだそうだ。

　けれどその朝、目の前の彼女が頭の傷から血を流して死んでいるのを見た瞬間、アキ兄はパニックを起こした。てっきり、自分が殴り殺したのだと思いこんだ。警察に調べられれば彼女の体が痣《あざ》だらけなのは一目瞭然だし、ふだんから激しく言い争っていることは近所の誰もが知っている。怖ろしくてたまらなくなったアキ兄は——ほんとにバカだと思うけれど——雨戸を閉め、ドアにも完全に鍵をかけて逃げた。お酒のせいか恐怖のせいか、どちらにしてもまともな判断ができる状態ではなかったのだろう。

それから三週間以上もの間、彼女はずっとそこに横たわったままだった。発見が遅れたのには、いくつかの原因がある。北向きの角部屋は日中でもほとんど気温が上がらず、しかも乾燥している季節だったために、遺体が傷むのが……つまり腐敗していくのが、ゆっくりだったこと。彼女が亡くなった四日後には隣に住む大学生が引っ越してしまったせいで、臭いに気づく人がなかなかいなかったこと。友達さえいない彼女の不在に気づく者はなかった。

結局、何度か訪れた新聞の勧誘員が、異様な臭いに気づいて通報したのだそうだ。

じつをいうと、そのあたりの事情の半分くらいは、警察から聞かされたのではなく、月曜日の朝のワイドショーから得た情報だった。さも痛ましげな表情を作って事件を伝える現地リポーターの一言一言にいちいち身をすくませながらも、私たちは画面から目を離すことができなかった。当事者の家族がワイドショーで事件の全貌を知るなんてお粗末な話だけれど、現実はそんなものだ。警察はもったいぶってばかりで、ろくに何も教えてくれないのだから。

毎日同じような事件ばかり扱っているワイドショーでも、観ている暇人はけっこういるらしい。

昼前にはさっそく、近所の人がこっそり庭先までのぞきにやってきた。垣根越しに目が合ったとたんにそそくさと逃げていったところをみると、心配して来てくれたわけではなさそうだった。「藤沢秋人・二十七歳」がうちの長男だということはみんな知っている。二日もたたないうちに、この区に住む全員が、あるいは町全体が、事件のことを知るのだろう。そしてきっと、百年たっても陰で言われ続けるのだろう。あそこの家の息子は、むかし人を殺したんだよ、と。

実際には殺したわけではなくて死なせただけなのだけれど、まわりの人たちにとっては（私たち家族にとってさえも）たいした違いはなかった。これからはどこへ行っても、地元の人の好奇の目にさらされることになるのだ。田舎というのはそういうところだ。横のつながりと連帯意識が異様に発達しているぶん、何かあれば互いに助け合いもするかわりに、いったん誰かをはじき出すとなると容赦ない。

勤め人と違って、うちは、気まずいからといってよそへ移れるわけじゃない。温室も畑も花摘み園もすべてこの土地にあるのだし、ここで暮らしていく以上は区や組合や消防などの寄り合いに参加しなければならない。母や良美さんだって、毎日の買い物もあれば町内会もある。私だって学校がある。でも、いちばんかわいそうなのは何も知らない子供たちだった。わけもわからないまま、この先幼稚園や小学校でいじめられるかもしれないと思ったら、初めてアキ兄を恨む気持ちが湧いてきた。

午後には、電話がしょっちゅう鳴った。そのたびに、母や良美さんの肩はびくっと跳ねた。

ここ何年も年賀状のやりとりさえなかった人が興味半分でかけてくるかと思えば、本当に気遣ってかけてくれる人もいたけれど、何本かは見も知らない相手からの嫌がらせだった。無言電話もあったし、まるで裁判官みたいな口ぶりでひどいことを言う人もいた。どうやら、テレビにちらっと映ったうちの花摘み園の看板を見て、わざわざ電話帳で調べてかけてきたらしい。ご苦労なことだ。おかげでまたひとつ、利口になってしまった。自分こそ善人だと思いこんでいる人の正義感は、なまじっかな悪意よりもたちが悪い。

これ以上傷つけられまいと身構え、心を鎧《よろ》えば鎧うほど、私は例によってどんどん醒めていった。赤の他人からこれほど剝き出しの悪意を向けられるのは生まれて初めてで、そのことを、ばかばかしくも新鮮に思いさえした。こんな時にまで醒めていられる自分がひどく冷酷な人間に思える反面、クールで何が悪いと開き直る気持ちもあった。これから先どんなことがあろうと、私は決して折れたり撓《たわ》められたりしない。平気な顔で、すべてをやり過ごしてみせる。そう思った。

なのに、眠ってから見る夢は最悪だった。何度も目を覚まし、ついにはかたわらで寝ている都が死んで腐っていく夢を見て、自分の叫び声で起きてしまった。

夜中の二時。汗で濡れたパジャマが気持ち悪くて、とうとう起きあがって着替えたけれど、ベッドに戻っても眠りは二度とやってこなかった。

都のことを考えた。

彼女からの電話は、なかった。

三日目になって、アキ兄は拘置所に移されることになった。普通は警察内の留置場にとめおかれるのだそうだが、きっと後がつかえているか何かしたのだろう。

電車を乗り継いで東京まで行ったのに、取り調べの最中は外部との接触が許されていないといって面会を断わられてしまい、しかたなく、私たちは窓口に提出する書類に差し入れの中身を一つひとつ書きこんだ。

肌着・上、３。肌着・下、５。靴下、３……。

持ってきた紙袋の中を母がのぞいて数え、私が書く。そうしている間、一緒に来た祖父は険しい顔で、殺風景な部屋の隅っこの長椅子に座っていた。そのほうがありがたかった。手伝ってもらったところでどうせぶつぶつ文句を言われるか、まともに口をひらけば母を責めるばかりだから。祖父によれば、「牢屋《ろうや》へ《え》入るような奴ぁ、おおかた母親の育て方に問題があんだ」とのことだ。アキ兄をいちばん甘やかしたのは自分だということなんか、すっかり忘れているらしい。

スウェット上下、各1。セーター、1。綿入り半纏《はんてん》、1……。

父は、来ようとしなかった。それどころか「面会なんぞ誰も行く必要はない！」と言い放って、テル兄と祖母を連れて今日も仕事に出かけた。良美さんは子供たちの世話で家に残っている。また変な電話がかかってきたらどうしようと言って泣いていた。

私も、昨日と今日は学校を休んだ。今頃、あれこれ噂がとびかっているに違いない。行くだけの勇気がなくて休んだとみんなに思われるのは悔しいけれど、昨日はあまりにも取り込んでいたし、今日だって母を祖父と二人きりで来させる気にはなれなかった。警察がうちに来て以来、母はずっと泣き顔のままだ。私がしっかりするしかない。

タオル大、1。タオル小、2……。

差し入れといっても何が必要なのか誰もわからなくて、その結果、紙袋にはさまざまなものが取りとめもなく入っていた。ハンカチ、ティッシュ、ハガキ、サインペン、割り箸にプラスチックのスプーン……食べものはここの売店で買ったもの以外認められないというので、缶詰をいくつかと、アキ兄の好きだった甘いお菓子を入れた。

ぱんぱんにふくらんだ紙袋を窓口から係官に渡し、

「あ、それと、すみません」

母は、スーパーの包装紙で巻いた花束をおずおずと差し出した。

「これも渡してやって下さい。お願いします、すみません」

出がけにうちのハウスに寄って切ってきたものだった。白い小菊とピンクのストック。アキ兄がいま花を飾れるような心理状態だとは思えないけれど、そうすることで母の気が済むんならと思って、私は黙っていた。

「花瓶は、あの、中でお借りできるんでしょうか。……そうですか、どうもすみません、よろしくお願いします、すみません」

卑屈なくらい何度も頭を下げる母を見ているうちにたまらなくなってきて、私は先に外へ出た。さりげなく壁際に立っている制服姿の警官にまで腹が立つ。相手も仕事なんだから恨んだってしょうがないのに、むしょうにいらいらがつのり、気持ちのやり場がなくて、あとから出てきた母の顔を見るなりつい食ってかかってしまった。

「すみませんすみませんって、誰に謝ってるのよ」

「だってあんた……」

「悪いことしたのはお母さんじゃないでしょ。あんなにぺこぺこすることないじゃない、みっともないったら」

痛そうに視線をそらせた母の後ろから出てきた祖父が、うっそりと言った。

「何だ、その口のきき方は、親に向かって」

(自分なんかもっとひどいこと言うじゃないよ)

と思ったものの、言い返す勇気はなかった。

それっきり、誰もが黙りこくって駅までの道を歩いた。

もうすぐ八十になるのに、祖父がいちばん足が速い。ふだんからめったにしゃべらないけれど、何となく父以上に怖くて、正直なところ私はこの祖父が苦手だった。でも、それを言うならテル兄のことも苦手だし、良美さんも苦手だし、祖母もちょっと苦手だ。となるとやっぱり、私の側に問題があるんだろう。

枯れ葉が渦を巻き、アスファルトの上でぱらぱら音をたてる。風が冷たくて、こめかみや耳が痛い。

アキ兄は暖かくしているだろうか。捕虜収容所じゃあるまいし、寒くてぶるぶる震えてるなんてことはないと思うけれど、今頃はきっとお酒が飲めなくて震えているに違いない。自業自得だ、と、ちょっと思った。

「恵理」祖父の耳に届かないように、小声で母が言った。「あんた、明日は学校どうするの」

「うん……行くつもり」

「そう。そうね、そうしなさい。先生には、今夜にでも電話しておくから」

「いいよ、べつに。大丈夫だから」

母は、長いため息をついてコートの前をかき合わせた。背中が丸い。

「母さん」

「うん?」

「ごめん。さっき」やっぱり小声で、私は言った。「なんか、むしゃくしゃしちゃって」

私より背の低い母は、こっちを見上げると泣き顔のままわずかに微笑み、まるで恋人に対してするみたいに、歩きながら私の腕に手をかけた。

電車を乗り継いで家のそばまで戻ってきてみると、まっすぐに続くあぜ道の向こうに、自転車に乗ったうちの学校の生徒がいるのが見えた。

物見高い誰かがここまで見物にきたんだろうか。身構えた私は、近づいてきたその顔を見て、息が止まりそうになった。

「家の人に聞いたら、留守だって言うから帰ろうかと思ったとこ」

なんだか複雑な顔つきでそう言うと、山本光秀は、自転車から下りて母と祖父にぺこりと頭を下げた。

「あの……学校の友達」私は慌てて言った。「生徒会長なの」

光秀が目をむいてこっちを見る。

「あら、じゃあええと、この方が『水島くん』？」

と、母。

「いや、あ、ども」光秀がしどろもどろで言った。「その、恵理さんには、いろいろとお世話になってます」

今度は私が目をむく番だった。いったい何の「お世話」だか。

「まあまあ、わざわざ心配して来て下さったの」母は細い声で言って微笑もうとした。

「もしよかったら、寄ってって頂いたら？」

「えっ。う、ううん、いいのいいの。ね、やま、水島くん」私は光秀の制服の袖を引っぱった。「母さんたち、先帰ってて。私もすぐ帰るから」

母と祖父を見送ってから、私は光秀をうながしてあぜ道を横へ折れた。

数年前に行われた構造改善のおかげで、碁盤の目のように走る道はどこまでも一直線だ。あたりはきれいにひらけ、視線をさえぎるものは何もない。

　不意打ちをくらったにしても、あまりにも驚いてしまった自分が面白くなくて、

「外づらだけはいいんだから」

　そう言ってやると、光秀は自転車を押して並びながら私を見下ろした。

「お前こそ、なんで俺が生徒会長なんだよ」

「そうでも言わないと、親が心配するじゃない」

「生徒会長なら安心すんのかよ。水島にだってチンコついてんぞ」

「やめてよ、聞こえたらどうすんのよ」

「聞こえるわけねえだろ」

「こういうところは声が響くんだからね」

　二人とも黙ると、急に静かになった。

　こんな時だというのに、いつもとちっとも変わらない軽口をたたく光秀にあきれた。

と同時に、気がゆるんだのも事実だった。事件と関係のないことを誰かと話したのは、
久しぶりだったからだ。

「どこ行ってたんだ」

「……東京の拘置所」

「うそ」

「ほんとよ。差し入れ持って」

「兄貴、どうしてた？」

「会えなかった」

自転車の車輪のまわる音が、チキチキチキチキとついてくる。山の端に沈む夕日がまぶしい。

「ねえ」

「なに」

「どうして来たの？」

光秀はちょっとのあいだ黙っていたかと思うと、

「俺にもわかんねえよ」と不機嫌そうに言った。「さんざ迷った末にＣ組行ってみたら、お前、今日も休みだっていうし。なんか……気になるじゃん。兄貴の件には俺もちょっとは関わってるわけだしさ。って、これはこないだも言ったけど」

「私がアキ兄にお金貸したことはまだバレてないわよ。たとえバレたって、あんたから借りたなんてことは口が裂けても言わないから安心して」

「ばか、そういう意味の気になるじゃねえって」

「じゃあ、どういう気になるなわけ？」

足を止めて光秀をにらみあげると、彼は戸惑ったように立ち止まった。

「私がショックで寝込んでるとでも思った？　駆けつけてくれたあんたの顔見たら、抱きついて泣き出すとでも？」

「………」

「そういうの期待して様子を見にきたんなら、残念でした、明日は平気な顔で学校行ってみせるわよ」

光秀は、ため息を鼻から吐き出し、ゆっくりと自転車にまたがった。

「っとにお前って、可愛くねえ」

「よく言われるけど、望むところです」

「帰るワ、俺」

「どうぞ。おかまいも致しませんで」

あきらめたように頭をふり、光秀がペダルを踏みこむ。

私はさっさときびすを返し、今来た道を歩きだした。と、キキィ、と音がして、

「おう、忘れてた」

ふり返ると、光秀は太い首をよじって私を見ていた。

「お前に伝言。工藤都から」

急に心拍数がはねあがった。

彼は自転車をUターンさせてスルスルと私のそばへ来た。

「じつはさ、お前んちへの行き方教えてくれたの、工藤なんだわ」

「ちょっ……やだ、都に訊きに行ったの？　変に思われるじゃない！」

「けど、もう訊いちゃったもん」

私は唇をかんだ。

「……それで、都、なんて？」

「ほんとは自分も一緒に行きたいけど、行けなくてごめんって。昨日は工藤も休んでて、事件のことは今朝来て初めて知ったんだってよ。そういえばあいつ今日も、具合悪くて早退するとこだった。なんかえらく青い顔してたぜ」

どうしたんだろう。めったに風邪もひかない都が早引けなんて。

「とにかく、今晩あたり電話するってさ」

「……そう」

「そんだけだ。じゃあな」

ぽん、と、柔らかく頭の後ろをはたかれた。

びっくりした。

彼が再び自転車の向きをかえる。こぎ出しかけた背中へ、急いで言った。

「ねえ、」

ギギ、と止まってふり返る。

「あの……」

たかが〈アリガトウ〉の一言が、どうしてもうまく口に出せない。

光秀がけげんそうに見ている。私は、こわばった舌を動かし、喉にからむ声を押し出した。

「どうもね」

光秀は、歯を見せずに笑った。

♠

鼻先が冷たくなってきた。吹き抜けの玄関ホールを二階の通路から見下ろしていると、入口のガラスのドアが開くたびに下から風が上がってくる。じっと動かずにいるせいか海の中より寒く感じられて、僕は足を踏みかえた。

ここからだと、登校してくる生徒たちの頭のてっぺんばかりがよく見える。不思議なことに、レスリング部一の猛者《もさ》と呼ばれる橋爪《はしづめ》も、頼めばすぐやらせてくれるという噂の伊藤《いとう》も、キレたが最後手がつけられない浜口《はまぐち》も、眉を細く剃《そ》り上げてリップを塗りたくった三好《みよし》も……頭のつむじを見る限りではひどく幼く、まるで小学生のようだ。

「あれ、光秀。早いじゃん」

後ろを通りかかったのは宏樹だった。隣には隆之。ラグビー部の朝練を終えたばかりらしく、二人とも顔が紅潮している。

「何見てんだよ」隆之が、僕の横から下をのぞいた。「誰か待ってんのか」

「いや、べつに」

「あ、わかった」と宏樹。「お前ここんとこ女っ気ねえから、よさそうなのチェック入れてんだろ。そうだろ」

「ちげえよ、バカ。ったく汗くせえな、近寄るんじゃねえよ」

げらげら笑う二人に蹴りを入れて追い払おうとした時、

「あ、藤沢だ」

と宏樹が言った。

見ると、彼女がちょうど玄関を入ってくるところだった。３Ｃのげた箱の前で上履きに履きかえている。そばを通りかかる生徒たちは、彼女に気づくと注意深く距離をとり、すぐにひそひそとささやき交わす。あたりに満ちみちるざわめきの中、藤沢がきゅっと唇を結ぶのがわかった。

と、

「恵理！」

よく通るアルトが響き、一人の女子が走り寄った。工藤都だ。

藤沢の肩のこわばりが目に見えてゆるんだ。工藤が何か言い、藤沢は靴をげた箱に入れながらそれに答え、そしてふと気配を感じたのか、こっちを見上げた。切れ長の目がみひらかれる。

僕は、黙って片手をあげた。

藤沢が、ためらいがちにうなずいた。

工藤と連れだって、僕らの足の下へ見えなくなっていく。

「何だよ、お前ら、いつのまに？」宏樹が僕の脇腹をこづいた。「どういう仲なんだよ」

適当に笑ってはぐらかした。どういう仲かなんて、こっちが教えてほしいくらいだ。

休み時間になるたびに、僕は別の用事があるようなふりで藤沢の教室の前を通ってみた。そうせずにいられなかった。自分でもどうかしていると思うが、気になるものは仕方がない。

教室の前は、僕と似たり寄ったりの理由でのぞきに来ている連中だらけだったが、どんな無遠慮な視線にさらされようが、彼女は悪びれもせず、まるで一足ごとにあたりを睥睨《へいげい》する雄鶏《おんどり》みたいに顔を上げていた。たいしたもんだと、冗談ぬきで舌を巻く。僕がもし彼女の立場に置かれたとしても、同じようにできる自信はない。卑屈であいまいな笑いを浮かべながら、訊かれるままにああだこうだと言い訳するのがオチだろう。

〈私がショックで寝込んでるとでも思った？〉

〈駆けつけてくれたあんたの顔見たら、抱きついて泣き出すとでも？〉

正直なところ、それに近いことは思ったのだ。でも、今日の様子を見る限り、彼女には僕なんかまったく必要ないらしい。やれやれだ。

せいせいしたような、釈然としないような、妙な気分だった。

放課後を待って、ウェットに着替えた。昨日は彼女の家へ行ったたし、今朝も早く学校に来ようとして練習をさぼってしまったから、海に入るのは丸一日ぶりだ。生活のリズムを完全に彼女に支配されているような気がして、どうも腹が立つ。

沖のほうにはちらほら先客がいたが、この寒さだけあってさすがに少ない。いつものように、まずは砂浜で準備体操をする。膝の屈伸を終えて立ち上がった、その時だった。いきなり後ろから肩をつかまれた。ふり向くやいなや左の頰に鈍い衝撃を受け、ぶざまにボードの上に倒れ、後頭部を砂に打ちつけた。反射的に防御の構えを取る、自分の腕から砂が落ちてきて目に入る、足もとに誰かが立っている。

「な……」腕の間から見上げた相手が誰なのかわかったとたん、僕は叫んだ。「何するんスか！　いってえなあもうッ」

倒れた僕の足もとに仁王立ちになっていたのは、克つぁんだったのだ。顔の左側がじんじん痺れだし、痺れが痛みに変わっていく。体を起こしかけた僕の胸ぐらを、「痛《いて》えなあ、だと？」克つぁんはひっつかんだ。「その程度で、痛えだと？」

形相が変わっている。

「いきなり殴ることはないっしょ！　俺が何したってんですか」

戸惑いと、裏切られたような苛立ちが僕をいっそう混乱させる。きっと何か誤解しているのだ。克つぁんに殴られるようなことなんか何もした覚えはない、そう言おうとするより前に、乱暴に突き放された。

「マリファナ・パーティは楽しかったか」

ぐび、と音がした。僕の喉だった。

「どうだった、ぶっ飛んだ気分は。最高だったか。何も怖くなくなったか」

「い……一回だけっスよ。それっきりやってません」必死で言い訳を試みる。「無理に勧められて、断わるに断われなくて」

「ふざけるな！」砂を蹴りつけられた。「無理にってのはどういう意味だ。あ？　力ずくで押さえこんで吸わされたとでも言うつもりか？　もし断わったら、小池たちに殺されたとでも言うのか！」

「な……んで」

なんで克つぁんが小池先輩たちのことまで知ってるんだ。

「お前ら、俺の店の二階で何をした。え？　乱交パーティか」

「違います、俺は、」

「その場の雰囲気がどうのとは言わせねえぞ」克つぁんは僕にしゃべらせなかった。

「なんでその時、お前があいつらを止めなかった。ええ？　なんで止めなかったんだって訊いてんだよ！」

「………」

「お前の一番の問題はなあ、その弱さだよ！　だからサーフィンでも何でも、もう一歩のとこで逃げに走っちまうんだ。ったく、この大バカ野郎の腰ぬけが、お前さえもっとしっかりしてりゃあ、川井だってこんなことにはならなかったんだ」

下腹が、いやな感じにこわばっていく。

「せ……先輩が、なに」

克つぁんが無言で僕をぎりぎりと睨《にら》みつける。

「先輩が、どうかしたんスか」

「もういい」

「え？」

「もういいと言ったんだ」

克つぁんは僕に背を向け、砂地に唾を吐いた。

「お前を見損なったよ、光秀」


あれは——小学三年くらいの頃だったろうか。ギプスや包帯や松葉杖に、やたらと憧れたことがある。クラスの友達が腕の骨を折ったのがきっかけだったが、そいつが肩から腕を吊《つ》っているのを見た僕は、親に隠れて、自分の無傷の腕や足に包帯をぐるぐる巻きつけてみたりした。

いったい何だってこんなものに憧れたりしたんだろう……と、目の前に投げ出された川井先輩の膝を眺める。

川井青果店のレジの奥から上がってすぐ左側が、先輩の部屋だ。店の外からそっと様子をうかがっていたら、先輩そっくりの顔をしたおばさんが見つけて通してくれた。

「やっぱ、俺には才能なかったみたいだな」

ベッドに足を伸ばした先輩は、情けなさそうに笑った。

「才能と怪我とは、あんま関係ないっスよ」

と言ってみる。

「そっか？　ま、どっちにしろしばらくはお預けってこった。傷が治っても、しばらくはリハビリに通えってさ」

正確には「傷は治っても、後遺症は残るかもしれないってさ」と言うべきなのに、先輩はこんな時でも人に気をつかう。海から病院へ担ぎこまれてすぐ手術を受けた膝は、今は分厚く包帯を巻かれ、曲がらないように固定されていた。

事故があったのは、先週の土曜の朝だった。僕が湘南の実家へ戻っていた間のできごとだ。

金曜の夜、川井先輩は、大学の冬休みでこっちへ帰ってきた小池先輩や杉田先輩と一緒になって、車の中でまたマリファナをやった。夜が明けると三人は、ぶっ飛んだままの頭で海に入った。連日の強風で波は高く、見事に巻いていたらしい。川井先輩はふだんの恐怖心も忘れ、自分でも信じられないほどの集中力とテクニックでチューブに突入した。先すぼまりに閉じていこうとする水のトンネルをとうとう端まで抜け、興奮の雄《お》叫《たけ》びをあげながらガッツポーズを決めた瞬間……先輩の膝は、割れて砕けた。チューブの出口で待っていた岩に、膝頭から叩きつけられたのだ。

「俺、それでもパドリングで浜まで戻ったんだぜ」と先輩は言った。「ぶっ飛んでたおかげかもしれねえけど、火事場の馬鹿力も半端じゃなくてさ。痛みで気が遠くなりかけるたんびに大声でわめきながら波をかいたっけ」

　自力で浜までたどりついた先輩は、たまたま犬の散歩でそこを通りかかった人に助けられて、近くの総合病院へ運ばれた。だからこそこうしていられるわけだが、一歩間違えば今ごろは葬式だったはずだ。

「何もお前が責任感じることねえって、光秀」と、先輩は言った。「俺のほうこそ、お前に謝らなきゃ。それ、克也さんにやられたんだろ」

　僕の顎の左側は、青と黄色のまだらになっている。口の中も切れたせいで、ものを食うとまだ痛い。

　僕を殴り飛ばす前、克つぁんは小池先輩たちが店の外でひそひそと話しているのを耳にして、川井先輩の怪我とその真相を知ったのだった。問い詰められた二人は、ことの起こりを――つまり一か月前の例のパーティの件を白状した。賭けてもいい。あの二人もきっと、顔に痣を作っているはずだ。

「俺がこんなドジ踏まなけりゃ、あの晩のこともバレやしなかったんだもんな」と、川井先輩は言った。「お前、いつも言ってくれてたのにな。あのへんの岩には気をつけろってさ」

　僕は黙っていた。

「けど、まさかあんなところへ出るとは思わなかったんだよ。だいたい、俺にあんなチューブが抜けられるとは思ってなかったからさ。何ていうか……あの瞬間、どうしてお前がバカみたいにサーフィンに取りつかれてんのか、理由がわかったような気がした。ま、気がしただけだけどさ。そりゃもちろん反省はしてるけど、あんなふうにぶっ飛びでもしなかったら、俺程度のやつにゃ一生わかんなかったろうな。これから先、たとえ二度とサーフィンができないとしても、あれはちょっと、気分が良かった。正直言って」

先輩はベッドサイドのテーブルに手をのばし、さっきおばさんが置いていってくれた商品のバナナを一本ちぎって僕に差し出した。

「マジでさ、思うんだ。俺の膝でよかったたって。これがもしお前だったら、プロになんのあきらめなきゃならなかったかもしれねえもんな」

先輩の膝と僕のそれとの間に値打ちの差があってたまるかと思ったが、僕にはやっぱり何も言えなかった。

食べたくもないバナナをむいて、やけくそでかぶりつく。青くさい味と香りが鼻の奥へ抜けた。口いっぱいに頬張ったせいで、殴られた痣の内側が鈍く痛んだ。

このごろとみに、時間の流れを速く感じる。

昔は——それこそギプスなんかに憧れていた頃は、一日は過不足なくきっちり一日分の長さをもって、僕の前にあった。それが、今はただ、指の間からこぼれる水のようだ。地球の温暖化とやらがじわじわと進んできたのと同じように、誰も気づかないうちに時間の加速化が進んでるんじゃないかと思うほどだ。

人が、年を取れば取るほど時の過ぎるのを速く感じるようになっていくのは、一歳のときの一年間を1/1、五十歳のときの一年間を1/50と感じるからだという話を聞いたことがある。だとすれば、僕は1/18。親父にとっては1/48ということになる。

そのせいだろうか。週末、僕が病室のドアを開けたとたんに親父は言った。

「また来たのか、お前。昨日かおととい帰ったばかりじゃないか」

そんな大げさなと思ったが、親父にとってはそれが実感なのかもしれない。残り時間がわずかだと思えばなおさらだろう。

「ずいぶんにぎやかな顔だな」

顔の左側は見せないようにしていたのに、目ざとく見つけられてしまった。

「授業でバスケやって、ひじがぶつかった」

用意しておいた言い訳を口にしながら、姉貴に頼まれて持ってきた着替えの袋を置こうと衝立《ついたて》の陰をひょいと見て、——たまげた。

そこの流しの前でリンゴの皮をむいていたのは、なんと、おふくろだったのだ。

「光秀、ちょっと痩せたんじゃないの。ちゃんと食べてるの？　リンゴ、もひとつむいたげるから食べなさい」

「なんで……ここにいんの」

「あら、ずいぶんね」

むいたリンゴを皿に置き、おふくろはひょいと手をのばして、濡れた指を僕のジーンズで拭いた。

「あっ、やめろって」

「ところであんた、代理人の署名はもうしたの」

僕は、ぽかんと口を開けてしまった。

聞けば、例の「終末期宣言書」なる書類を親父が手に入れたのは、おふくろを通じてのことだったという。おふくろは親父の希望をくんであれこれ調べ、尊厳死とその周辺に関することを専門に扱っている協会をいくつか探し出してきたのだそうだ。その中から、親父は自分の考えに合ったものを選び出した。

顔が広くて情報通のおふくろが、昔の亭主に頼まれて一肌脱いでやろうとしたのはそれほど不思議じゃない。僕が驚いたのはむしろ、この親父が、別れた女房に頼みごとをしたことのほうだった。姉貴や僕にではなく、親友の雨宮さんにでもなく、わざわざおふくろに頼むなんてどういうつもりだろう。

おまけに、驚くことはまだあった。これからは週に二、三度、姉貴のかわりにおふくろが親父の身の回りの世話をしに来るというのだ。

「市子には後で来てから話すつもりだが、まあついでだからお前にも言っておく」ばつが悪いのか照れくさいのか、親父はことさらな仏頂面を作って言った。「市子のやつ、少しは休ませにゃあ。痩せちまって鶏ガラみたいだからな」

自分こそ鶏ガラみたいな親父は、それきりぷいと横を向いた。おふくろは終始、微笑していた。

何となく居心地が悪くて、いつもより早めに腰を上げた僕を、おふくろは缶コーヒーを買うついでだと言って病院の玄関まで送ってきた。

出口近くの販売機の前で、どちらからともなく立ち止まる。

「じゃあね。気をつけて帰るのよ」

「コーヒー、買わねえの」

おふくろは片方の眉を上げて僕を見ると、黙って財布を開けた。小銭も千円札もないことに気づいて、一万円札を取り出しかける。

僕はポケットの小銭を出して、販売機に入れてやった。

「へえ、おごってくれるの」

「この前、金借りたし」

「まさかこれでチャラにしようっていうんじゃないでしょうね」

「だめ？　やっぱ」

「光秀」

「冗談だよ。分割払い」

おふくろは苦笑して、ブラックコーヒーのボタンを押した。ガタン、と缶が落ち、続いて釣り銭が落ちてくる。

「親父の前でごくごく飲み干して、うらやましがらせてやれよ」

ちょっと笑ったものの答えず、かがんで缶と釣り銭を取り、おふくろはそれを財布とは反対側のポケットにしまった。

「ねえ」

「うん？」

「市子……嫌がるわね、きっと」

僕は肩をすくめた。

「姉貴より、心配なのは広志さんだよ。大丈夫なのかよ、こんなことしてて」

「会社のほうは、人がいるから」

「そうじゃなくてさ」

いくら広志さんに親父に対する負い目があるにしろ——いや、あるならなおさら——この期に及んでおふくろが元亭主の世話をするなどと聞けば、心穏やかではいられないはずだ。

僕がそう言ってやると、おふくろは腕組みをしてうつむいた。リノリウムの床を靴の爪先でなぞる。そうしていると、横顔もやっぱり姉貴とよく似ていた。

「あんたもけっこう、鋭いじゃないのよ」

「え？」

「彼ね。じつは、出てったの。あのマンションから」

「ええっ」

思わず大声を出した僕を、ちょうどそこへ来たパジャマ姿の入院患者がけげんそうに見た。ジュースを買い、点滴のスタンドとスリッパを引きずりながら戻っていく。その後ろ姿を見送りながら、

「一週間くらい前だったかしら」

と、おふくろは言った。

「何があったんだよ。親父のことでけんかでもしたのか」

「けんか、ね。まあ、向こうはそう思ってたみたいね。私は議論のつもりだったんだけど」

どう違うのか、僕にはあまりよくわからなかった。

「べつに嫌いになったとか、そういうのじゃないのよ。いつのまにか価値観が違ってしまったってことがよくわかっただけ。もちろん会社に行けば顔を合わせるし、仕事の話は普通にしてるし。お互い大人だもの。だから、ただ単に、一緒に暮らすのをやめたっていう、それだけのことよ」

あんたは心配しなくていいのよ、と、おふくろは無理なことを言った。

「やっぱ、広志さん、嫌だったんじゃないの？　おふくろがいつまでも親父にこだわってるのがさ」

「そのようね」

ことなげに言ったものの、おふくろは眉根に皺を寄せた。

「でもねえ。私だって過去を積み重ねた上に生きてるんだから。一人の人間と関わった歴史をすべて無かったことにしろだなんて、そりゃ無理ってものだわよ。私にしてみれば、彼がいまだにそんなことを嫌がったりすることのほうが意外だったわ」

「どういう意味？」

「つまり……彼とはもう、きょうだいとか同志みたいな感じだったから」

「………」

「きっと、これから何か月か過ぎて、もう少し気持ちの整理がつけば、彼との間にも新しい関係ができると思うのよ。会社の帰りに二人で飲みに行くくらいのことはするだろうし、お互いの相談にも乗れるだろうし、たまには寝るかもしれない、」

反射的に頰がぴくっとなってしまった僕の顔を、失敬、という笑みで見上げて、

「でも」と、おふくろは続けた。「結局、私という人間をいちばん揺さぶったのは、悔しいけれど、あんたの父親だったってことよ。まったく、おかしな話よねえ。広志のほうがずうっと上等な人間なのに。女に後遺症を残す男って、いやあねえ」

「いやなら、なんで今さら」と僕は言った。「放っときゃいいじゃないか。どうせもうすぐ……」

最後まで言えずに口をつぐむ。

「もうすぐ、何よ」

おふくろは初めて苛立った様子を見せた。

「そうよ。もうすぐ死ぬのよ、あの人。おまけに、そのことをあの人に知られたのは私のせいなのよ」

「そんなの、おふくろが来なくたって、どうせすぐバレてたさ」

「市子は、そう思ってないわ」

「………………」

お互いにため息をついてうつむく。自分の足の先を見つめて、おふくろは言った。

「市子とはもちろん、後でよく話してみるつもりだけど、あの子も誰に似たのか頑固だから。私が手伝うなんて言ってもすぐに受け入れてくれるとは思えないし。よかったら、あんたからも説得してくれない？　『ちょっとでいいから、おふくろにも罪滅ぼしの機会を与えてやってくれ』って」

「……罪滅ぼし、ね」

意外だった。おふくろが、僕らを捨てて家を出たことに負い目を感じていたなんて。もしかして——親父はそれを知っていて、おふくろに頼みごとをしてやったのだろうか。つまるところ、この人が母親業に向いてなかったっていうだけの話なんだよな、と思ってみる。女の人が母親になるには、それなりの努力が必要なのかもしれない。子供を産んだら自動的に母親になれるというわけじゃないんだろう。おふくろだって努力はしてみたのかもしれないが、とうとう母親役を演じおおせることはできなかった。親父と広志さんのどちらが相手だろうと、この人の本質は変わらない。徹頭徹尾、「おんな」でしかないのだ。

姉貴もそんなふうに割りきってしまえばいいのに……そう思ったすぐ後で、思い直した。姉貴がいまだにおふくろを許せないでいるのは、まさに、この人が「おんな」だからこそなんじゃないか？

黙りこくっている僕を見上げて、

「虫がよすぎるかしらね」

と、おふくろは言った。

そうだとしても、仕方ない。時間はもうあまりない。

「いいよ、わかったよ」と、僕は言った。「話してみるよ。聞いてくれるかどうかはわかんないけど」

おふくろは目もとに皺を寄せて微笑み、僕の口の脇の痣をぽんぽんとたたいた。

◆

この一週間、まわりの好奇の目に対して全身をこわばらせていたら、自分が鋼鉄製のロボットにでもなったような気がしてきた。どんな中傷にも傷つくことなく、あらゆる視線を無表情にはね返すロボット。

でも、もちろん私は生身の人間で、じろじろ見られれば内心は平気でなんかいられなかったし、ささいな一言でずたずたにされた。平然とした顔や態度を崩すまいと、そのことにあまりにも集中し続けたせいで、本来の自分がどんな表情やしぐさをする人間だったか自分でもわからなくなってしまった。

アキ兄の取り調べは、まだ終わっていないらしい。ワイドショーはもうとっくにあの事件のことなど忘れてしまったようだが、このあたりではそういうわけにはいかない。噂にはたっぷり尾ひれがつき、私の耳にはとうとう、アキ兄が遺体をばらばらにして山奥に捨てただとか、じつはヤクザとつながりがあって女に売春をさせていた、などという話まで聞こえてきた。

毎朝起きて、今日もあの視線の渦の真《ま》っ只中《ただなか》へつっこんで行かなければいけないのかと思ったら、憂鬱なんてものじゃなかった。掛け布団を体の上からどかすだけで、お墓のふたを押し開けるくらいの気合いと労力が必要だった。

そういう中で、私の気持ちのよりどころになってくれたのは、都と、もう一人――認めたくはないけれど光秀だった。まわりに対してさんざん意地を張りすぎて、もう光秀に張る意地まで残っていなかった……というのは、半分だけ本当で、あと半分は言い訳だ。まとまった話こそしなくても、たまに廊下ですれ違う光秀が短い言葉をかけてくることに、私はいつのまにか慣れ、ふと気づくとそれを待つようにすらなってしまっていた。

都のほうは、休み時間にはたいてい私の顔を見に来てくれた。彼女はしきりに私のことを心配してくれるけれど、私は正直、彼女のほうが心配だった。

光秀が自転車でうちまで来たあの日の夜、都は約束通り電話をくれた。アキ兄のことをひとしきり聞いてもらったあと、光秀の話を思い出して、

「体、大丈夫なの？」

と訊くと、都は受話器の向こうで作ったように明るく笑った。

「やだなあもう、そんなに心配しないで。たいしたことないの、ちょっと風邪気味なだけよ。ほら、こないだ髪を切ったら急に首筋がすうすうしちゃったから。髪切って風邪ひいたことって、恵理はない？」

あるよ、と答えながら、そんなに必死で弁解しなくても、と思った。

翌日会った都は、でも、風邪をひいているようには見えなかった。咳も出ないし熱もない、洟をかむでもなければ頭痛もなさそうだ、なのに青白い顔をして、食欲もなくて、ひと月ほど前に比べるとずいぶん痩せてしまったようにみえる。

ダイエットしてるだけよ、と彼女は言う。それなら、一日に何度か気持ち悪そうな顔でトイレへ行くのはどうしてなんだろう。

最悪の可能性を想像しないわけにいかなかった。

とはいえ、

（できちゃったの？）

まさか正面切ってそう訊くこともできない。

だから私は、遠回しに探りを入れてみた。

「北崎さんて人とは、まだ続いてるの？」

すると都は、さんざんためらった末に言った。

「わかんない」

教えない、と言うならまだしも、わからないというのはどういうことだかそれこそわからなくて、けげんな顔をしていると、

「ごめん。はぐらかしてるわけじゃないのよ」

彼女は少しだけ説明を加えてくれた。

彼の強引さや身勝手さにふりまわされて、置いていかれまいとしがみついているうちにくたびれ果ててしまったこと。何より、相手の気持ちが自分の上にはないんじゃないかと感じれば感じるほど、一緒にいるのがつらくて、それでも執着してしまう自分に嫌気がさして、とうとう彼から離れたこと。それきり、何か月も連絡がとだえていたこと。

放課後の音楽準備室で、ピアノの前に座った都はゆっくりと話した。

指揮者の娘だけあって、都のピアノは素人ばなれしている。休み時間など、彼女は気が向くとここへ来てベートーベンやバッハのジャズ・アレンジなどを弾き、それを横で聞かせてもらうのが、私にとっては無上の楽しみだった。

でも、今は違っていた。都はピアノのふたを開けもせず、私も曲を聴くどころの気分

ではなかった。

「あたしのほうはとっくに別れたつもりだったのに……やっと、忘れられるかもしれないって思い始めてたところだったのに、ついこの前、ひょっこり向こうから会いにきたの。あたしが彼の部屋に忘れたネガやプリントを届けにきてくれたんだけど、その時うち誰もいなくてね。彼、あたしのいれたコーヒー飲んで、ついでにクッキーでもつまむみたいに人のこと抱いて、さっさと帰っていったわ」

都の淡々とした口調に、かえって痛みの深さを感じた。そうやって大人ぶったポーズでも取らなければ、その人のことを冷静に語れないのだ。

「わからないって言ったのは、そういうわけ。まだ終わってないってことなのか、それとも今度こそ本当に終わったのか、あたしにもよくわかんないの」

ばかみたいでしょ、と都は苦笑した。胸にくる笑い方だった。そんな表情をはやばやと身につけてしまった彼女がかわいそうで、でもきっと同情されるのは嫌いだろうし、と迷っていたら、結局慰める機会を逸してしまった。

「どうしてあんな厄介なヤツに惚《ほ》れちゃったかなあ」と、都はつぶやいた。「いっそ隆之みたいなのを好きになってたら、もっとうんと楽だったはずなのに」

隆之——3Bの、鷺沢隆之。ラグビー部のフルバック。

彼を被写体にした一連の作品で、都が大きな賞をとったのは、つい最近のことだ。プロへの登竜門と呼ばれるフォト・コンクールの審査員特別賞だった。

特選や入選ではないにしろ史上最年少の受賞者だというので、学校でもけっこう話題になった。すごいじゃないかと都の肩を叩く先生もいたけれど、中には、こういうことはあの子をまた増長させるだけだとか言って渋い顔をする先生たちもいた。教員室に頻繁に出入りしていると、いろんなことが聞こえてくる。

都の作品が載った写真雑誌を、私はなんとなく彼女に知られたくなくて内緒で買って帰り、部屋でひろげた。

受賞作品はモノクロの三枚組だった。ほんの少し過去から流れ着いたタイムカプセルみたいに、そこには彼が——都が一年間かけて追いかけ続けてきた鷺沢隆之が封じこめられていた。

縞のジャージを着て、髪の先から汗のしずくをふりとばしながら、春の海辺を走る隆之。夏の試合中、キックに移る寸前、ぎらぎらしたまなざしで、地面に立てた楕円形のボールとゴールポストとの間合いをはかる隆之。そして、これはたぶん十一月の引退試合で負けてしまった時の写真だろう、横顔の隆之が虚空に向かって吼えている。高い鼻《び》梁《りょう》には無念の皺が刻まれ、白い息が噴煙のように吐き出され、目尻には汗とも涙とも区別のつかないものがにじみ……。

写真のことなんかわからなくても、それらはとにかく人の目を惹きつけずにはおかない力を持っていた。プロが見ればまだ荒削りなのかもしれないけれど、ある審査員は、そこにこそ大きな可能性を見ると評してくれていた。

自由奔放で、誰にも膝を折らない都。

そんな都を、敬遠する人間は多い。彼女の才能を妬んだり羨んだりするあまりに、わざと陰口をたたいて足を引っぱる人もいる。

でも、そういう人たちは大事なことを見落としているのだ。あたる光が強ければ影も濃いという、当たり前のことを。おそらく、何かスペシャルなものを持つということは、いつ暴れ出すかわからない獣を体の中に飼っておくようなものなのだと思う。都が近頃あんなに痩せたのは、きっと、体の具合が悪いせいばかりじゃない。

賞の発表欄に印刷された「工藤都」の文字を、私は、指でそっと撫でた。その横に三枚並んだ鷺沢隆之の写真をびりびり破り捨ててしまいたい気持ちと、都の大事な作品なのだからそんなことはできないという思いの間で、気がへんになりそうだった。

わかっている。都は隆之に恋をしていない。まわりはあの二人がつき合ってると思いこんでいるけど、都は彼のことを男として好きなんじゃない。ただ、自分の半身のように大切に思っているだけだ。

けれど、私にはそのほうがこたえた。都の恋人になるなんてもともと不可能な私にとって、その次に欲しいのは今まさに隆之が占めているポジションだったからだ。

おそらく都は、私が彼女の妊娠に気づいていることを知っている。それでもああして隠そうとする以上、上手にだまされてやるくらいしか、私にできることはない。

どうして都は、何もかも打ち明けてくれないんだろう。チャンスさえ与えてくれたら何でもしてあげるのに、都のためにしてあげたいことはいっぱいあるのに、どうして私には扉を開けてくれないんだろう。鷺沢隆之にになら平気で開けるその扉を。

そう思うと、隆之の持っている肩幅の広さや、分厚い胸板や、盛り上がった腕の筋肉など、見るからに頼りになりそうな体のパーツの一つひとつが憎らしくなってきた。持って生まれた〈男〉という性別に無頓着でいられる彼が、たまらなく憎かった。

せっかく男でいるのに、彼はその幸運に気づきもしないで、都の隣のポジションを無駄に埋めている。あれほどしょっちゅう都と一緒にいながら何もしないなんて、馬鹿というか鈍感というか、もしかして不能なんじゃないかと思ってしまう。

私が彼だったら……。

想像すると、体が熱くなってしまった。

もし私が彼だったら、とっくに都をふり向かせ、自分のものにしているだろう。北崎なんていう男のことは忘れさせるくらい激しく想いをぶつけて、絶対に離さないでいるだろう。

隆之に、なりたかった。これまで、どれほど自分という人間をいやだと思った時も、誰か特定の人物になりかわりたいと望んだことだけは一度もなかったのに、私はいま、鷺沢隆之になりたくてたまらなかった。これだけ望んでも彼になれないのが不条理に思えるくらい、激しく、切実にそう思った。

モノクロの、隆之の横顔を見つめる。

彼への憎しみは、なぜだか、都への恋とよく似ていた。

やっとのことで冬休みに入ったとたん、縛られていた縄をほどかれたみたいにほっとして、体じゅうの力がいっぺんに抜けた。

期末試験の結果が思わしくなかったことに関して、先生たちはさすがに何も言わなかったけれど、母はひどく気を揉《も》んだ。

そこへもってきて、よせばいいのにおばあちゃんが、

「犯罪人の家の娘じゃあ、恵理はもう嫁にもいけねっぺ」

などと言い出したので、とうとう母は泣き出してしまった。それもこれもみんな自分の育て方が悪かったせいだ、秋人のせいでお前の人生までめちゃめちゃになってしまう、そう言って母は泣き、親がそんなふうに泣くのを見るのが初めてだった私は困惑して、一生懸命に慰めた。親というのは時に、子供より手がかかる。

アキ兄があんなことをしたのはお酒のせいであってお母さんのせいじゃないんだから。私だって受験勉強はちゃんと頑張るから。絶対受かってみせるから。お嫁にいくなんてずっと先のことだし、アキ兄のことで私を色眼鏡で見るような男だったら、こっちから願い下げなんだから。

そう言いながら私は、なんだか母をだましているような、うすら寒い気持ちになった。親たちが望むような結婚など、一生してあげられないかもしれない。それを望まれるこ

と自体が重荷でしかないのに、こうして今だけうまいことを並べて慰めるなんて、詐欺みたいなものじゃないかと思った。

　母はなかなか泣きやんでくれなかった。その理由が、私の成績やおばあちゃんの言葉ばかりじゃないのはわかっていた。いまだにアキ兄と会えないのが一番の原因なのだ。最初の十日の勾留期間はとっくに過ぎていたけれど、面会は許されなかった。延長の十日間が終わって起訴された後なら、つまり年が明けた頃なら会えるだろうと、弁護士の奥山《おくやま》さんは言った。

　奥山さんは、アキ兄が逮捕された日の当番弁護士だった人だ。当番弁護士というのは弁護士会だかどこかがやっているボランティア制度だそうで、警察に捕まった人は最初の一回だけ無料で相談に乗ってもらうことができるらしい。

　父は、あの日うちに連絡してきてくれた奥山さんに、そのまま引き続きアキ兄の弁護を依頼した。他に弁護士の知り合いなんていなかったからだ。親でも子でもないと口ではいまだに言い張っているけれど、それでも放ってはおけなかったのだろう。

　奥山さんの説明によると、起訴されたら一か月以内に第一回目の公判、つまり裁判があるという。

　アキ兄の場合、まず傷害と窃盗（相手の女の人の財布からお金を抜いたから）の罪に問われることは確実で、さらに、アキ兄の負わせた傷と彼女の死との因果関係がはっきりしていると判断されれば、傷害致死になってしまう。遺体を部屋に放置して逃げたことに関しては、もしアキ兄が彼女の夫であれば、埋葬の義務を放棄したという理由で死体遺棄罪に問われるところだけれど、結婚していたわけではないのでたぶん大丈夫だろうという話だった。

刑期については、もしも傷害と窃盗だけで起訴された場合は、おそらく一年二か月から一年六か月。傷害致死が付けば、一気に延びて三年から五年。執行猶予に関しては、頑張ってはみるけれども付かない可能性のほうが高そうだと奥山さんは言った。べろべろに酔っぱらっての犯行だし、ふだんから酔っては相手に暴行を加えていたわけだし、今もアルコール依存症から脱していない。おまけに、たとえ法律的に死体遺棄に問われなくても、わざわざ部屋に鍵までかけて逃げたことは間違いない。どこを探しても情状酌量の余地がない、印象が悪すぎるというのだ。

私たち家族にとっては、アキ兄が逃げたりなんかしたせいで、発見された時に彼女が腐敗していたという事実がいちばんショックだったのだが、

「まあ、たとえ死体遺棄が付いても、刑期は二か月程度の違いですよ」

奥山さんはさらりと言ってのけた。まるで電化製品のランニングコストでも比べるみたいな口調だった。

アキ兄は、私にお金を用意させたことをしゃべらなかったらしい。あるいは捕まった時にはすっからかんで、とくに訊かれもしなかったのかもしれない。

おかげで誰からも追及されないで済んだものの、そのかわり私は、暮れと年明けのそ

れぞれ四日ずつ計八日間を、朝から晩まで図書館で過ごさなければならなくなった。塾の講習を申し込んだことになっている以上、家にいるわけにはいかなかったのだ。

初日だけは一応千葉まで出て、知らない図書館へも行ってみたのだが、二日目は学校のそばの市立図書館の隅っこに陣取った。受験生のために学校の図書室が開放されているのは知っていたし、そっちのほうが参考書などもそろっているけれど、休み中にまでわざわざ生徒の視線を浴びにいく気にはなれなかった。

年末の図書館は、思ったより混んではいたが静かだった。大きな窓に面した席で問題集を解いていたら、司書の女の人が本を数冊抱えてやってきて、私が目を上げるとすまなそうに微笑んだ。きれいなひとだった。胸の名札には「葉山《はやま》」とある。背表紙のいちばん下に貼ってあるラベルの番号を見ては、一冊ずつ本棚の定位置に戻していく。しゃがんだ時、長い髪を束ねてあらわになったうなじに小さいほくろが見えた。

片づけ終わったそのひとが行ってしまってから、私は、彼女が最後に棚にさした本に目をやってどきっとした。それは一年半ほど前、私が自分の性癖をめぐって鬱のどん底にあったころ、すがるみたいにして読んだ心理学関連の本のうちの一冊だった。

立っていって本を抜き出し、そっとページをめくる。

ジェンダー、セクシャリティ……ヘテロセクシャル、ゲイ、バイセクシャル、トランスジェンダー……。目次に並ぶ言葉は、今でもしっかり頭に残っている。

この本ではいろんなことを覚えた。ヘテロセクシャルというのは恋愛対象が異性である人のことをいうとか、バイセクシャルとは異性も同性も好きになり得る人を指すとか。読みながら、もしかして自分はこの中のトランスジェンダーと呼ばれるものにあてはまるんじゃないかと思った。

　トランスジェンダーというのは、身体的な性別と精神的な性別が一致していない人たちのことだ。体は女性に生まれてきたのに心は男性で、仮に好きになった相手が女性の場合、はたから見れば外見的には女同士なのでレズビアンに見える。あるいは逆に、男性の体に女性の心が宿る場合もある。

　トランスジェンダーの中でも、性自認と性的指向が同じ性のケースもあって、たとえば体は男性で心は女性、でもその「女性の心」が同性愛的指向を持っているために、好きになる相手は女性。この場合、はた目には、つまり肉体の面だけ見れば、男性と女性のカップルに見える。けれど、だからといって単純に片づけてしまうのは大きな間違いだ。なぜなら同性愛者である彼（心は彼女）は、恋人である女性から男として扱われることが我慢ならないかもしれないからだ。

　世の中には「女性」と「男性」の二つの性しかないわけじゃないし、恋愛の形は無限に存在するし、その人の性別は肉体ではなく心で決まる――私がこの本から得た知識は、簡単に言えばそういうことだった。でも、ほんとうにその内容を理解し、自分なりに納得できたのは……あれから一年以上が過ぎた、今、この瞬間のような気がする。

　図書館のあちこちから、ひそやかに紙のこすれる音がしている。

柱時計が、ゆっくりと十一時を告げる。

不思議議に落ち着いた気持ちで、私は自分をもう一度分析しようと試みた。本当は知っていることに目をつぶったり、わざと悪ぶって卑屈になったりしないで、できるだけ正直に、冷静に、客観的に自分を見ようとした。

身体的には――女性。性別への違和感という意味ではトランスジェンダー、恋愛の傾向はレズビアンにあてはまるかもしれないけど、肉体をともなう性的指向はヘテロセクシャル、あるいはヘテロ寄りのバイセクシャル。ただし、ヘテロとしての性的欲求の強さに関しては、いささか度を越してしまっていることは否めない……。

なんだか脳みそがよじれそうだが、でもそれが「私」なのだ。

山奥の湖みたいに静まり返った気持ちは、まだ続いていた。本を棚に戻す。背表紙の固い感触が、てのひらに残った。

あの頃から、悩みの本質はまったく変わっていない。何ひとつ解決されてもいない。にもかかわらず、私はいまだに、こうして生き延びている。何度も死にたい気分になったし、その間に楽しいことなんて全然なかったのに、どうにか鬱をやり過ごして毎日を生きている。

以前は、今よりもっと苦しかった。あまりにも性欲が強すぎるとか、好きになるのは女の子ばかりだとかいった悩みの一つひとつよりも、これが自分なのだと認められないのがいちばん苦しかった。光秀との間の、恥もプライドもかなぐり捨てた関係――本来なら私をさらなる深みへ引きずりこむはずの関係——が、結果的に私を楽にしているなんて皮肉な話だと思う。

出口の見えない悩みをかかえていることがあれほど苦しくてたまらなかったのは、悩みというものはきっちり解決してしまわない限り、一生でも人を苦しませ続けるものだと思っていたからだ。悩みのもたらす痛みに「慣れる」方法もあるなんて、あの頃は思いもよらなかった。


お昼のいちばん混む時間帯を避けて近くのカフェ・レストランでランチを食べ、夕方まで問題集に集中して、閉館のチャイムを合図に図書館を出た。

家に帰るには、まだ時間が早すぎる。かといって、買い物をする気にも、本屋やゲームセンターに寄る気にもなれなかった。人混みは嫌だ。こうこうと照らされた場所も嫌だ。不健康に薄暗いのも嫌だ。うるさいのはもっと嫌だ。……私はこの三週間足らずの間にすっかり偏屈になってしまっていた。

一人で夕焼けでも眺めているのがいちばんまし。そう思って、駅の脇の小さな踏切を渡り、ぶらぶらと海のほうへ歩いていった。

よせばよかった。

海べりを走る狭い道路から、波打ちぎわを歩いていく二人の後ろ姿を見つけたとたん、私はこんな寄り道を選んだことを心底後悔した。

後ろ姿の片方は、隆之。もうひとつの小柄な背中は、都。

一緒にどこかへ出かけた帰りなのだろうか、彼らはお互いの体に腕をまわして歩いていく。都に吹きつける海からの風を、隆之の大きな体がさえぎっている。都が、彼を見上げて何か言う。見おろした彼が不器用なしぐさで彼女の頭を抱え寄せる。その向こうに、鈍い色の夕焼け雲がひろがっている……。

——必要ないのだ、私は。

息もできないほどの嫉妬の渦の中で、そう思った。

私の入りこめる隙間なんか、どこにもないのだ。

都は、私の支えなんて欲しがっていない。たとえ私が隆之を押しのけてあそこに立ったところで、都は私の体には腕をまわさない。何をどんなに悩んでいても、私に相談する気なんかない。私だって自分の一番の悩みを都に秘密にしてきたけれど、それはあくまでも、都にだけは本当の私を知られて嫌われたくないからだ。都が私に何も話してくれないのは、それとは違う。私は都を誰よりも大事に想っているけれど、都のほうは私をほかの友達と同じくらいにしか思ってない。そういうことだ。

ずっと前からわかっていたはずなのに、喉もとに込みあげてくるものがあった。二人に背を向け、反対の方角へ歩き出す。

たまらなかった。

………たまらなかった。

認めたくないから見ないふりをしてきたけれど、私が都にとっての「特別」になれないのはもう、嫌になるほどよくわかっていた。それでも、彼女へと向かうこの気持ちだけはどうしようもないのだ。

女同士でかえってよかったんだ、と自分に言い聞かせる。たとえ「特別」が無理でも、そばにいることくらいはできるんだから。

ひっきりなしに潮風が吹きつけ、涙がこぼれて口に入る。やみくもに泣けて泣けて、目の前がよく見えないほどだった。私の中に無理やり閉じこめてあった海が、まるで季節はずれの台風みたいにやけっぱちに荒れ狂い、逆巻き、防波堤を乗り越えてあふれ出していた。

曲がり角を手当たり次第に右に左に折れる。

しばらく歩いてから気がついた。そこは、光秀の下宿の前を通って駅へと抜ける道だった。慌てて涙と洟をぬぐって見上げると、ベランダにいつも干してあるウェットがなかった。きっと湘南の家に帰っているのだろう。

一階のショップの明かりが道にこぼれているのを、よけるように行き過ぎようとした、そのとたん、

「あれ、藤沢じゃん」

いきなり声をかけられて飛びあがった。

店の脇の薄暗がりから、ウェット姿の光秀がこっちを見ていた。

「何やってんだよ、こんなとこで」

髪が濡れて束になっている。たった今まで海に入っていたらしい。

「あ……あんたこそ、何してるのよ」私はかすれ声を押し出した。「家に、帰んなくていいの」

「いや、明日帰るつもりなんだけど。これでもけっこうやることあってさ。急ぐ？」

「え」

「今、急いでんの？」

「そういうわけでも、ないけど」

光秀は、額の髪をかきあげて、私をじっと見た。

「じゃあ、寄ってけよ。コーヒーでもいれてやるから」

♠

店が開いている時に女子を誘うのは初めてだったせいで、克つぁんはもちろんのこと、スタッフの健《けん》ちゃんや、ちょうど湘南の本店から来ていたヒロさんまでが奥から出てきて僕をからかった。

ヒロさんは強引に藤沢を椅子に座らせ、

「いいからお前は着替えてこい」

と、邪険に僕を追いはらった。

裏庭で濡れたウェットを脱ぎ、洗うのはとりあえず後回しにして体を拭く。トレーナーを頭からかぶって首を出したところで、

(いやあ、よかったよかった、安心した)

店の中から克つぁんの声が聞こえてきた。

(あの野郎、俺らには全然女の子を紹介してくれないんだもん。男とばっかしつるんで遊んでるから、もしかして早くも悟り開いちゃったかと心配してたとこ)

よく言うよ、と舌打ちしながらジャージに足をつっこむ。

とはいっても、例の一件で殴り飛ばされてからしばらく、克つぁんの前で顔が上げられなかった僕に、何だかんだと話しかけて気をつかってくれたのは、やっぱり克つぁんなのだった。あの人はもしかすると、僕が知っている中でいちばん大人なのかもしれないと思う。もちろん、親父よりも、おふくろよりも。

着替え終わって中に入ると、ヒロさんが藤沢を問い詰めているところだった。

「光秀なんかの、いったいどこがよかったんだ」

答えに窮している藤沢をうながして、二階へ上がる。

「おいこら、光秀。悪さするんじゃねえぞ」

背中に飛んできた健ちゃんの野次に、思わず苦笑がもれた。

部屋に入った藤沢は、そのへんに置いてあるものを勝手によけて座った。いつも以上

に落ち着きがない。こんなところへ来たのは本意じゃなかったとでも言いたそうにそわそわしている。

　僕は、約束通りコーヒーをいれてやった。ただのインスタントだが、考えてみればこんなコーヒーひとつさえ藤沢に出してやるのは初めてなのだった。妙な気分だ。

「あの人たち……」僕のほうを見もせずに藤沢は言った。「あんたが遊び人だってこと、知らないの？」

「うん。うまくやってたから」

　藤沢があきれ顔でやっと僕を見る。目の縁がうっすらと赤い。どうやら泣いた後らしい。

「熱いぞ」

　マグカップを渡してやり、僕は自分のぶんを手に、壁際であぐらをかいた。

　藤沢はコーヒーをすすった。一口飲んでは難しい顔で味わっている。下の階から克つぁんがお客と話す声が聞こえてくる。

　僕はリモコンを取り、デッキのスイッチを入れた。銀色のＢＯＳＥのスピーカーから、小さな音でジャズが流れ出す。藤沢の目が、ちらりと意外そうに光った。

「俺んじゃないよ」何となく照れくさくて、言い訳した。「親父の趣味。こないだ試しに家から持ってきただけ」

　雨音のように連なる音符の隙間から、藤沢の息づかいがここまで届くようだ。

僕と目が合うと、彼女は視線をぱっとそらせた。この部屋にある物なんかとっくに見慣れているはずなのに、初めて見るかのようにきょろきょろしている。

「前から不思議に思ってたんだけど」と彼女は言った。「なんであんなとこに貼ってあるの」

視線の先は、二つに折った布団の枕元の壁に向けられていた。ほとんど畳に近いところに、サーフィン雑誌の切り抜きが何枚も貼ってある。派手なリップアクションをきめるロブ・マチャドや、リラックスしてチューブ・インするマーティン・ポッター。見開きで貼ってあるのは連続写真だ。動いている波のフェースに、振り子のような遠心力を使って切れのあるマニューバー・ラインを描く関谷《せきや》利博《としひろ》。みんな一流のサーファーたちだ。

「イメージトレーニングってやつさ」と僕は言った。「寝る前にじーっと見て、感覚を自分のものにするんだ。バスケでもやるだろ。ビデオ観たりして」

「大きな波」と彼女は言った。「合成写真みたいに見える」

実際、ハワイの波はばかでかい。去年ノースショアでこれくらいの波に乗った時、僕は本当に死にかけた。海底に引きずり込まれ、次から次へと波をくらって、はっきり(これは死ぬな)と思った。もうあと一つでも波が来ていれば、確実に溺れ死んでいただろう。肺の空気が全部なくなり、水をがぶがぶ飲み始めたところで、ぴたりと波が止んだ。セットが過ぎていったのだ。

「こんな波が本当にあるのも信じられないけど」藤沢はコーヒーをまた一口飲んだ。「こういう波に乗ろうだなんてバカなことを考える人間がいることのほうが、もっと信じられない」

　僕は笑ってしまった。

「まあな。俺も時々そう思うよ」

「そういえば、最近、うちの生徒がサーフィンしてて怪我したって聞いたけど」

　ぎくりとする。

「知ってる人？」

「うん……俺が教えてた先輩」

「え」

　僕は、川井先輩のことを話してやった。もちろんマリファナの件は伏せてだが、膝から岩に激突したと聞くなり、藤沢は眉をひそめて横を向いた。肩がぶるっと震える。

「寒いか」

　藤沢は首を横にふったが、僕は電気ストーブを彼女のほうへ押しやった。

「今ごろの海って、冷たいんじゃないの？」

「そりゃそうさ」

「じゃあ、どうして毎日入るの。試合のため？」

「いや、しばらく試合はないな。四月から十月の間はびっしりだけど。もしかして、見に来てくれるつもりだったとか」

「誰が」

口調はきつかったが、なぜか以前ほどの迫力はなかった。

「見たことないだろ、サーフィンの試合なんて」

うなずいた彼女に、僕は説明してやった。

選手は制限時間内に何本かの波に乗り、最高の演技を見せなければならない。そのために、なるべくいい波を選び、人より先に摑《つか》まえ、その波の崩れ方を読んだ上で技を組み立てて、審査員にアピールする。一回一回が真剣勝負だ。次の波でいいやと思っていると負ける。もういいやと思っても負ける。一緒に入った相手を見て（やばいな）と思った時もたいてい負ける。すでに気持ちが負けている証拠だからだ。

「残り時間なんて、へたにわかっちまうと焦るじゃん。だから俺、試合中に時計はしないことにしてる。とにかく、今そこに来る波だけに集中したいからさ」

藤沢は、うわの空だった。心ここにあらずという感じだ。

目の縁が赤い理由を、僕はあえて訊かなかった。もしかするとこの前のように無理やり訊いたほうがいいのかなとも思ったが、気がつかないふりをしているほうが僕自身も楽だったのだ。わけを聞いたところで、上手に慰める自信はない。

たぶん、例の兄貴のことで、ちょっと泣きたかっただけなのだろう。学校ではあんなに強そうに見えても、やっぱり女だもんな、と思ってみる。彼女でも泣きたい時は泣くのだと知ったら、かえって少し安心してしまった。

それより、何だったろう。こいつに会ったら話そうと思っていたことがあったような……。

「あ、思い出した」

訊きたいことがあるんだと言うと、藤沢は警戒して身構えた。

「なによ」

「あのさ、チエコってお前、知ってる？」

「は？」

「チエコ。なんか、酸っぱいもんと関係があるらしいんだけど、俺、何せ無学だからさ。お前に訊いたらわかるかと思って」

藤沢は、わけがわからないといった顔でこっちを見ている。

僕は、親父が昔ながらの夏みかんを懐かしがった話をしてやった。代わりにレモンでも買ってくるかと訊いたら、「俺は智恵子か」と言われたんだ……と、そこまで聞いたとたん、藤沢の眉根がひらいた。

「なんだ、高村光太郎《たかむらこうたろう》じゃない」と彼女は言った。「『智恵子抄』って、現国で習ったでしょ。覚えてないの？」

すっごく有名だよ、誰でも知ってるよ。

わざわざ力をこめて言われて、カチンときた。

「習った覚えはあるけど、中身は忘れたんだよ」と僕は言った。「すいませんね、歩どまりの悪い頭で。……で、それとレモンがどう関係あんだよ」

「うそ、『レモン哀歌』も覚えてないわけ？　教科書に載ってたでしょうが」

そういえばそんなのがあったような無かったような、と僕が言うと、藤沢はあきれた様子で首をふった。

「サーフィン得意でよかったね」

そうは言ったものの、藤沢はけっこう懇切ていねいに詩の内容を教えてくれた。智恵子というその女の歯が、いまわのきわにレモンをかじるくだりを聞いたとたん、一瞬、柑橘《かんきつ》系の香りが鼻の先をかすめたような気がした。

ガラガラガラ、と表のシャッターが閉まる。

「おーい」階段の下から克つぁんが怒鳴った。「俺らは帰るぞー」

僕が返事をすると、それからすぐにバイクと車のエンジンがかかり、排気音が遠ざかっていった。ヒロさんは、今夜は克つぁんのところに泊まるのだろう。窓の外はもうすっかり暗い。

藤沢が立ち上がった。

「私も、帰る」

引き止めるかわりに、

「休みが明けたらまた来いよ」

と言って、僕も立ち上がる。

「なによ。いいわよ、送らなくて」

「いや、ウェットとボードがまだほったらかしだから」

「あ、そっか。ごめん、邪魔して」

「俺が誘ったんじゃん」

藤沢のあとから階段を下りる。彼女のうなじのあたりで、伸びかけのショートヘアがはねている。

なんか調子狂うよな、と思った。この部屋で僕らが服を脱がなかったのはこれが初めてだが、どうでもいい話をしてコーヒーを一杯飲んだだけで、なんでこんなに心臓のあたりがむず痒くなるんだろう。

裏口から外へ出ると、冷たい空気が肌を刺した。

「じゃ」

と、藤沢が背を向けかける。

「また来いよ」

彼女はゆっくりふり返った。

「それ、さっきも聞いた」

「うん。店が開いてる時でも、全然かまわないからさ」

藤沢はそれには答えず、ただ、

「コーヒー、ごちそうさま」

と言った。

結局、宣言書の代理人の欄には僕が署名した。一応長男なんだから、と、姉貴はいいかげんなことを言う。

山・本・光・秀。

自分で書いたその字が、よく見ると親父の癖字とけっこう似ていることに気づいてげっそりした。お互いに意外なところで似るのは、母親と娘ばかりじゃないらしい。

おふくろが平日の昼間だけ付き添いに来ることに関しては、案の定、姉貴とひと揉めあった。でも、親父がたった二言で鎮めてしまった。

「俺が決めたんだ。文句あるか」

乾ききった唇でそんなことを言われたら、誰にも反論できやしない。

姉貴はあとで、さんざん僕にこぼしたり当たったりした。

「見なさいよ、この家。父さんの建てる家はね、家族のための家なのよ。それが、あの人が出てってからはもう、空き家みたいにがらんとしちゃって。私、この家をこんなふうにしたあの人が許せないのよ」

おふくろのことを、姉貴は一貫して「あの人」と呼んだ。

でも僕は、今回ばかりは何も言わず、なだめもたしなめもせずに、ひたすら聞き役に徹した。姉貴の性格なら、いっぺん言うだけ言って気がすめばいつまでも引きずったりはしないはずだ。こんな身内のいざこざまではさすがに克つぁんにも言えないんだろうし、とにかく僕は受け止めてやればいいんだと思った。

おふくろが来るようになったからというわけではないだろうが、親父の容態はこのところ安定していた。抗ガン剤の投与が一段落ついたせいかもしれない。顔に血の気が戻り、吐き気もましになって、茶わん蒸し程度のものなら口から食べられる時もあるようだった。

正月は家へ戻ってもいいと、担当の医者から許可がもらえたのは、大晦日《おおみそか》を明日に控えた日のことだった。

「痛みのほうは薬を出しますから」

寺山《てらやま》という担当医師は、姉貴と僕を別室に呼んで言った。

「正直申し上げて、これが最後の外泊になるかもしれません。ゆっくり過ごさせて差しあげて下さい」

三十七、八だろうか。銀縁の眼鏡《めがね》の奥にある目は冷静そのもので、これでもう少し愛想がよければいっぺんに看護師や女の患者にもてそうなのだが、何しろ無駄な笑いをいっさい見せない先生だった。病院内では腕がいいという評判なのだけれど、

（親父のガンを取っちまえなかったじゃないかよ）

つい、そう思ってしまう。悪いのはガンであって医者じゃないのに、誰かのせいにしないことには、うまく整理がつかないのだ。

あの宣言書を見た時、僕は確かに、親父が死につつあるという現実を思い知らされはした。でもまだ、納得できてはいない。あのわがままな親父が、どうして自分の死をあも冷静に受け入れられたのか、不思議でしょうがなかった。

大晦日の午後、病院まで雨宮さんが車で迎えに来てくれて、親父は久しぶりに家に帰った。

壁をつたってゆっくり歩き、ようやく自分の仕事部屋に入った親父は、傾斜した製図台や専門書の並んだ本棚をめずらしいものでも見るような目つきで眺めた。

事務所のスタッフにはもうとっくに退職金を出し、次の働き口を探すように指示したらしい。血を吐いて倒れた時に手がけていた仕事もけりがついて、親父の身辺整理はもはや万全と言ってよかった。

まぶしそうに目を細めて、壁に立てかけたロングボードを見やりながら、やがて親父はぽつりと言った。

「勝ち続けられるギャンブルは、無いわな」

「ギャンブル?」

「そうさ。俺は、ちょっとばかり早めにギャンブルに負けただけのことだ。今さら泣こうがわめこうが、金は返しちゃもらえない。こうなったら引き際だけでもいさぎよくして、意地を見せるさ」

親父は窓に近づき、いっぱいに開け放った。そして、僕がこの前そうしたように、ずいぶん長いあいだ冬晴れの海を見ていた。いつ海に入ろうと言い出すかと思ってひやひやしたが、そういう無茶はもう言わなかった。

――その夜中。

突然、吐き気と痛みがいっぺんに来た。薬を飲もうがどうしようが、まったく効かなかった。

除夜の鐘を響かせていたテレビは途中で消され、姉貴が雨宮さんに電話して来てもらって、親父は結局、たった一晩をうちで過ごすこともできずに病院へ戻ることになってしまった。

車の中で、親父は黙りこくってため息ばかりついた。自分がため息をついていることにも気づいていないようだった。

一晩の外泊にも耐えられないほど弱っていることを、医者ならどうしてわからなかったんだろう。我が家をひと目見られただけでもよしとするべきなのかもしれないが、この外泊のことを聞いたとたん子供みたいに喜んだ親父を思い出すと、かわいそうでたまらなかった。飴玉《あめだま》をやってすぐに取り上げるくらいなら、最初から与えなければいいのだ。

親父がまたため息をつき、低い声で言った。

「死ぬってのは……時間がかかるもんだな」

誰も、答えられなかった。

たまらないのは、「死」そのものよりも、死へと近づいていく過程で向き合わなければならないこういうことの一つひとつなんだろうなと僕は思った。いくつもの落胆や失望。その蓄積が、病人の気力をどんどん萎えさせていくのだ。

実際、その日を境に、親父はがっくり衰弱してしまった。

日に日に、階段を下りるみたいに悪くなっていく。それが、見ていてもはっきりわかった。

「医者の野郎、この期に及んで『できる限りのことはします』なんぞと言いやがる」

痛みに顔をひきつらせながら、親父は唸った。

「俺にはもう、『できる限り苦しめます』としか聞こえんぞ」

痛み止めの点滴もだんだん効かなくなり、かといってモルヒネの量を多くしてもらうと今度は幻覚を見てうなされる。朦朧としたまま、サイドテーブルに置いてあったはさみを取り、自分で点滴のチューブを切ってしまったことまであった。

年末年始の休暇に有給を合わせて取った姉貴が、せっかく来て顔をのぞきこんでも誰だかわからなかったりする。

「私よ。市子よ」

耳もとでそう言っても、

「違う。お前なんか市子じゃない。市子を呼べ」

天井に目を据えて、そう言い張る。

そんな時、姉貴は涙のいっぱいにたまった目で僕を見た。

「親父が言ってるんじゃないよ」と僕は慰めた。「薬が言わせてるんだ」

それが証拠に、翌朝にはまったく何も覚えていないのだった。

でも、親父はなぜか、おふくろのことだけは間違えなかった。モルヒネの投与のサイクルで、たまたまおふくろの来る昼間は頭のはっきりしていることが多かったせいもあるのかもしれないが、それにしても八年も離れていたのに不思議な話だった。僕は、姉貴がそのことを知らないですむことにほっとした。おふくろが来るのは、姉貴の来られない時ばかりだったからだ。

年が明けてすぐに個室が空き、親父はそこに移された。

一日のうち、眠っている時間のほうが徐々に長くなり、医者はとうとう膀胱《ぼうこう》へカテーテルを入れる指示を出した。そうしたほうが体は少しでも楽になるはずなのに、親父はひどくいやがった。排泄《はいせつ》まで人の世話になるなら生きてる意味はないだの、何時間かかっても自力で便所に立ってみせるだのと最後まで抵抗したが、本当に立ち上がれなくなるに至ってとうとう観念した。

一日に何度か、看護師が様子を確かめに来た。眠っている親父の横で、点滴の目盛りや尿の量や色などを次々にチェックし、手もとのカルテのようなものに書き留めていく。

手際がいいのは大いに結構なのだが、見ていると「医療」というより「作業」に近いというか、まるで親父というポンコツ機械の整備点検みたいな感じで、あまりいい気分はしなかった。でも姉貴は、看護師さんが皆さんよくやって下さる、と言ってありがたがっている。細かいことがいちいち気にさわるのは、単に僕が疲れていてナーバスになっているせいなのかもしれない。

今日の夕方チェックに来たのは二十代後半くらいの看護師で、彼女はひと通りの必要事項を書き留めると、薬でぼんやりしている親父の掛け布団をひょいとめくり、カテーテルの具合を直した。その拍子に、僕のところからは親父の器官がひっぱられるのが見えた。

子供のころ、ひそかな畏怖と羨望の対象だったそれは、今や、冷蔵庫の隅に三か月くらいほうっておかれたナスビのようだった。

大事な部分の扱いがぞんざいでも、親父はぼうっと目を半開きにしただけで、何も言わなかった。ほんの半月前だったらきっと、セクハラすれすれの嫌味でも言っていたことだろう。

看護師が出ていって、病室がしんとなる。

僕は、再び目を閉じてしまった親父の、土気色の顔を見おろした。

死ぬというのは、心臓が止まることじゃないんだと思った。死ぬというのは、こうして人との関わりを失っていくことをいうのだ。

今年は年賀状ががっくり減るかと思っていたけど、そうでもなかったわ。

元日の午後、母はほっとしたようにそう言った。

とはいえ中身はさまざまだったらしい。アキ兄のことを知って上手に力づけてくれる文面はごく少数で、中にはどんなに善意に解釈しても、薄っぺらな同情や皮肉にしか受け取れないようなものもあった。もちろん、全体の七割以上はあの事件のことなど知らないかのようだったが、果たしてそのうちの何割が本当に知らないでいるのかはわからなかった。

◆

三が日の間は分厚い束で郵便受けに入っていた年賀状の枚数が、日に日に少なくなっていき、やがてほとんど届かなくなると、冬休みが明けた。

始業式の数日後、私は、借りっぱなしだった例のお金を封筒に入れて光秀に返した。学校で誰かに見とがめられるのは嫌だったから、わざわざ彼の部屋まで持っていった。やっぱり、下のショップの定休日だった。

スタッフと顔を合わせるのが気まずかっただけで、べつに裏の意味はなかったのだけれど、いずれにしても光秀と私は結局服を脱ぎ、抱き合った。私たちにとってはそうすることのほうが当たり前で、そうしないでいることのほうが勇気がいったのだ。

胸と胸を合わせ、光秀の肌の熱さと、ずしりとした確かな重みを感じた時、ずいぶん久しぶりのような気がした。前回もほとんど一か月近い間があいたけれど、今回はそれ以上だ。これだけ長く抱き合わなかったのは初めてだった。

でも、何となくしっくり来なかったのはそのせいではないと思う。前と同じようにしているつもりなのに、光秀も私も、妙にぎこちなかった。

原因は、見当がついた。お互いを憎んでいるふりがうまくできなくなると同時に、二人とも、いったいどんなふうに抱き合えばいいのかわからなくなってしまったのだ。

恋人同士のように、体のすることに感情がぴったり重なるわけじゃない。かといって今となってはもう、体のすることから感情をまったく切り離しておくこともできない。彼を見つめ返す時、以前なら視線にトゲや嫌悪をてんこもりにすることができたのに、それすらも難しくなってしまっていた。

こちらがそんなふうだから、彼まで調子が狂ってしまったのだろうか。私たちは、いつまでたってもどこへも到達できなかった。これまでなら抱き合うだけで容易につかむことのできていたものに、今は指先すら届かない。いくら相手に合わせて動いても、もどかしさのやり取りがひたすら続くだけだ。苛立たしさのあまり、肌が粟《あわ》だちそうだった。

むやみに激しく動いてどうにか最後まで終えはしたものの、気分的には不完全燃焼もいいところだった。私だけじゃなく光秀のほうもそうだということが、腑《ふ》に落ちないその顔つきでわかった。

横たわり、乱れた息をととのえる。隣で彼も荒い息をついている。やがて彼が何か言いたそうに口をひらきかけたのを、

「ねえ」

私はさえぎった。今のことについてなんか、何も話したくない。

ゆっくりと寝返りを打って彼のほうを向き、

「川井先輩の具合、どう」

「……え？」

どうして急に先輩の話が出たのかわからなかったらしく、光秀は間の抜けた顔で私を見た。

「川井先輩よ。膝、怪我してたでしょ」

「あ、うん。まあ、少しずつましになってはいるみたいだけど。でも、何なんだよ、いきなり」

「ちょっとね。気になる噂を聞いたから」

光秀が腹ばいになって両ひじをつく。

「噂って、どんな」

「川井先輩が怪我した時、何か、やばいもの吸ってたらしい、って」

光秀の顔色が、変わった。

「ふうん」と、私は言った。「本当だったんだ」

「ばか、違うよ。あんまりアホくさい話でびっくりしただけさ」

「へえ」鼻先で笑ってやる。「どうでもいいけど、あんたって嘘つくのへたね」

「違うって言ってるだろ」

「いいじゃない。私にまでごまかさなくても」

光秀は黙ってしまった。

「誰にも言わないし」

「………」

それ以上取り繕っても無意味だと悟ったのだろう、観念したようにため息をつく。

「その噂……」噂、というところを強調して彼は言った。「お前、誰から聞いた？」

「聞いたっていうか、話してるのが聞こえただけなんだけど」

「だから、誰が話してたんだよ」

光秀が身動きした拍子にひっぱられた毛布を、私は取り戻すようにひっぱり返して胸を隠した。

それは、おとといの放課後、男子バスケ部のＯＢのうち東京の大学へ行った先輩たち四人が遊びに来て、現役の練習を見てくれた時のことだった。受験間近の私はもう、ふだんの部活には出ていないのだけれど、せっかくだからと隅から少しだけ見学させてもらっていた。と、そのうちに彼らの中の二人が、そばで一休みしながら低い声でしゃべり出したのだ。川井のやつが大怪我したって話聞いたか、とか、どうやら何かやばいもん吸ってたみたいだぞ、とか。やばいもん、というのが何のことだかはっきりとはわからなかったが、少なくとも、煙草ではなさそうだった。

「いったいそいつら、どこから聞いてきたんだよ」

と光秀が言った。すっかり顔つきが変わってしまっている。電気ストーブに照らされた横顔は血しぶきを浴びたように真っ赤で、まるで恨みごとを言いに出てきた亡霊みたいにみえる。

「池なんとかって人、知らない？」

「なに？」

「苗字《みようじ》に池がつく人。池田《いけだ》、じゃないし、池谷《いけたに》……違う、池……池……」

「もしかして、小池とか」

「あっそう、その人。知ってる？」

「そいつが何」

「先輩たちが言ってたのよ。『小池のやつも相手を考えて誘えばいいのにな』って。『川井みてえな単純バカ、どう考えたってそういうことには不向きじゃん』って。なによ、にらまないでよ。私が言ったんじゃないんだから」

「……悪い」

「いいけど」

コチ、と枕元で硬い音がした。目覚まし時計の短針が、セットしてある針と重なり合った音だ。手をのばし、倒れていた時計を起こして見ると、六時だった。光秀は今朝のこの時間に起きたのだろう。

「ねえ」

「うん？」

「『やばいもの』って、何」

彼は黙っていた。

「もしかして、大麻ってやつ？」

「…………」

やっぱりそうか、と思った。いつか都と見たポスターが頭をよぎる。

「あんたも知ってたの？　川井先輩がそういうの吸ってたこと」

「…………」

「そう。私からは聞くだけ聞いといて、自分から言うことは何もなしってわけ」

それでも彼が黙っているので、私は聞こえよがしのため息をついた。

「いいけどね、べつに。川井先輩のことなんて、知りたくもないし」

大嘘だった。あの人個人に興味があるわけではないけれど、したことについては大いに興味がある。

「それにしても、人は見かけによらないよね。私だって人のこと言えないけど、さすがにそういうもの吸うとこまでは思いつかなかったもの。川井先輩っておとなしそうに見えるのに、けっこう裏表激しいんだ」

「そんなんじゃねえよ」

むっとしたように、光秀は言った。

「どうして？　大麻なんかに手を出すなんて、ちょっと普通の神経じゃできないと思うけど」

「それを言うなら、お前や俺がしてきたことはどうなんだよ。普通の神経でできることだってのかよ」

ぐっと詰まる。

「先輩だって、最初はとくに吸いたくて吸ったわけじゃなかったさ。雰囲気でどうしてもそういうことになっちまっただけなんだ。ここで断わったらその場の空気がしらけるだろうとか、そういうのに抵抗するのもしんどいなとか、ついいろいろ思っちまって……」

どうしてそんなにむきになるんだろうと不審に思いたくなるくらい、彼は懸命に先輩を弁護した。まるで、身内か恋人のことでもかばっているみたいな勢いだった。

「見てたようなこと言うじゃない」と、私は言った。「どうしてそんなことがあんたにわかるのよ」

数秒の間、激しく迷った後——。

光秀は、何かから自分を引きはがすようにして、言った。

「見てたからさ」

「え」

彼の喉ぼとけが、ごくりと動く。

「初めての時は、俺もその場にいたからさ」

「うそでしょ」

「この部屋だったんだ。集まったのは」

「まさか、」

「ああ。俺も吸った」

声も出ない。

「あのファイアーストームの次の日の晩だよ。代休だったろ。昼間、お前に館山で会って、金渡して、夕方海に入って。その晩、小池先輩とか杉田先輩とかが連れだってここへ来たんだ。俺が吸ったのはそのとき一回きりだったけど、川井先輩は二回目であの事故にあった。運がねえよな」

「……バカじゃないの、あんたたち」

「百も承知だよ」

言いながら、彼は苦笑いを浮かべた。

「けど、お前だったら絶対吸わなかったって言えるか？　ちょっとくらいは興味あるだろうが。マリファナでハイになるってのがどんなふうなもんだか、知りたいって気持ちがさ。その場に居合わせたとして、自分だけは断われたって言い切れんのかよ」

「当たり前じゃない」

あまりにも光秀が愚かしく思えて、いらいらしてくる。

「そりゃね。あんたの言う通り、私だってとんでもないことといっぱいしてきたわよ、それは認める。正直言って、目の前に差し出されて吸ってみろって言われたとしたら、少しくらいは気持ちが揺れるかもしれない、それも認めるわよ。でも、きっと断わると思う。自分の正気がどっか行っちゃうなんてバカな真似、私だったら絶対にしない。それだけは我慢できないもの」

何が憐れだといって、自分がいま何をしているのかわからずに右往左往している生きものほど憐れに見えるものはない。そんなふうになった自分の姿を想像するだけで、耐えられなかった。絶対に御免だ。

けれど光秀は、私の言葉がひどく気にさわったようだった。

「バカ、バカって言うけどな。だいたい、もとはといえばお前がわけわかんないからいけないいんじゃないか」

全身に腹立たしさをにじませて食ってかかる。そう言われると、私もかちんときた。

「バカにバカって言っちゃいけないの」なんだか子供のけんかみたいだと思いながら、つい言い返す。「自分のバカさ加減を棚に上げて、人のせいにする気」

「せいにしてるわけじゃねえよ。ほんとにお前のせいなんだよ」

「私が何したっていうのよ」

「断わったじゃないか」

「はあ？」

「ファイアーストームの晩だよ。俺が誘いもしないうちから、お前、目ぇ吊り上げて断わったじゃないか」

「それがどうかしたの」

「どうかしたのって、あ……頭にきたんだよ！」

光秀は自分の大声にひるんだように一瞬黙ったが、再び口をひらいた時にはますます音量が上がり、加速もついていた。

「どうせお前にはわかんないだろうけどな。俺はべつに、断わられたことに腹が立ったわけじゃねえんだよ。お前にだって嫌な時があるって、それぐらいわかってる。けど、人の顔見るなりそのことしか言わないお前にむしゃくしゃしたんだよ。なのに、『それがどうかしたの』だ？　ったく、そういうやつだよな、お前は。いいかげん、こりごりだぜ。お前と関わりだしてから、ろくなことがねえよ」

ろくなことがないのは私だって同じだ。そもそも、彼に横浜で見られた時がケチのつき始めだったのだ。彼さえあそこにいなければ、私たちはそれこそこんな「わけわかんない」関係にならなくてよかったのだし、私は適当にどこかの誰かと寝ることを重ねて、どんどん自分を軽蔑する度合いを深めてさえいれば済んだはずなのだから。「ああ、そう」ことさらに冷淡な口調を選んで、私は言った。「悪いのは、みーんな私ってわけ」

「べつにそこまでは言ってないだろ」

「言ってるでしょ」

「言ってねえってば、この被害妄想」

「そんなに私のことが気にいらないなら、もう構わなきゃいいじゃない。これまでだって、何度も誘わなきゃよかったじゃない」

「るせえよ、お前」

「ほとんど毎回あんたのほうから誘ってきたくせに、よくもまあ今さらそんなことが言えたものよね。あきれるの通り越して感心しちゃう」

「黙れってば」

「でも、そういえばそうだっけ。あんたって最初からそうだったよね」

「黙れって言ってるだろ！」

「プライドばっかり高くって、自分だけはきれいなとこにいたい人だもんね」

肩をひっつかまれた。思わず悲鳴をあげたものの踏みとどまって、のしかかってきた彼をにらみ上げる。

「ひ……人って、ほんとのこと言われると怒るんだって」

無言の光秀が、首をしめそうな顔で私をにらみ返してきた。

内心、ちょっと後悔していた。言いすぎたかなとも思った。でも、これが半分くらいはいつもの私の八つ当たりであることを、光秀のほうでもわかっていると思った。わかった上で、これもいつものように見逃してくれるものと勝手に思いこんでいたのだ。なのに、

「確かにな。あたってるよ」

いつもとはまったく違う口調で、光秀は言った。

「俺はこの通り、プライドばっかり高いバカだよ。どうせ自分に甘くて弱くて、だらしねえよ。けど、言わせてもらえばな。今さらなのはお互いさまだろ。最初にここへ押しかけてきて、寝ない？　なんてぬかしたのはお前のほうだったじゃないか」

「………」

「そりゃあ、あのあと誘ったのはいつも俺だったさ。だけどお前だって、ほんとに俺とこういうことすんのが嫌なら、来なきゃよかったんだ」

私は唇をかんだ。いやなことを言う、と思った。

「俺の言うとおりにしなきゃ横浜でのことをばらされるなんて、まさか本気で思ってたとは言わせねえぞ」

地を這うような声で、彼は続けた。

「あんなもん、取り引きでも何でもない、ただの建前じゃないか。お前だってとっくに

わかってたはずだろ」

かみしめた唇から、かすかに鉄錆《てつさび》の味がする。光秀の大きな手が私の顎をつかむ。親指がゆっくりと、傷ついた唇をなぞっていく。ぞっとするほど優しいしぐさだったのに、降ってきた言葉は逆だった。

「いいか、これだけは言っとくぞ」

勝ち誇ったように、彼は言い放った。

「お前は、自分の意思でここへ来たんだ。ただ俺にやられたくて、我慢できなくて、せっせとここへ通ってきてたんだ。俺は、ただの一度だって無理強いなんかしてない。誰にでも脚ひろげる淫乱女のくせに、今頃んなって急に被害者ヅラすんじゃねえよ」

「………」

ぼんやりと、光秀を見上げる。

醒めきった頭の隅で、ぽつりと、

（裏切りだ）

と思った。裏切りも何も、彼に忠誠を求めるほうがどうかしているのだけれど、そう思ってしまった。

言わないはずだったのに。

それだけは、言わないはずだったのに。

突然、痛みがきた。胃袋の奥深く釣り針を呑みこんだ魚は、こんな痛みを味わうのだろうか。生きたまま、突き刺さった針に内臓を引きずり出される思いがして、私は低く呻いた。感情のすべてが出口を求めて喉もとへ押し寄せる。

うろたえて、光秀を押しのけた。そのへんに脱いであった服を手当たり次第につかみ、頭からかぶり、匂いで光秀のTシャツだとわかり、部屋の隅に投げつけ、違うのをひっつかんでかぶろうとした、そのとたん、後ろから手首をつかまれた。

ふりほどく。

「待てよ」

ふりほどく。

「待てったら」

二の腕をつかまれる。ふりほどく。何度ふりほどいても、またつかまれる。起き上がった光秀が、私を羽交い絞めにする。

「放してよ！」

「落ち着けって」

「放して！　……放せったら、ばか！」

「恵理！」

初めて名前を呼び捨てにされて、落ち着くどころかよけいにカッと血がのぼった。

私はもがいた。罠《わな》にかかった獣みたいに、めちゃくちゃにもがいて暴れた。暴れて、暴れて、背中から彼を引きはがそうとした。彼の腕が、鋼鉄の機械のような力で私を挟みつける。どんなに暴れてもびくともしない。どんどんきつく締めつけてくる。

そのうちに私は疲れ果てて動けなくなってしまった。

痛い。息ができない。

光秀の両腕にさらに力がこもる。けれど、それが私のしたことへの仕返しではなく、彼自身の後悔のためだとわかったのは、

「……めん」

その声が耳に入った時だった。

彼が低くつぶやく言葉の意味が、ずいぶん遅れて脳にまで届いた瞬間、私はようやく、それまで彼がずっとその言葉をくり返し言い続けていたことに気づいた。

腕に、際限なく力が加わっていく。そうしながら光秀がなおも、馬鹿の一つ覚えのように同じ言葉をくり返す。

骨がきしみ、息が詰まり、関節がはずれそうになり、痛みがとうとう限界にきて、私は思わず声をもらした。はっと光秀が腕をゆるめる。

「俺……」

呻きに近い声で、彼は言った。

「俺、こんなこと言うつもりじゃなかったんだ。なんかめちゃくちゃ腹立って、お前のこと傷つけてやりたくなって、それで……。ごめんな」

またしてもこみあげてこようとするものを、私はかろうじて飲み下した。喉の奥に、

まだ針が突き刺さっているような痛みがある。

「つまり、本音ってことよね」と、私は言った。「言うつもりもないのに口から出たんなら、それこそ本心ってことじゃない」

必死になって弁解するかと思ったのに、光秀は首を激しく横にふっただけで、黙っていた。腕は相変わらず私を抱きしめている。さっきまでの力まかせのそれとは違って、こわれものをかかえるような抱き方だった。――同情されてしまったのだ……とうとう。

私は、目をつぶった。

いったいどこで間違えたのだろう。今もって、どちらが主導権を握ったわけでもないはずなのに、どこであのバランスが崩れてしまったんだろう。

(もともと、こんなに続くことのほうが不思議だったんだから)

私から始めた以上、私から終わらせるのでなければ気が済まなかった。

目を開ける。

(あんたなんか、要らない)

そう言ってやるつもりで、息を吸いこむ。

「あんたなんか……」

と、ふいに――本当に、ふいにだった――目頭が焼けるように熱くなったかと思うと、ぼろぼろぼろっと両目から何かがあふれ出た。びっくりして、こらえようとしたら変な声がもれ、その間にも次々にこぼれ出たしずくが光秀の腕に落ちる。

「お、おい」

彼がのぞきこんでくる。

「やだ、ほっといてよっ」

あふれるものを両腕でぬぐい、

「あ……」

（あんたなんか）

早く言ってしまわなければともう一度息を吸い込み、

「あんたしか、いないんだもの！」

一気に叩きつけた。

光秀が凍りついた。

違う、間違えた、そうじゃなくて、

「あんたなんか……あんたなんか、大嫌いなんだから！」

「恵理」

「けど、しょうがないじゃない！　嫌いだって何だって、他にいないんだからどうしようもないじゃない！　……あんただけなんだもの……私が全部見せられるの……何にも隠さないでいられるの、悔しいけど、あ……あんたしか、いないんだも……」

「わかってる」光秀が私の肩に頬を押しつける。「ばかだな、お前。んなこと、とっくにわかってるよ」

「ああ、もう」

洟をすすりあげながら、私は悔しさのあまりに身悶《みもだ》えした。

「なんでよ。なんで私、こんなこと言ってんのよ」

光秀が私の肩をつかんで、自分のほうに向かせようとする。

私は抗《あらが》った。後悔で、叫び出しそうだった。安堵で、息が詰まりそうだった。

光秀が、力ずくで私を横たえようとする。それだけはさせまいと抵抗した拍子に鼻水が落ち、すすりあげたのに追いつかなかった。もう、自分でも手のほどこしようがない。ほとんど柔道の寝技のようにして組み伏せられ、上から押さえつけられる。私は顔をそむけた。ぎゅっと目を閉じる。

けれど光秀は、それ以上、力で私を従わせようとはしなかった。私の額に貼りついていた髪をそっとかきあげて隣に横たわり、腕枕をするみたいに私の頭を抱き寄せると、毛布を胸のあたりまで引き上げた。

もう、抗う気力もなかった。

光秀の腕は枕にするには少し太くて硬すぎたが、私はされるがままになっていた。部屋の暗さがありがたかった。とてもじゃないけれど、目を合わせることなんてできなかった。

頭のすぐ上で、彼の息づかいが聞こえる。私が何か言うのを待っているのか、じっと黙っている。

私も、黙っていた。意地で黙っていたわけじゃない。これ以上、言うことなど何もなかったのだ。これから先の一生ぶんをしゃべってしまったかと思うくらい、くたびれ果てていた。

光秀がごそごそと身動きする。鼻の先に彼の腋毛《わきげ》が触れて、私はくしゃみをこらえた。酸っぱい汗のにおいがしたけれど、不思議と、いやではなかった。

「なあ」

やがて口をひらいた時、光秀の声は穏やかにかすれていた。

「俺さ。……お前とあれすんの、好きでさ」

あっけにとられた。いったい何を言い出すのだ。

言った光秀も自分でおかしいと思ったのか、

「しょうがねえだろ、ほんとなんだから」くすりと笑った。「なんでって——そりゃ、気持ちいいからさ。気持ちいいから、お前とすんのが好きで……で、俺を気持ちよくしてくれるから、お前のこともその、けっこう、あれなわけだ。こういうこと言うと、どうせお前は嫌がるだろうけど」

「…………」

「最初のうちはそりゃ、お前のことが好きで抱いてたわけじゃなかった。でも、今じゃもう、あんましよくわかんないんだよな。つき合おう、とか言って始まったかもしんない俺らと、今の俺らとがどう違うのかさ。お前、そのへんわかる？　やっぱ、俺が頭悪いからわかんねえのかな」

　私は、黙っていた。

「聞いてる？」

「…………」

「恵理」

「聞いてるわよ」

　鼻が詰まっていて、奇妙な声になる。

「今さっき、お前、言ったろ。俺しかいない、って」

「…………」

「あれさ。俺もおんなじなんだよな」

　驚いて目を上げた。ぼんやり赤い暗がりの中に、彼の顔の輪郭が浮かびあがって見える。

「勘違いじゃないの、それ」動揺をさとられたくなくて、私はわざと冷たく言い放った。「あんたは、私にこだわってるわけじゃないわよ。私とのこういう関係がちょっとばかり特殊だから、それにこだわってるだけよ、きっと」

「そうかもしんない」彼はあっさりと認めた。「だからって何も変わりゃしねえよ。おんなじことだよ。まあ、正直なとこ、いまだにお前のことが好きで好きでたまんないとかってのとは、違ってるかもな。でも……」

小さく舌打ちをする。

「くそ、なんかうまく言えないな。けど俺、どういうわけか、他の女じゃだめなんだ。お前以外の誰も、欲しくないんだ」

ズキリとしたのは、心臓のあたりではなかった。体の芯の、あれをしている時にいちばん熱くなるのとちょうど同じ場所だった。疼くような甘い痛みがそこに走ったとたん、思わず声がもれそうになったほどだ。

光秀から強く求められているという感覚がそうさせたのかもしれない。求められているのが私の心ではなく体である以上、そこに痛みを感じるのは当然のような気がした。あるいはまた、彼の言葉を受け止めたのが心であるにもかかわらず体が痛むのは、その二つが別物でないことの証《あかし》のようにも思えた。

「俺ら、どっちもさ。何にもごまかしちゃいないだろ」光秀の吐息が私の額を湿らせる。「お前も、俺も、何もかも全部わかった上でやってる。そうだろ」

そうだ——。確かにそれは、その通りだ。

自分たちのしていることがほめられたものじゃないということなど、重々承知している。でも私たちは、いくらそれが後ろめたいからといって、相手のことを好きだと信じこもうなどとはしなかった。

光秀と私の間には初めから、いわゆる恋愛の情が入りこむ余地などなかった。と同時に、選択の余地もなかった。私には「どうしても」光秀が必要だったのだ。まず最初に、彼との契約が。次に、彼の体が。そして今ではもう、彼自身が。決して恋などではないけれど、恋でさえ、この執着にはかなわないかもしれない。

「俺を使えよ」

唐突に言われて、戸惑った。光秀が下目づかいに私を見る。

「お前に今、俺が必要なら、使っていいよ。今だけだっていい。俺のほうだって、いい思いしてるんだ、それこそお互いさまだろ。誰に迷惑かけてるわけじゃなし、そう難しく考えることないじゃんか」

「それ、本気で言ってるの」

「なんでさ」

「それってつまり、今さえよければいいってこと？　誰にも迷惑かけなければ、何をしてもいいってわけ？」

「あのなあ」あきれ返ったように、光秀は言った。「お前、俺といる時まで優等生やんのやめてくれよな。副生徒会長って呼ぶぞ」

「そういうことじゃなくて」

べつに、この期に及んでいい子ぶっているつもりはない。でも、それなら私があの晩、知らない男と寝てお金までもらったのはどうなのだと思った。あれすらも、誰にも迷惑かけていないという理屈だけで片づけられるのだろうか。だったらどうして、思い出すたびにこんなに嫌な気持ちになるんだろう。

あの晩のことを、私は、たとえば都には絶対に言えない。このさき誰か他に好きな人ができたとしても、その人にも言えない。親にも、そしていつか生まれないとも限らない自分の子供にも、やっぱり言えない。そういう未来永劫《みらいえいごう》の後ろめたさを産むような行為が、どうして、「難しく考えることない」の一言で済ませられるだろう。

けれど、光秀は続けた。

「今さえよけりゃそれでいいなんて、俺だって思ってねえよ。でも、これも正直なとこ、俺なんか、目の前のこと考えるだけで精一杯なんだ。俺らの今やってることがいいことだとは思わない。けど俺は、やっていいこと以外やんないで済むほど、強くねえんだよ」

私は、アキ兄のことを思った。

川井先輩を思った。

都を思い、そして、自分自身のことを思った。

(やっていいこと以外やんないで済むほど、強くねえんだよ)

「いいじゃん、べつに」と、光秀は言った。「お前いま、俺のこと、嫌いか?」

私は目をそらせた。

光秀が片ひじをついて体を起こす。

「ほんとに、『大嫌い』か?」

強情に目をそむける。光秀がのぞきこもうとする。

「言えよ、一ぺんくらい、ほんとのこと」

（もうさんざん言ったじゃない）

そう思いながら目を閉じる。光秀が顎をつかまえにくる。

「恵理。……なあってば」

私は——。

私は、とうとう、首を横にふった。

光秀が、息を吐き出すのがわかった。長いため息だった。

「じゃあさ。ひとつ頼みがあんだけど」

しぶしぶ目を開けると、すぐ上に、私を見おろす彼の顔があった。

「なに」

相変わらず、鼻は詰まったままだ。

「俺にだけはさ。いいじゃん」

「何がよ」

「許してくれたってさ」

「だから、何をよ」

「その……だからつまり、お前に優しくすんのをだよ」

自分で言っておいてどっと恥ずかしくなったらしく、彼はまるで怒ったように乱暴に私の胸に顔を伏せ、額をきつく押しあててきた。

熱い額だった。

――お前に優しくすんのをだよ。

やがて、私は重たい腕を持ち上げ、光秀の頭を抱きかかえた。少しして、彼の肩や背中からこわばりが抜け落ち、私の上にかかる重みが増した。

彼の髪をそっと指で梳《す》く。彼が、くぐもった喉声をもらす。

なだめるように、ゆっくりと撫で続けた。

そうしていると、なんだか、私が彼を産んだような気がした。

♠

そそりたつ波を思い浮かべる。

自分の実力の及ばなさを知ればこそ、どうしても立ち向かえない波がある。

岸から一目見ただけで萎えてしまうほどの、それこそドラッグの力でも借りなければ、まともな神経ではとても対峙《たいじ》できない相手。かなうはずのない敵。それでも立ち向かえと言われるのは、死んでこいと言われるに等しい。勇気と無謀は背中合わせだが、同じものじゃない。

〈お前の一番の問題はなあ、その弱さだよ！〉

あのときの克つぁんの言葉は、今でも烙印《らくいん》のように胸に残っている。そう、僕の当面の敵は波じゃなくて、僕自身だ。楽なほうへ楽なほうへと逃げたがる、自分の弱さだ。

でも僕は……いや、僕も恵理も、とにかく何とかして「今」をやり過ごさなきゃならない。未来もへったくれも、今のその先にしか存在しない。

それは、寄せてくる大波をくぐり抜けながら沖へ出ていくことに似ていた。自分を奮い立たせ、勇気と無謀の隙間に分け入るようにして水を掻く。海底に引きずりこまれて砂混じりの水を飲み、肺は酸素を求めてつぶれかけ、ようやく水面に顔を出して息をつくのもつかの間、次の波が覆いかぶさってくる。逃げ場はない。どこにもない。それでも僕らは波をくぐり続ける。あきらめたが最後だと、ひたすら自分に言い聞かせては、襲いかかる波をやり過ごす。そうしていつかふと、夢のように静まり返った沖へ出て、待つのだ。やがてめぐってくるかどうかもわからない、自分だけの波を。

恵理の指が、僕の髪を撫でている。

胸を圧迫していた息苦しさが、潮が引くように遠のいていく。

僕は、体を起こした。何かが喉のすぐ下のあたりまで出かかっているのだけれど、それを言葉に置き換えようとすると、どれも違うような気がしてしまう。

彼女の頭をかかえこみ、目の奥をのぞきこむ。

真っ黒な瞳が見つめ返してくる。

「俺が、覚えててやるよ」

「……え？」

「お前のしてきたこと、全部」

　恵理の顔がゆがみ、僕は慌てて言った。

「お前が忘れてくれって言ったら、ちゃんと忘れる。でも、それまでは俺が、ずっと覚えててやる。絶対、赦《ゆる》さないでいてやる。だから……安心しろよな」

　自分ではきっと、気づいていないのだろう。恵理は、すがりつくような目をしていた。それは、彼女が初めて僕に見せる表情だった。小さい子が泣くのを我慢している時みたいに、唇の下の顎の部分に桃の種のような皺が寄っている。なんだかたまらなくなって、「そのかわり、」僕は彼女の顎の皺を人さし指でなぞった。「お前もずっと覚えててくれよな、俺のしてきたこと。お前だけが全部知ってるんだ。俺って奴がほんとは、どんなに狡《ずる》くて、自分にばっか甘い、汚い野郎か。そういうの全部知ってるのは、この世でお前だけなんだからな」

　せつなげに寄せられた恵理の眉が、ひくっと痙攣《けいれん》する。彼女は目を閉じ、ためらいがちに僕の首に腕をまわしてきた。

　僕は、冷たくなった彼女の肩を抱きかかえた。互いの体を、しっかりと毛布でくるむ。僕の体温が伝わって、肩の先がだんだん温まっていき、彼女はやがて深いため息をもらした。

　僕らはもう、いやというほど思い知っていた。犯した罪に対して、ふさわしい罰を与えられずにいるのは、苦しい。そしてまた、正しくその人間を罰することができるのは、正しくその罪を知る者だけだということを。僕には、恵理。恵理には——僕しかいない。

「……ねえ」

「うん？」

恵理が、僕を見つめる。

みぞおちのあたりから、何か熱いものがせりあがってくる。喉もとで発酵しすぎて苦しいくらいだ。

これまでとはまったく違うやり方で、僕らはもう一度抱き合った。していることの一つひとつはさっきまでと同じでも、それぞれの持つ意味が違っていた。憎しみをぶつけ合うのではなく、相手を傷つける言葉で昏い悦《よろこ》びを得るのでもなしに、ただ、どうすればお互いの唇からもっと深い吐息を導き出せるかだけを考えて、僕らはゆっくりと動いた。

そんなふうなキスを交わしたのも初めてなら、体をつなぎ合ったまま別の話をするのも初めてだった。その体勢で僕が口にした冗談に、恵理がふき出したりするのももちろん初めてだった。少し前の涙のせいで、彼女の笑い方はまだしぶしぶといった感じだったけれど、それでも、さざめくような細かな振動が僕に伝わってきた。

深く、もっと深く、同化する。

寄せては返す波に似たうねりが、僕を受け入れ、翻弄し、漂わせる。

海を、抱いているような気がした。

違う。

彼女が、海を抱いているのだった。僕にとっては挑むものであり、永遠に対立するものでしかないあの海を、彼女はいともたやすく体の中に抱いているのだ。

目をつぶる。彼女の内部が確かな力で僕を押し戻そうとする。

その確かさに応えるように腰を動かしながら、僕は、まぶたの裏側で親父の萎《しお》れた股間を思い浮かべていた。あの親父も、かつてはこんなふうにおふくろを抱き、おふくろの海に自分を解き放ったのだ。だから今、僕がここにいる……。

ゆっくりと昇り、昇り、昇りつめていった恵理が、やがて、どこか幼い声をあげて達した。一瞬遅れて、僕も崩れ落ちる。

荒い息づかいが交叉《こうさ》する。彼女の胸の動悸が伝わってくる。

互いの体の熱。

噴き出す汗。

肌の弾力。

上下する胸。

そういうもののすべてが――生きているという、ただそのことが、むやみに哀しかった。

後から思えば、予感はあったのだ。

あまりにも晴れた日に特有のせつなさ。

その日は、まるで四月のようなうららかな陽気で、僕はわけもなく朝から落ち着かなかった。胸の中に満開の花びらが散りしきっているような、そんな物悲しい気ぜわしさがあった。

午後のフェリーで湘南へ帰るつもりで、とりあえず海に入り、熱いシャワーを浴びてから並びの定食屋へ朝飯を食いにいく。壁に並んだメニューを見渡した末に結局、昨日と同じものを頼んだ。

考えてみればこの三年近くこれをくり返してきたんだなと思ったら、柄にもなくしみじみしてしまった。この先何年でも同じことを続けられそうな気がするが、あと二年もたてば、この僕でも二十歳になる。嘘みたいな話だが自動的にそうなってしまう。おそらく、その頃にはもうここにいないだろう。

二年先、いや一年先の自分がどこで何をしているのかさえ、僕にはまるで想像がつかなかった。わかっているのは、やっぱり海に入っているだろうという、そのことだけだ。先の予想がつかない毎日というのは、不安でもあり、少し寂しくもあるけれど、代わりに、何ものにもかえがたい解放感がある。

人と同じレールの上には乗りたくない。波の上には決められたラインなんかない。あの流れるようなトム・カレン・ムーヴのように、僕は、自分で自分のラインを決めてやる。そう思えば、不安や寂しささえ、悪い気分じゃなかった。寂しさと縁のない「自由」なんて、あるわけがないのだ。親父やおふくろを見ていればよくわかる。

食いすぎて眠くなったが、部屋に戻る前に店のシャッターを開ける仕事があった。

今日と明日、克つぁんは親戚の結婚式で雨宮さんと一緒に新潟へ行っていて、留守は昼前に来る健ちゃんが預かることになっている。

大あくびをしながら鍵をさしこみ、ぐわらぐわらとシャッターを上まで押しあげた、その時だ。

「光秀！」

ふり返ると、駅のほうから走ってくるのは隆之だった。息を切らし、トレーナーの胸にまで汗が落ちている。

「おう、どうした」

訊くより早く、

「お前んとこ、バイクあったよな」隆之は僕の胸ぐらをつかみそうな勢いで言った。

「頼む、貸してくれ」

「何だよ、何があったんだよ」

「急いで行かなくちゃなんないとこがあるんだ」

「けどお前、確か免許……」

「ないけど乗れる」

「いや、乗れるのは知ってるけどさ。でもあれ、俺のバイクじゃないし、おまけに今日、持ち主いねえんだよ」

「バイクもか」

「え？」

「バイクもないのか」

「それは……あることは、あるけど」

克つぁんのバイクは今、裏庭に置いてある。昨日、ここから店の車に乗り換えて新潟へ行ったからだ。

「だけど、いくら何でも人のもん勝手に貸せねえよ。それに俺、これから出かけて今晩帰らないし」

「責任持って戻しとくからさ」

「スタッフにそんなとこ見られたら、貸したってバレちまうじゃん」

「じゃあ、店が閉まってからこっそり返しに来るよ。ならいいだろ」

いつもの隆之らしくないしつこさだ。

「でも、まずいよやっぱ」

「俺だってわかってんだよ、勝手なこと言ってるのは。けど、そこを何とかって頼んでるんじゃないか。この通り」

拝まれても困る。

「絶対迷惑かけねえから。なあ、ほんとに急ぐんだよ。他に頼れる奴いないし」

今にもその場で地団駄を踏みそうだ。

「けど、万一お前が事故ったらどうなるよ」

「絶対、事故んねえって。約束する」

「……ったく。どうしたってんだよ、いったい」

隆之は黙って、いらいらと僕を見た。わけを話したいが話せない、そんな顔だ。こめかみから頬を伝わって流れた汗が、顎の先にたまって、ぽとっと落ちる。

「わかったよ」僕はため息をついた。「そのかわり、絶対に内緒だからな。お前を信用して貸すんだからな」

隆之のごつい体から、ようやく緊張が半分くらい抜ける。

恩に着る、とやつは言った。

それでもやっぱり、ひどく後ろめたかった。裏庭から克つぁんのバイクを押して表に出しながらも、ＯＫしたことをさっそく後悔していた。

「ほんとに気をつけてくれよ。お前が事故ったり捕まったりしたら、俺までただじゃすまねえんだからな」

殴られた痣がようやく消えたばかりだというのに、これがバレたら今度は一発じゃ済まないかもしれない。克つぁんは、筋を通さないことをいちばん嫌う人なのだ。

今夜のうちに必ず元の場所へ戻しておくことと、ガソリンは減ったぶんだけきっちり入れることを条件に、隆之を見送る。心配なのはやまやまだが、いつまでも気を揉んでいてもしょうがない。

店の時計を見上げた。十時四十分。

健ちゃんが来たらすぐ出かけられるようにしておくかと二階へ上がったものの、だるくてついごろりと横になったところで、充電中の携帯が鳴った。液晶に並んでいるのは姉貴の携帯の番号だった。

「もしもし」

『どこ行ってたのよ！』

「ごめん、俺いま飯……」

『早く来て』せっぱつまった声で姉貴は言った。『すぐよ』

その瞬間、朝から感じていたのはこれだったのだとわかった。

フェリーより車でアクアラインを行ったほうが早いはずだと、健ちゃんがレジからタクシー代を出して貸してくれたのだが、土曜のせいか、高速に乗るまでの下の道はひどく混んでいた。

信号でもないところで止まるたびに、僕の膝は勝手にいらいらと動いた。隆之に貸したバイクさえあれば渋滞なんか関係なかったのだが、今さら考えたところでどうしようもない。

『おとといあたりから、いつもと少し様子が違ってたの』

気持ちがはりつめているせいで、姉貴はしゃべり方まで四角くこわばっていた。

『でもまさか、こんなに急だなんて』

親父は、朝方からふいに苦しみだしたらしい。病院から連絡をもらった姉貴が駆けつけた時には完全に意識がなかったばかりか、その口にはなんと、すでに人工呼吸器までが取り付けられていた。呼吸困難に陥ったために緊急の処置でつけたそうだが、そこまでしても、もってあと一日かそこらだろうと医者は言ったという。

聞いたとたんに、頭に血がのぼった。

そういう時にはもう何もしない約束だったじゃないかよ、すぐ止めてもらえよ、と僕が言うと、

『そんなこといったって』

電話の向こうで姉貴は半泣きになった。

『来れば、あんたにもわかるわよ。なんだか、想像してたのと違うのよ。最初からあんなものつけないで、そっと死なせたげることしか頭になかったけど、一度つけちゃったものを止めるのって、なんか……なんか、考えてたのと全然違うの。だって父さん、まだ生きてるのよ？』

タクシーは、這うように動いている。十メートル進んでは一分くらい止まる。

僕は膝頭を握りしめた。

どうすればいいんだろう。どうせ一日しかもたない命なら、たとえ動いている機械を止めてでも、親父の意思を尊重してやるべきなんだろうか。

本人に訊けたらどんなにいいかと思うが、まったく意識がないなら不可能だ。親父はもう、自分が何をされているか、今どんな状態にあるかすら、わかっていないかもしれない。ということは……どういうことだ？　このまま僕があと一日くらい、機械を止めろなどと物騒なことを言い出さずに黙って親父が死ぬのを待っていたところで、本人にはわからないということなんだろうか。それとも、意識がないように見えても本人にはまだちゃんと感覚があって、自分のされていることがすべてわかっているのだろうか。心の中では、一刻も早く楽にしてくれと叫んでいるんだろうか。

くそ、どうすればいいんだ。

こんなに誰かを頼りたくなったのは、生まれて初めてだった。なのに、こういう時に限って克つぁんも雨宮さんもいない。あの二人なら、親父が通そうとしていた最後の意思をなんとか理解しようと努めてくれたし、今では納得もしてくれている。こういう時にはいちばん頼りになったはずだ。いざ医者を説得する段になっても、僕や姉貴が言うより雨宮さんが言ったほうが、ずっとまともに取り合ってもらえるに違いないのだ。

アクセルをふかしすぎた運転手が、慌てて急ブレーキを踏んだ。

握りしめていたこぶしを開いて、僕はてのひらをジーンズになすりつけた。

今からこんなに弱気でどうするんだ、と唇をかみしめる。親父が代理人に選んだのは、雨宮さんでも克っぁんでもなくて、お前だろうが。

携帯が鳴った。

『今どこ』

と姉貴。

「もう少しで、高速」

『あとどれくらい？』

「たぶん一時間以上はかかると思う。親父は？」

『ほとんど変わりないわ。でも、息がすごく苦しそう』

「呼吸器ついてんじゃないのかよ」

『そうなんだけど、吸ったり吐いたりするたんびに、喉がぜろぜろいうの。看護師さんたちが痰《たん》を取ってくれても、またすぐたまっちゃって』

「このこと……その……」

『知らせたわよ』と姉貴は言った。『しょうがないでしょ』

事務所に電話をして連絡をとってもらったのだと姉貴は言った。おふくろはちょうど、ハワイだかどこだかへのツアー客に付き添って成田《なりた》へ行っているそうだ。予定ではそのまま添乗員まで務めるところだったのを、急遽《きゆうきよ》、広志さんが代わってくれることになり、搭乗時間ぎりぎりにバトンタッチして病院へ向かうという。

『それから、もうすぐ鵠沼の政子《まさこ》おばさんが来るって』

「え、うそ。なんで」

『父さんはああ言ってたけど、知らせないわけにはいかないじゃない。政子おばさんだって、兄の死に目にぐらい会いたいはずよ』

「そりゃ、そうだろうけど」

——悪いこた言わん。政子のやつに知らせるなら、俺が完全に死にきったことを確かめてからにしたほうが賢明だぞ。

以前、親父はそう言っていた。政子叔母は、あの宣言書のことを何も知らない。どうせ通夜の席で会うだけなら関係ないだろう、と親父が無責任なことを言ったからだ。

「で、義雄《よしお》おじさんは？」

『どうしても会議が抜けられないから、おばさんだけ先に来るって』

前の車の尻がまた赤く灯《とも》り、運転手が舌打ちをしてブレーキを踏む。

——俺は、ずっと好きに生きてきたんだ。

最後に家へ戻ったあの日、居間の安楽椅子に仰向けに横たわった親父は言った。

——死ぬ時もそうさせてもらう。最終的に尊重されるべきは、死んでいく本人の意思でなきゃならんはずだ。家族の同意があるに越したことはないだろうが、俺が家族だと思ってる人間はせいぜい、市子とお前だけだからな。後になって政子のやつが何と言おうが、放っとけ。

親父と鵠沼の政子叔母とがだんだん疎遠になっていったのは、八年前、親父がおふくろと別れたあたりからで、その後、祖父母が亡くなってからはなおさらだった。

根っからおとなしい義雄叔父のほうはともかく、姉貴も僕も、小さい頃から政子叔母が苦手だった。機嫌のいい時はころころよく笑う人だし、親父とはまったく正反対の常識的な人間なのだが、性格と言葉のきつさだけは親父の上を行っていたからだ。

それでも叔母は、病院には何度か見舞いに来てくれていた。ずっと会っていなかったならまだしも、今ごろになっていきなりあんな宣言書を見せられたら、いったい何と言うだろう。考えただけで、気が重くなる。

他には誰に知らせたんだよと訊くと、姉貴はそれで全部だと言った。克っぁんたちにも連絡していないという。

「嘘だろ」

『だって、今からすぐ駆けつけてもらったって間に合うかどうかもわからないし、向こうは明日が結婚式なのよ。聞かせるだけ迷惑じゃない』

なんて強い女だと思いかけたとたん、

『ねえ、光秀、早く来て』

と姉貴は言った。細い声だった。

もうすぐだからと言って、携帯を切る。

ふいにスピードが上がった。高速への坂を駆け上がったタクシーが、滑るように車線変更して車の流れに乗る。窓の両側に、やがて、海がひろがり始めた。

ようやくたどりついた病院の、正面玄関から駆けこんでホールを走り、エレベーターを四階で下りたとたん、姉貴と鉢合わせした。

「あ、光秀」

みるみるほっとした顔になって、姉貴は言った。

「ちょうど電話しに下りようとしたところ」

「なんかあったのか」

「ううん、なかなか来ないから」

「携帯は？」

「使う時は外に出ないといけないの」

中で使うと精密機械に影響が出るらしくて、と姉貴は言った。よほど緊張がゆるんだのか、話している間にもどんどん疲れた顔になっていく。取るものも取りあえず飛び出してきたのだろう、普段着のままで化粧っけはなく、目の下に黒々とくまを作っている。

ナースステーションの前を抜け、両側に病室の並ぶ廊下を早足で歩きながら、

「政子おばさん、来た？」

「うん、ついさっき」姉貴は小走りについてきた。「今、先生に話を聞きに行ってる。私の説明じゃ、頼りなかったみたい」

個室だけにつけられた重厚な木のドアが、今は内側へと開け放たれていた。奥の窓の

カーテンはおおかた引かれ、部屋は少し薄暗い。

一歩入るなり、思わず立ちすくんだ。

ベッドのまわりは機械だらけだった。足もとの奥のほうに四角いパソコン型の機械、手前の側に録音用のミキサーに似た台形の機械があり、それぞれがスチールの台車の上に載せられている。画面にはデジタルの数字が灯り、記号やアルファベットがずらりと並び、あっちからこっちへと何本ものコードが走り、白い蛇腹のホースが長々と延び、透明なビニールのチューブがからまり合い、それらの一端はすべて、真ん中のベッドに横たわる親父の身体につながれていた。

（……つぷしゅう……ぜろぜろぜろぜろ……）

我に返ると、ひどく耳ざわりな音が響いていた。まるでダースベーダーみたいな呼吸音に合わせて、毛布の胸のあたりが規則正しく上下している。

（……つぷしゅう……ぜろぜろぜろぜろ……）

何度かに一度、これも規則的に深呼吸が混じる。機械をよけながらおそるおそるそばへ寄ってみると、目を閉じた親父の口には透明なチューブがつっこまれ、はずれないように絆創膏《ばんそうこう》でべたべたと固定されていた。その両腕は白い帯のようなものでベッドの柵にくくりつけられている。

「なんだよ、これ」

ベッドの向こう側に姉貴が立って、親父を見下ろした。

「こうしておかないと、もがいてチューブをはずしちゃったら危ないからって、看護師さんが」

「それにしたって」

(……っぷしゅう……ぜろぜろぜろぜろ……)

胸の上下に合わせて、喉にからまった痰が音をたて、親父の喉ぼとけが苦しげに動き、眉根に皺が寄る。

「もう、自分の力じゃ息ができないの」

声をひそめて姉貴は言った。

(……っぷしゅう……ぜろぜろぜろぜろ……)

「意識は、完璧にないわけ?」

「呼んでみれば」

たじろいだ僕を見て、姉貴は親父の耳もとに口を寄せると、

「父さん」びっくりするほど大きな声で呼んだ。「父さん。聞こえる?」

(……っぷしゅう……ぜろぜろぜろぜろ……)

反応は、まったくなかった。

僕は、そろそろと手をのばした。血圧計の帯を巻かれた親父の腕に触れてみる。僕の指より親父の腕のほうが少し温かくて、じわりと熱が伝わってくる。手をひっこめた。さわるんじゃなかったと思った。

（……っぷしゅう……ぜろぜろぜろぜろぜろ……）

「例のあれは、どうした？」

「先生には今朝見せたわ」

姉貴の声はまた小さくなった。

「何つってた」

「前に一度、これに似たものは見たことがありますって。尊厳死協会の宣言書だったそうだけど。やっぱり、呼吸器につながれた末期の患者さんで、ただその時は本人に意識があったそうよ。もう苦しいから止めてくれっていう意思表示もあったんだって」

（……っぷしゅう……ぜろぜろぜろぜろぜろ……）

「で？」

「この病院では、それが初めてのケースだったらしくて、いろいろ大変だったみたい。本人の望み通りにしてやってほしいって家族は言うけど、ほんとに病院側の責任にならないのかとか、協会や医師会に問い合わせたりして……。揉めてる間に、その患者さん、亡くなっちゃったんだって」

（……っぷしゅう……ぜろぜろぜろぜろ……）

「責任を問われないことはもうわかってるけど、先生はやっぱり、呼吸器を止めることはしたくないって言うの。積極的な治療は取りやめるにしても、呼吸器まで止めるとなると、どうしても自分が死なせたみたいな罪悪感から逃れられないからって。それでも、本当に家族全員の意見が一致してて、決心が固いのなら、もう一度考えますとは言って下さってるけど……」

姉貴は口をつぐんだ。

「けど？」

（……っぷしゅう……ぜろぜろぜろぜろ……）

「けど、何だよ」

「政子おばさんが」

ふいに姉貴が、額に手をあててうつむいた。唇をゆがめて、泣くのをこらえている。

「なんだよ。なに言われたんだよ」

「…………」

「なあ」

姉貴はやっと額から手を離して、洟をすすった。

「あの書類を見るなり、冗談じゃないって、すごい剣幕」

「そんなの、姉貴に怒ったってしょうがないじゃないか」と僕は言った。「本人の意思なんだから。ちゃんと説明してやれよ」

「したわよ。したけど」

相当強く何か言われたのだろう。らしくもなく唇が震えている。

（……っぷしゅう……ぜろぜろぜろぜろ……）

僕は、こわばりそうになる舌を何とか動かした。

「おばさんに言われて、気が変わったっていうわけじゃないんだろ」

姉貴は目をそらした。

「よく、わかんない」

「情けないこと言わないでくれよ。いいのかよ、親父をこのままにしといて」

「だって、ほんとにわかんなくなっちゃったのよ。もう何が何だか……。お願い。あんたが決めて」

そりゃねえだろう、と言いかけて、口をつぐんだ。姉貴は、ほとんどぶっ倒れそうな顔をしていた。

「なあ」

「うん？」

「ちょっと、休んでくれば」

姉貴は長々とため息をついた。

「悪いけど、そうさせてもらうわ」

待合室にいるから、何かあったらすぐ呼んで、と言い残して病室を出ていく。

僕は、壁にたてかけられていたパイプ椅子を出して座った。

途中で姉貴がナースステーションにでも頼んだのだろうか、五分ほどすると看護師が二人入ってきて、親父の痰を吸引してくれた。呼吸器のチューブの途中部分をはずし、そこから吸引器をさしこむ。

でも、せっかくそうして取ってくれても、少したつと元の木阿弥《もくあみ》だった。

(……っぷしゅう……ぜろぜろぜろぜろ……)

(……っぷしゅう……ぜろぜろぜろぜろ……)

(……っぷしゅう……ぜろぜろぜろぜろ……)

こっちまで息が苦しくなってきて、僕は椅子の背もたれによりかかって深呼吸をした。親父の呼吸音に引きずられないように意識をそらせ、強引にこっちのリズムで息を整える。

(……っぷしゅう……ぜろぜろぜろぜろ……)

そうしながら、親父のなれの果てを眺めた。顔の下半分が絆創膏で隠れてしまっているために、表情もよくわからない。時おり苦しそうにするほかは何の反応もなく、ただ胸が上がったり下がったり、空気が出たり入ったりしているだけだ。

正直言って、なんだかもう、人間には見えなかった。親父が機械をつけているのじゃなく、機械が親父をくっつけたまま勝手に動き続けているように見える。おまけにそれらは、命を保ってくれているというより、親父に残っているはずの最後の何かまで吸い取っているように思えた。

少しでも助かる見込みのある患者ならともかく、親父の体はもうとっくにボロボロなのだ。何をしようが、親父が死んでいくのを止めることはできない。なのにこんな、人間であるようなないような、生きているようなないような状態で、意識もないまま、たった一日やそこら無理やり命を延ばしたからといって、いったい何になるというのだ。そのぶん長く苦しませるだけじゃないか。

いっそ……。

そう思ったとたん、酸っぱい胃液がこみあげてきた。あのバッド・トリップよりもっとひどい吐き気だった。必死にそれを飲み下す。つられたかのように、親父の喉までがひくっと動く。かすかに眉が寄る。

こんな親父を、あと何時間もこのまま放っておけというのか。こういう時のためにこそ、親父は僕にあの署名をさせたんじゃなかったのか。

皮肉にも、叔母から反対されたと聞かされたことが、逆に僕の決心を固めさせつつあった。姉貴の泣き顔も、それに拍車をかけていた。

でも、何より大きかったのは、一刻も早くここから解放されたいという思いだった。この責任の重圧と、迷いのもたらす胃の痛みや吐き気から逃れられるなら、これ以上、親父の喉にからまるこの音を聞かずに済むのなら、何だってしてやると思った。ほとんど脳の血管が切れそうだった。

「光秀」

はっと目を上げる。

ベッドの足もとに、政子叔母が立っていた。隣には、白衣を着た寺山医師。その後ろに姉貴。鼻の先を赤くして唇をかんでいる。

立ち上がった拍子に、がたっとパイプ椅子が動いた。

「市子から、話は聞いたわ」

親父とは対照的に小柄でぽっちゃりした叔母は、今日は全身黒ずくめだった。黒のスカートの上に、黒のセーター。叔母としてはＴＰＯを考えたつもりかもしれないが、その周到さを、僕は嫌だと思った。

(まだ死んでねえぞ)

口に出すのをぐっとこらえる。

「あきれて物も言えない」

と、叔母は言った。手の中にあるのは、あの白い封筒だった。

「こんな大事なことを、あんたたちだけで勝手に決めるなんて、いったいどういうつもりなの」

叔母の早口に、親父の呼吸音が重なる。

「いくら本人の希望だからって、一度つけた機械をはずすなんてことができるわけがないでしょう。非常識にもほどがあるわ」

地味な口紅を塗った唇を薄く引きしめ、政子叔母は僕をにらみつけた。目をそらし、親父の顔を見下ろす。

叔母と言い争いたくはなかった。僕だって好きでこんなことに関わってるわけじゃないんだと言いたかった。全部放りだし、どこか暗い隅っこに隠れて親父が死ぬのを待っていられたら、どれだけ楽か。

（……っぷしゅう……ぜろぜろぜろぜろ……）

でも、そういうわけにはいかないのだ。もしそんなことをすれば、僕は一生、この音から逃れられないだろう。どんな夢にうなされるかまで想像がつく。

（……っぷしゅう……ぜろぜろぜろぜろ……）

こんなのは親父じゃない。もう、親父とはいえない。最高の波に乗っている最中に、横からつっこんできた奴の舵板《スケッグ》でこめかみをざっくり切った時でも、いい波がもったいないからと浜にも戻らずに血まみれのままサーフィンを続けていた――それが親父なのだ。親父だったのだ。

（……っぷしゅう……ぜろぜろぜろぜろ……）

「おばさん」

機械的に上下する毛布を見つめる。

「俺、約束したんだ、親父と。ちゃんとその宣言書の通りにするって」

「だから、何だというの」

「だから……。先生」

寺山医師が僕を見た。

「全責任は、俺が持ちますから、」ひと息に続けた。「この機械、止めて下さい」

「ばか言いなさい！」

大声で叔母が叫んだ。

「何が責任よ、子供のくせに。人一人の命のことなのよ、誰が責任持てるっていうの。今この呼吸器を止めたりしたら、どうなるかわかってるの？　あんたたちのお父さんは、ものの三分で死ぬのよ？　そんなことが許されていいとでも思うの？」

「けど、本人がそうしてほしがってるんだ！」

こっちまで大声になる。

「本人には意識がないじゃないの」

「だから、そういう時のためにその宣言書を用意したんじゃないか。何言ってんだよ！」

「こんなものが何よ」

政子叔母は、封筒を皺くちゃに握りしめた。

「兄さんが今この瞬間も同じように考えてるなんて、どうしてわかるの。もし意識があったら、少しでも長く生きたいって言うかもしれないじゃないの」

「親父はそういう人間じゃねえんだってば。おばさんだって知ってるだろ？」

「たとえそうだとしても！」

がしゃん、と、叔母はベッドの足もとの柵を叩き、そのまま握りしめた。

「生きてる人の呼吸器を止めるなんてことが、できるわけないでしょう。そんなことをしたら、殺人も同じじゃないの」

「同じじゃねえよ！」

つかみかかりそうになる。同じじゃない。それとこれとは全然違う。いや、違うはずだ。どうしてわかってくれないのだ。

「こういうのは尊厳死っつって、ちゃんと認められてんだよ、あんたが知らねえだけで」

叔母が、ぎりぎりと僕をにらみながら黙る。その目に涙がたまっているのを見て、僕も口をつぐんだ。

政子叔母にしたって、何も意地悪で言っているのではない、むしろその逆なのだということもわかる、わかるけれど、頼むからもう口を出さないでくれと僕は思った。親父がもうすぐ死ぬ、それだけでもたまらないのに、なんでこんなやりきれない思いまでさせられなきゃならないんだ。

「お願いします、先生」

と、僕は言った。

「切ってください」

寺山医師が難しい顔をする。

「いや、こちらとしてももちろんその、患者の要望を容《い》れないというつもりではないんです。ただ、医者としては最後までできる限りのことをするのが義務だと、」

「そんな決まり文句が聞きたいんじゃねえよ」

鼻白んだように、寺山医師が黙る。

「そんなこと、俺だって親父だって最初からわかってる。だからこそ親父はその宣言書を書いたんだ。できる限りのことなんか、しないでもらうためにね」

「光秀！」

政子叔母を無視して、

「なあ、冗談じゃねえよな、姉貴」

寺山医師の後ろで姉貴がびくっとなる。両腕で自分の体を抱くようにしているその顔は、真っ青を通り越して真っ白だった。

「俺ら、何のためにあんな思いまでして署名させられたんだよ。親父だって、これじゃなんでわざわざこんなもん用意したんだか、わかりゃしねえよ。それもこれも全部、こういう時のためじゃなかったのかよ。なあ」

「光秀」と、政子叔母が言った。「あんたには、情ってもんがないの？　自分の父親に、一分でも長く生きてほしいとは思わないの？」

「思わないわけがねえだろ！　俺だって生きててほしいよ。けど、こんなのが生きてるっていえるのかよ」

指さすと、合いの手を入れるように親父が喉をぜろぜろ鳴らした。

「外から空気入れて、しゅぽしゅぽふくらまして……これじゃ、ポンプで飛ばすカエルのおもちゃと同じじゃねえかよ」

「……ひどいことを」政子叔母は、封筒を雑巾のように絞った。「よくもまあ、そんなひどいことを言えるものだわ」

「ひどいのはあんただろ？　親父はなあ、こうなることをいちばん嫌がってたんだ。それを、本人の希望も無視して無理やり生かしとくなんて、ひどくなくて何なんだよ。そんなの、ただの自己満足じゃねえかよ」

途中で、すすり泣きが聞こえてきた。姉貴だった。

（……っぷしゅう……ぜろぜろぜろぜろぜろ……）

こうしてまわりで言い争う声が、親父には聞こえているんだろうかと僕は思った。聞こえてるなら、起きて何とか言ってくれよ。

「自分の父親が、こんなに頑張って持ちこたえてるっていうのに」叔母は低い声で言った。「あんたは、見てて何とも思わないの？　え？　胸が痛まないの？」

激しい徒労感で、膝から力が抜けそうになる。感情がめちゃくちゃに渦巻いて、言葉が出てこない。

「なんて薄情な子だろう」

僕が黙っていると、叔母は首をふってつぶやいた。

「兄さんも、かわいそうに」

その瞬間、耳の奥で何かが切れた。

かわいそうに？　そんな陳腐な言葉で片づけられてたまるか！　親父がかわいそうなら、俺だってかわいそうなんだ。姉貴だって、あんただって、こうやって生きてくってことはもともと、かわいそうなことなんだ。死んでいく親父が最後に身をもって俺らに教えようとしたのは、つまりはそういうことなんじゃないのかよ……！

と、靴音が小走りに近づいてきて止まり、入口におふくろの顔がのぞいた。

「遅くなって……」

息を切らせながら言い、僕らを順番に見て、親父のベッドへと目を移す。とたんに、顔色が変わった。

「どういうこと？」

「それはこっちが訊きたいわ」

くしゃくしゃになった封筒をふりかざして、政子叔母はいきなり食ってかかった。

「ちょっと、美津江さん。あなたただそうね、最初にこんなもの持ってきたのは。どういうことだか聞かせてもらえない？」

「やめてくれよ、もう」と僕は言った。「おふくろは親父に頼まれただけなんだから」

「いいえ、どうせこの人が兄さんに変なこと吹き込んだに決まってるのよ。昔っからそう。だいたいこの人は……」

我慢の限界だった。

僕は大股に寺山医師のそばに近づくと、人工呼吸器の本体に手をのばして台車ごと引き寄せた。

「あっ、きみ」

「光秀？」叔母が向き直る。「ちょっと、何する気」

いくつものツマミとスイッチが並んでいる。

「光秀！」

いくら寺山医師に頼もうが、この叔母の反対がある限り無駄だ。それなら——

「俺が、止めてやるよ」

自分のものとも思えない声が出た。

悲鳴と共に、叔母が駆け寄る。僕はつかまれたひじをふり払った。電源のスイッチを探す。どれだかわからない。いや、どこにもついていない。

「くそ、どうやって止めんだよ、これ」

（……っぷしゅう……ぜろぜろぜろぜろぜろ……）

「教えてくれよ、先生。もう充分だろ？」

「しかし……」

寺山医師が神経質そうにてのひらで口をぬぐう。

と、本体の左側に小さな突起が見えた。

これか。

手を伸ばす。おかしいほど震えている。

叔母が、金切り声を上げて僕の腕にしがみついた。

「やめなさい光秀！　あんた、自分の父親を殺す気なの？」

人さし指をのばしたまま、

（……っぷしゅう……ぜろぜろぜろぜろ……）

僕はその音を聞いた。

（……っぷしゅう……ぜろぜろぜろぜろ……）

あと数センチ。

（……っぷしゅう……ぜろぜろぜろぜろ……）

このスイッチさえ切れば、親父は楽になれる。僕自身もだ。なのに、

（あんた、自分の父親を殺す気なの？）

どうして、手が動かないんだ？

「約束、したんだ」

息だけもれて、声にならない。

「俺……親父と、約束したんだ」

「光秀」

僕の前にまわり、ぐいぐい押して機械から引き離そうとしながら、

「光秀、やめて、お願いだから」叔母は、子供みたいに泣きじゃくった。「もう、わか

ったから、あんたが手を下すなんて残酷なことだけはやめなさい。そんなことしたら、あんた、きっと後悔する。一生後悔する。それでもどうしても機械を止めるっていうなら、せめて、先生に任せてちょうだい」

背中で、親父が喉を鳴らした。

僕は、のろのろと体を起こし、顔を上げた。

姉貴が、両手で口を覆っている。

寺山医師が蒼白《そうはく》な顔で僕を凝視する。

「いや、しかし」寺山医師は唾を飲みこんだ。「しかしそれは……」

そのときだ。

戸口にいたおふくろが動いた。つかつかつかつかと近づいてきて、寺山医師の横を、そして僕と叔母の前をすりぬけ、ベッドの枕元に立つ。

（……っぷしゅう……ぜろぜろぜろぜろぜろ……）

親父の喉ぼとけが、小刻みにひきつる。

おふくろは、親父の額の上に骨っぽい手をそっとおいた。眉の間に寄せられた縦皺を、なだめるように親指でさする。

（……っぷしゅう……ぜろぜろぜろぜろぜろ……）

やがて、おふくろは僕のほうをふり返って、親父から手を離した。その手が、まっすぐに機械へと伸びる。

カチ
と、小さな音がした。

どこから風が入ってくるんだろう。コーヒーの湯気が、左へ流れている。

廊下は薄暗い。天井の蛍光灯が一本切れているせいだ。

ときどき上のほうの階から台車を転がすような音が聞こえたり、目の前のエレベーターが低く唸ったりするが、ここに止まることはめったになかった。

しばらく前から、僕は親父を待っている。今ごろ親父は、きれいに洗ってもらっているところだ。そういうことをするための場所が、この病院のどこにあるのかは知らない。とにかくそれが終わったら、この奥の霊安室に運ばれてくることになっている。

遅いな、と腕時計をのぞいて、

(七時半?)

一瞬、止まっているのかと思った。とっくに十時はまわったものとばかり思っていたのだが、でも、そう、考えてみればそんなはずはない。僕が病院に駆けつけたのが三時少し前だから、今が七時半でたぶん間違いはない。

そう思い直しても、やっぱり違和感があった。隆之と会ってバイクを貸したのが、一か月くらい前のように思える。

上着の前を合わせ、襟を立てた。首筋がすうすうしてかなわない。ジーンズのすそからも冷えが這いのぼってくる。背中を丸めて、コーヒーをすすった。自動販売機で買った紙コップのやつで、うまくもまずくもないが、とりあえず体だけは温まる。

おふくろと姉貴には、もう少し暖かい上の階の待合室で休んでもらっていた。政子叔母は、夕方来てくれた義雄叔父と一緒に、とりあえず鵠沼に戻った。

親父が息を引き取ってからはもう、叔母は僕やおふくろを責める言葉を口にしなかったが、それは本当にすべて納得したからというより、泣き疲れて言葉も出ないというのに近かった。僕にとってはたった一人の父親だが、叔母にとっても、たった一人の兄だったのだ。今頃、そんなことを思ってみる。

明日が通夜で、あさってが葬式。先は長そうだ。親父の遺灰を海に撒く件でまた誰かとひと悶着あるかもしれないと思ったらうんざりしたが、今さら投げ出すわけにもいかなかった。これ以上、おふくろに尻拭いはさせられない。今だってすでに、充分情けないのだ。

コーヒーをもう一口すする。湯気で鼻の穴がしっとり湿る。食道を通って胃袋へと落ちていく液体を感じながら、僕は、熱いため息をついた。

あのあと――親父は、ほとんど苦しまなかった。寺山医師が近づいて口もとの絆創膏をはがし、チューブを喉から抜き取ってやると、親父の口から深々と息がもれた。何度か喉ぼとけが上下して、何か言うんじゃないかとまわりははっとなったが、そんな劇的なことは起こらなかった。それっきりだった。あんなにあっけないものだなんて、死んだ本人も驚いたろう。

カシャン、カラカラカラ……と近づいてくる音に目を上げる。

廊下の奥のドアが開き、コロのついた寝台が運び込まれるのが見え、しばらく人声と物音がしていたかと思うと、やがて看護師が僕を呼びにきた。

おふくろたちにも知らせてやろうかと思いはしたものの、まあ今さら急ぐ必要もないしな、と看護師の後についていく。さっき一度コーヒーを差し入れに行った時、おふくろと姉貴はめずらしく並んで座り、ぽつりぽつりと穏やかに話をしていた。もう少し、あのままにしておきたい気がする。

紺色のカーディガンを羽織った若い看護師は、神妙な顔で僕をその部屋に通し、寒そうに腕をかかえて出ていった。

がらんと広い部屋の片側の壁に、祭壇がしつらえられ、白い花が飾られている。ろうそくの炎の揺れる祭壇の真ん前に置かれたベッドに、親父は一人、でんといばって横たわっていた。

ったく、でけえ男だなと思いながら、脇に置かれた椅子に腰をおろして白い四角い布を眺めた。なんだか親父の悪ふざけみたいに見える。あまりにも何から何までドラマで見るのとそっくり同じなので、おちょくられているような気分になってくる。じつはそのへんに隠しカメラが仕掛けてあって、そのうちにいきなり親父が起き上がったりするんじゃねえだろうな、と非現実的なことをぼんやり考える。

四角い布をどけようかどうしようか、少しの間迷ったものの、結局そのままにしておくことにした。

あの宣言書の希望通り、親父のパーツは今も、どれ一つ欠けることなく体の中におさまっている。それなのに、さっきは生きてて今は死んでるってのはどういうことなんだろうと僕は思った。呼吸器のスイッチを切る前と後とを比べても、胸が上下するのをやめ、喉が音をたてなくなったことを除けばどこも変わっていないように見えたのに、いったい何がこちら側とあちら側を分けるのだろう。

まっすぐ座っているのにくたびれてきて、親父の腕のかたわらあたりに頬杖をつく。消毒薬っぽいにおいがツンときて、思わず顔をしかめた。

「生」と「死」との間には、もっと明確な境界があるものとばかり思っていた。でも実際は、その二つはほとんど同じものなのかもしれない。もののたとえではなく、僕だって明日の朝起きたら死んでいるかもしれないのだ。

たぶん、恵理の兄貴が死なせてしまった女もそんな感じだったのだろう。あの川井先輩にしたって、岩にぶつけたのが膝じゃなく頭だったら一発でお陀仏《だぶつ》だったはずだ。

ノースショアで巨大な波に呑まれた時の感覚が、ありありとよみがえる。意識が遠のくにつれて、息苦しさも薄れていった……あの時僕がいた場所のすぐ向こうは、いま親父がいる場所なのだ。

顔にかけられた白い布は、中央で盛り上がっていた。親父の鼻がでかいせいだ。布の端がナプキンのようにちゃんと縫ってあるのを見て、こういうのを作ってる業者もいるってことだよな、と、またどうでもいいことを考える。

元気な頃の親父の顔がどんなだったか、今ではもううまく思い出せなかった。最後のほうの印象があまりにひどすぎたのだ。

親父が死んだという事実がまだぴんとこないせいか、悲しいという感情もいまひとつ湧いてこない。さっき病室で死に顔を見ていた間も、頭の中は妙に静かで、姉貴が親父に取りすがって泣くのを見た時だけはさすがに目頭が熱くなったが、それすらもどちらかというと貰《もら》い泣《な》きという感じだった。

ひょっとすると、叔母の言うとおりなのかもしれない。僕は、人より薄情なのだろう。だから自分の父親の呼吸器を止めようだなんて言い出せたのだ。おまけに、言うだけ言ったくせに自分で手を下す勇気まではなくて、結局おふくろにやらせてしまった。最低だ。

もしあの時、おふくろがスイッチを切らなかったら、寺山医師はどうしていただろうなと思ってみる。いや、僕はどうしていただろう。きっと自分で切っていた、と今思えるのは、すでに親父がこうして死んでいるからで、まだ息をしていたあの瞬間に本当に切ることができていたかどうかは、いくら考えてもわからなかった。切らなかったことを今、めちゃくちゃ後悔しているけれど、切っていればこういう思いをしないで済んだかといえばそれもわからない。その場合は切ったことを後悔していたかもしれない。

考えれば考えるほど、自分のしたことが正しかったのかどうか自信が持てなくなってくる。親父を楽にしてやりたかったなんていうのは大嘘で、僕が楽になりたかっただけなんじゃないか。叔母の言うように、親父は一分一秒でも長く生きていたかったんじゃないか。醜態をさらすまいと意地を張っていたけれど、本心は別のところにあって、心の底では僕がそれに気づくことを望んでいたんじゃないのか……。そう考えると、怖ろしさに叫び出したくなってくる。目をつぶって、ぐっと飲み下す。

ふいに携帯が鳴って、飛びあがった。

電子音が人を茶化すように能天気なメロディを奏でる。親父が目を覚ましそうで、慌ててポケットに手をつっこみながら、そういえば病院内はまずいんだっけなと一瞬思ったが、仕方ない、ひっぱり出す。恵理の番号が並んでいた。

「……はい、もしもし」

声がかれてしまっている。よく怒鳴ったせいだ。

『私』

と恵理は言った。このまえ会ったのが水曜だから、話すのは三日ぶりだ。

『今、いい?』

「……うん」

『あ、誰か一緒？　なら後にするけど』

「いや」白い布を見やって答える。「一人だよ。何？」

部屋が広いせいか、やけに声が響く。

『あのね』ためらいがちに、恵理は言った。『明日、ちょっと会える？』

「いや、無理だな」答えてから、冷たく聞こえた気がしてつけたした。「いま俺、こっちに帰ってきてんだわ」

『そっか。じゃあ、どうしよう』

「何が」

『うん？　――うん』

「どうした」

もう一度うながすと、彼女はようやく言った。

『夏みかんがね』

「え？」

『今日、兄貴のとこへ面会に行ってきたの。そしたら、帰ってくる途中の家に大きい夏みかんの木があって、訊いてみたら、昔の酸っぱいやつだって』

「……………」

『少しだけどわけてもらってきたから、もしよかったら、その、どうかなと思って』

僕は、白い布を見つめた。

『試しに一つだけ味見してみたけど、ほんとにすっごい酸っぱいよ』

僕は、白い布を見つめた。

『聞いてる？』

「…………」

『やっぱり、おせっかいだったかな』

「…………」

『もしもし？　あれ、切れちゃった？』

口をひらきかけ、また閉じる。

親父は、死んだ。もう二度と、何も食うことはない。食わなくていい。腹もへらなければ、喉も渇かない。あの憎まれ口を聞かされることも、くさい屁をかがされることも、金輪際、ない。親父は、とうとう、死んだのだ。

白い布が、ゆらゆら揺れながらにじんでいく。

『もしもし、聞こえてる？　……もしもし、光秀？』

こらえ、きれなかった。

一気にすべてがあふれ出した。視界いっぱいに横なぐりの雨が降りかかる。

長々と洟をすすりあげる音を聞いて、恵理が、小さく息をのむのがわかった。

「ごめん、俺……」袖で目をぬぐう。「俺、こんなはずじゃ……」

恵理は、ひっそりと黙っていた。

糸をたぐりよせるみたいにして、彼女の沈黙に耳をこらす。かすかにだけれど、気配が聞きとれる。この細い電波でつながれた向こう側のどこかで、彼女は、確かに生きて、呼吸していた。

耳に携帯を押しあてたまま、手をのばした。白い布の片隅をつまんで引っぱる。

何も、見えなかった。

海の底から空を見上げた時のように、目の前が銀色に濡れてぼやけて、何も見えなかった。

◆

ゆるやかに湾曲しながら彼方まで続く海岸が、朝もやの名残りにけぶっている。

波打ち際を大きなゴールデン・レトリーバーが笑いながら走ってきて、ばしゃばしゃ水しぶきをはね散らかし、私を見てぴたっと立ち止まったかと思うと、また飼い主のところへと駆け戻っていった。

朝日に光る海面は、うねり、立ち上がり、端からゆったりと崩れていく。うち寄せてきた波が私の足先を濡らしそうになっては、寸前であきらめたように引き返していきながらぷちぷち音をたてて砂地にしみこむ。

濡れて柔らかくなった砂に、蟹《かに》が一匹、慌てて潜りこんだ。

晴れているぶんだけ、風は冷たい。それでも、後ろの松林との間の駐車場には、休日のサーフィンを遠くから楽しみにきた人たちの４ＷＤ車がずらりと並んでいた。

こんな中で彼を見分けられるだろうかとちょっと気になっていたのだけれど、そんな心配はいらなかった。似たようなウェットスーツに身を包んだ、レベルもスタイルもさまざまな人たちの中で、一人だけやけに目立つ人がいると思ったら、それが光秀だったのだ。

ウェット姿は見慣れていたものの、光秀が実際にサーフィンをしているところを見るのは、これが初めてだった。世界大会にまで出るくらいだから上手なんだろうとは思っていたけれど、まさかこれほどとは知らなかった。

まるで巨大な軟体動物とじゃれ合っているみたいに、光秀は青い波のおなかをするする滑り下り、駆け上がり、また滑り下りる。すごい。いつもの光秀と全然違う。というより、こちらのほうが本当の光秀なのかもしれない。

波の間を自在に駆け抜けていく彼は、分厚い着ぐるみを脱ぎ捨てたかのように身軽に見えた。なんだか、一人だけ特殊な進化をとげた生きものみたいだった。

何度も、何度も、ボードの上に腹ばいになって沖へこぎ出して行っては、波をつかまえて立ち上がる。私がここから見ていることには気づいていない。

小さかった光秀にサーフィンを教えたのは、亡くなったお父さんだそうだ。

ああして波に挑んでいる間じゅう、彼はいったいどんなことを考えているんだろう。

お父さんのことも、少しは思い出したりするんだろうか。それとも、テクニックを磨くことだけで頭がいっぱいなんだろうか。あるいはまた、以前、部屋で話してくれたみたいに、いま乗っているその波のこと以外は本当に頭にないんだろうか。

もしそうなら、うらやましい、と思った。私はまだ、あんなふうに我を忘れるほど打ちこめるものを何も持っていない。

この前のセンター試験の結果から、目指す大学をいくつかに絞ってはみたけれど、たとえ希望したところに受かったとしてもそこでいったい何をすればいいのか、私にはさっぱりわからなかった。自分が何のために大学へ行こうとしているのか、いまだにその答えすら見つからない。積極的にやりたいことが一つもない。

あのアキ兄でさえ、大学へはちゃんと目的を持って入ったのにな、と思ってみる。あれでもアキ兄は、農学部をかなりの成績で出たのだ。まあ、いくら真面目に勉強に励んだからといって、必ずしもその後の人生がうまくいくというわけではなさそうだけれど。

不肖の息子に会うために、母は今日も早起きして東京へ出かけていった。面会が許されるようになって以来、もうこれで四度目だ。

逮捕されて強制的にアルコールを断たれる羽目になったせいで、久しぶりに会った時、アキ兄は少し太っていた。肌の色もつやつやして、ひどく元気そうな息子を見たとたん、母は面会室で泣いた。安堵と、そして、死んだ女の人への申し訳なさのためだった。

公判は来月に入ってからだし、判決が出るのはさらにその一、二週間先になるそうだけれど、刑期が何年になるにしろ、母はこれから毎週末、ああして出かけていくつもりなのだろう。

海鳴りが、おなかの底に響く。

じかに砂の上に腰をおろして、私は、ジーンズの膝をかかえた。

砂金を溶かしこんだように輝く海を眺めているうち、催眠術にかかったみたいに気持ちよくなってくる。頭の中が洗い流され、脳みその皺にこびりついていた垢《あか》までが全部はがれ落ちていく。

数日前の、都の言葉が頭に浮かんだ。

彼女が言っていたのはきっと、こういうことに違いなかった。

「ちょうど、ぼんやり海を眺めてる時みたいなの」

あの日も、放課後の音楽準備室だった。

「こうして弾いてると、頭の中がどんどんからっぽになっていって、すごく気持ちいいの。知らないうちに一種のトランス状態に入っちゃうっていうか」

音楽室に忘れてきたノートを探しに行ってみたら、隣の部屋からピアノが聞こえてきて、のぞいてみるとやっぱり都だったのだ。たとえ一度も聴いたことのない曲でも、都が弾いていれば私にはすぐわかる。

「それだけ弾けて、音大受けないなんてもったいないよ」と、私は言った。「せっかく才能あるのに」

「ありがと」都はにこっとした。「でも、どうせ才能で勝負するなら、あたし、写真のほうに進みたいの。だから、大学へも行かないつもり」

クラスの教室が並ぶ本館とは別棟にあるせいで、ここはひどく静かだった。ほかの生徒の気配もない。放課後のざわめきも、窓の外、少し離れたテニスコートからかすかに届くだけだ。

グランドピアノに寄りかかって立ち、私は、都の指が鮮やかに鍵盤の上を動きまわるのを見つめた。

天は二物を与えず、なんて嘘だと思う。才能というのは、与えられる人には三つでも四つでも与えられるのだ。それが証拠に、都の撮った写真はまたあのカメラ雑誌に載った。今度もやっぱり、鷺沢隆之のポートレートだった。

「進路指導の坂上《さかがみ》にしぼられちゃった」

右手のスケールを何度も練習しながら、都はくすっと笑った。

「『何を考えとるんだ、あんなヌードまがいの写真』だって。ヌードまがいなんじゃなくて、ヌードなのにねえ」

恵理も見てくれた？　と訊かれて、とっさに嘘をつく。

「ごめん、まだ」

本当は、雑誌が出たその日のうちに買って帰ったのだ。網膜が焼け焦げるくらい眺めたから、隅々までくっきりと思い浮かべられる。ヌードといっても上半身だけだったけれど、坂上先生が過敏に反応するのもわからなくはなかった。あの一見そっけないモノクロの写真からは、でも、挑むようなエロティシズムがたちのぼっていたからだ。ラグビーで鍛えた隆之の筋肉の付き方は、光秀のそれともまた違っていて、まるで切り出してきたばかりの岩のようにごつごつしていた。彼が背にした壁の質感や、お尻の下のベッドカバーの模様で、私にはそれが都の部屋だとわかった。ジーンズのジッパーを半分以上おろし、立てた片膝に腕を置いて、隆之はめんどくさそうにこっちをにらんでいた。もう片方の足は画面の手前に向かって投げ出されているために、はだしの足の裏が大きかった。

ふだんはポーカーフェースの隆之も、都にだけはあんな表情を見せるのだ。まるで叱られてすねている子供のような、あんな顔を。

潮が満ちるようにゆっくりと、蒼い寂しさが毛穴からしみこんできて、私の内側をしんと冷やしていった。

「坂上ってば、あたしが大学行かないで写真の専門学校へ行くって言ったら、猛反対。本人が行きたいって言ってるんだから、ほっときゃいいのにね」

まるで人ごとみたいに言いながら、都は指先で和音をまさぐる。耳で覚えた曲を思い出しながら弾いているらしく、ときどき首をかしげながらも、すぐにまた正しい音をさぐりあてていく。

「写真なんてアナーキーなもの、のめり込んだからって何になるんだとか、今は夢中でもどうせすぐ醒めるとかって。失礼だよねえ。人がこれから真剣にやろうとしてるもののこと、そんなふうに言う人の意見なんて、あたし、まともに聞く気がしない。そう思わない？」

淡々とした口調で話すその表情の向こうに、誰に何を言われようがすでに自分の進む道を決めてしまった彼女の、自信と、余裕と、同時に孤独までが透けて見えるようで、私はただただ寂しかった。

「恵理は、大学行くんでしょ」

弾きながら顔を上げ、都は、猫みたいな大きな瞳で私を見つめた。

「入れてくれるところがあればね」

と私は言った。

「何言ってんの、恵理ならどこだって受かるわよ」と都は笑った。「もう、どこ受けるかも決めたんでしょ」

「うん。二次の願書は出したけど」

「東京の大学？」

「とも限んない。いろいろ」と私は言った。「ここんとこ、うちもごたごたしてるし、できれば家から通えるに越したことはないんだけどね」

「でも、本当に恵理が行きたいところへ行くのがいちばんいいよ。あんたってばすぐ、まわりの都合に自分を合わせちゃおうとするから、ちょっと心配」

「………」

「まあ、そこが恵理のいいとこでもあるんだけど？」

笑みを含んだ目で私を見る。「ふんだ」と鼻に皺を寄せて笑ってみせながら、私はその都の言葉を、いつでもまた取り出して聞けるように、大事に胸の奥にしまいこんだ。

都の指が、さっきまでよりなめらかに動きだす。

「きれいな曲だね、それ」と言ってみた。「何て曲？」

「うーん、訊き損ねちゃった」と、都は言った。「幼なじみのピアニストが作った曲なんだけど。彼が弾いて聞かせてくれたのを真似して弾いてみてるだけだから、これもほんとはうろ覚えっていうか、かなり適当」

それでも、一度聴いたらちょっと忘れられないくらい印象的な旋律だった。ジャズっぽいブルーノートが折り重なった間から、美しくてせつない、どこか懐かしいようなメロディが浮かびあがってくる。

弾きながら、都がゆっくりとまばたきをする。

卒業したら、こうして毎日会うこともできなくなるのだと思ったら、そのまつげの一本一本や、指先の奏でる音の一つひとつまでが、涙が出るくらい愛しかった。強く光る瞳や、なめらかな頬や、桜色の耳たぶや、ぷっくりとした唇や……。彼女の持っているもの、彼女につながるもののすべてが、愛しくてたまらなかった。

息をつめて横顔に見入っていた私は、ふと、いつのまにか彼女が弾きやめていることに気づいてぎくりとした。

「ねえ、恵理」

都は、右手で鍵盤の表面を撫でながら、小さい声で言った。

「うん?」

「ほんとは、もう、気がついてるんでしょ」

左手は、そっとおなかにあてられていた。

何と答えていいのかわからなくて、どきどきしながら黙っていたら、都は顔を上げ、私を見てフッと笑った。

「恵理が心配してくれてたこと、わかってたんだけど。なんかこういうことって、相談してもどうにもならない気がしちゃって」

「………」

「でも、ありがと。何にも訊かないで、知らないふりしててくれて。あたし、恵理のそういうとこ、すごく好き」

私は、黙って視線を落としていた。目を合わせたら、言うべきじゃないことをたくさん言ってしまいそうだった。

「いま、三か月なの」と、彼女は言った。「このおなかの中のどこかに、タツノオトシゴみたいなのがぽっかり浮かんでるのかと思ったら、すごく不思議な感じ。北崎の性格なら、絶対堕ろせって言うと思ってたのに、何を血迷ったか逆のこと言い出すから、もうびっくりよ」

　おどけたような口調で言ったものの、都はすぐに、ふう、と息をついた。

「ほんとに、ずっと眠れないくらい悩んだのよ。北崎は、言いたいことだけ言って海外に撮影行っちゃったっきり、なかなか戻ってこないし、うちの父さんだってもう二か月も留守だし。だけど、そもそもこんなこと、人に決めてもらえるわけじゃないじゃない？　結局は自分で答えを出すしかないんだし。さんざんいろいろ悩んだけど、やっぱり、とうてい産めないと思って、それで……」

　ほんとは、思いきって病院へ行ったの、と彼女はつぶやいた。

「え」

　思わず目を上げる。

「こないだの、その前の土曜日」都はうっすらと微笑んだ。「でも、できなかった」

　どんなに心細かったことだろう。一言でも打ち明けてくれれば、私が一緒に行ってあげたのに。そう言いそうになるのを、ぐっとこらえる。

「一人で、行ったの？」

「う……ん」都は曖昧なうなずき方をした。「ていうか、すぐ後から隆之が来てくれたから」

　隆之だけは全部知ってるの、と都は言った。

予定では朝から一緒について行ってもらうはずが、隆之だけ電車に乗り遅れたらしい。そんな大事な時に遅れてくるなんて最低、という顔を私がしてしまったからだろう。都は慌てたように、隆之にだっていろいろ事情があるのよ、と弁解した。あたしのことだけ考えてるってわけには、いかないの。

「それでも、代わりにバイク飛ばしてふっとんで来てくれたのよ。あ、そういえば、」いたずらっぽい目で都はちらっと私を見た。「そのバイク、山本くんが貸してくれたんだって」

アキ兄の事件以来、光秀が何かと私にかまうようになったせいか、都は、彼が私を好きなのだと思っているらしい。

「でも恵理、バイクのことは誰にも内緒ね。隆之ったら、持ち主が留守だっていうのに、山本くんにだいぶ無理言って借りたみたい。勝手に貸したのがバレたら、山本くん、すごくまずいことになっちゃうんだって」

そんなこと、今はどうでもいい。

（産むつもりなの？）

訊きたいのはそのことだけだった。

でも私は、やっぱり訊けずにいた。もし都の口からはっきりした返事を聞いてしまったら、その瞬間から、彼女が今よりもっと遠くへ行ってしまうような気がした。

「それで、その人、戻ってきたの？」

とだけ訊いてみる。

「誰？　バイクの持ち主？」

「ううん。北崎さん」

「ああ」

都は微笑み、

「まだ」右手の人さし指で黒鍵をなぞった。「もうすぐだとは思うけど」

「海外って、どこ？」

「よく知らない。こないだ電話があった時は、前にオリンピックのあった街の近くにいるって言ってたけど、はっきり教えてくれなかったから」

「何それ。いっぱいあるじゃない、そんな街」

「うん。でも、たぶん彼のことだから、戦争を撮ってるんだと思う」

「うそ。だって、それって……危ないんじゃないの？」

都は苦笑した。

「しょうがないもの。あの人、危なくないものは撮る気のしない人だから」

それきり、私たちはしばらく黙っていた。

遠くのざわめきと、時おり古い校舎がきしむ音のほかは、本当に静かだった。まるで夢の中のようにひっそりとしていた。

やがて都は、ため息をついて肩をすくめた。

「まあ、今ごろのこのこ戻ってきたからって、どうなるかはわからないんだけどね」

「でも、のこのこ戻ってきてほしいんでしょ？」

わざとからかうように言ってみる。

都は、それには答えずに、目もとだけで笑った。

「ねえ恵理、知ってる？」

「何を？」

「人はね。会うべき人にしか、会わないんだって」

「それにしたって」と私は言った。「都はちょっと見る目がなさすぎるよ」

「そうかな」

「そうだよ。私から言わせれば、北崎さんて人も鷺沢くんも、大馬鹿野郎だもん。都のことほっとくなんて、信じらんない」

冗談の続きのふりをして、そっと続ける。

「私が男だったら、絶対、都をお嫁さんにするのに」

笑いだすかと思ったのに、都は優しい目で私の顔を眺めた。

「あたしは、でも、恵理が女でよかったな」と、都は言った。「だからこそ、こんな話もできるんだもの」

「何言ってんの、鷺沢くんにだっていろいろ話すくせに」

「うん……でも、それとはまた違うの。だって、あたしをいちばん好きでいてくれるわけじゃないから、隆之は」

そんなことないよ、と軽く言いかけて、どきっとした。

（あたしをいちばん好きでいてくれるわけじゃないから、隆之は）

「女だとか、男だとかって、ほんとは何にも関係ないとは思うんだけど」都は言葉を選ぶようにしながら言った。「それでもやっぱりあたし、恵理が女の子でよかったと思う。なんでだろうね。きっと、今の恵理がすごく好きだからじゃないかな」

心臓が、内側から体当たりをくり返している。あまりの激しさに、動悸《ビート》に合わせて都の顔が二重にぶれて見えるほどだ。たまらなくなって視線をそらす。

まさか――都が気づいてるだなんて、そんなこと。

「恵理」

「………」

泣きそうになりながら、目を戻す。

さっきの優しい表情のまま、都はかすかに微笑んだ。

「ごめんね」

何が――とは、もう、訊く必要もなかった。

私は、黙ってかぶりをふった。

都が目を伏せ、鍵盤に触れた。小さく、ラの音が鳴った。

聞こえるはずのないオーケストラの調弦の音までが、一緒に響いているような気がした。だんだんひそやかに細くなりながら、部屋の隅々にまでしみこんでいく。しみこんでいく。その余韻が、完全に聞こえなくなったころ……。

私は、そっと手をのばした。祈るように息をつめて、都の頬に、触れる。

彼女はじっとしていた。

震える指を、少しずつすべらせていき、唇に、触れる。

都が私を見つめる。

ひたむきに、まっすぐに見上げてくる。

そうして——やがてささやいた。

(……いいよ)


はるかな高みから、細く鋭い鳴き声が降ってくる。

見上げると、蒼く澄みわたった空に円を描いて、とんびが舞っていた。笛の音を思わせる鳴き声が、風に震えながら切れぎれに届いては、波音と入り混じる。

その物悲しい音程は、あのとき響いたただ一度のブルーノートと、どこか似ている気がした。今でも耳に残っている。かすかに唇が触れ合った時、都の指が偶然奏でた、小さな小さな不協和音。

「あれ、なんだよ、お前」

ボードを横抱きにかかえた光秀が、通り過ぎようとして私に気づき、驚いた声をあげた。大股にそばへ来ると、彼は心もち照れたような顔で私を見下ろした。

「いつからそんなとこにいたんだよ」波音に負けじと大声を張りあげる。「寒くねえの？」

「うん、たった今来たばっかりだから」

と、嘘をつく。

「え、なに？」

「今来たばっかりなの！」

怒鳴ってやった。

「ちぇ。見てくれてると知ってたら、もっと本気出したのにな」

「頭から落っこちたとこ、見たわよ」

「見んなよ。猿も木から落ちるってやつだよ」

「へえ。あんた猿」

光秀が口をへの字にする。

私は、立ち上がってジーンズのお尻を払った。

「ずいぶん熱心に練習してたじゃない」

「今日は波がまあまあでさ」と彼は言った。「いつもならとっくに上がってる時間なんだけど。悪かったな、せっかく早く迎えに来てくれたのに待たせちまって」

「誰が迎えになんか来たのよ。久しぶりに、ゆっくり海が見たくなっただけよ」

「…………」

苦笑いした光秀が、先にたって歩き出した。

着替えが済むまで待ってから、一緒に内房線で金谷へ出た。光秀一人ならほとんど毎週末のことだろうけれど、二人並んでフェリーに乗るのはあの夏の日以来だった。

ゆっくりと進む船の上、最後尾の甲板に立ち、柵にひじをついて海を眺める。重油のにおいが鼻先をかすめたとたん、あの日のいたたまれなさがふっとよみがえってきた。気まずくないといえば嘘になる。でも、光秀はもちろん、あの時のことを蒸し返したりはしなかった。

遠くにコンビナートや鉄塔が光り、内房線の電車が細い蛇のようにするすると走っていくのが見える。後ろの港の上には険しい山がおおいかぶさって、青い空にぎざぎざの稜線《りょうせん》を描いている。あの山に鋸山《のこぎりやま》という名をつけたのは、きっと船乗りにちがいない。

白い波しぶきをたてながら、船のおなかが海面を押し分けて進んでいく。

光の乱反射からまぶしそうに顔をそむけて、

「この時期にこんなことしてる受験生なんて、絶対お前だけだぜ」

光秀は私を見下ろした。

「なんでそういうこと言うかな」と、私は言った。「自分が来いって言ったくせに」

「だって、まさかほんとに来るとは思わなかったんだもん」

私はあきれてため息をついた。

「けど、マジな話」光秀は心配そうな顔になった。「大丈夫なのか？」

さあね、と肩をすくめる。

「ま、この期に及んで悪あがきしてもしょうがないし。たぶんどこかには引っかかるでしょ」

「お。強気じゃん」と、光秀は笑った。「じゃああとでさ、俺んちにも寄れよ。姉貴のやつ、疲れ果てたとか抜かして克つぁんと伊豆《いず》の温泉行ってやんの。いい気なもんだぜ」

いい気なのはあんただと言ってやってもよかったのだが、面倒くさくなってやめた。

今度の土曜、つき合わないか、と言い出したのは光秀のほうだった。親父の墓参りに光秀の部屋ってどんなだろう、とちょっと思った。

さ、などと言うので、だってお墓はないんじゃなかったの？　と訊くと、彼はにっと笑った。

亡くなったお父さんの友達がヨットを出して遺灰を海に流し、甲板で酒盛りをしながらみんなで見送ったという話は聞いていた。狭いお墓の中にきっちり納められてしまうんじゃなく、そんなふうに大自然とあいまいに混ざり合ってしまう最期というのも、あっけらかんとしていていいかもしれない。なんというか——生きものとして、とても自然なことのような気がする。

自然なこと。

そう、光秀のお父さんにとっては、それがいちばん大事だったのだろう。まだ息があるうちに呼吸器を止めた、と光秀から聞かされた時、私は正直、ものすごくショックだった。そんなの、殺したも同じじゃないかと思ったものだけれど――

同じでは、ないのかもしれない。

自分で息ができなくなったら死ぬ、それが自然なのだ、というお父さんの考えをどこまでも尊重するならば、光秀のお母さんが呼吸器のスイッチを切ったのは、単に、不自然なことを自然に戻しただけということになる。

そういう考え方のほうが正しいのか、それとも、できる限りのことを全部やって一分でも長く生かそうとするのが正しいのか、私には、まだわからない。もしかするとそれは、永遠に答えの出ないことなのかもしれない。どちらもが正しくて、どちらもが間違っていて、だから自分の意思で選ぶしかないのかも……。

「なあってば」

「え」

目を上げると、光秀が私をつついていた。船はちょうど、房総と三浦《みうら》半島の真ん中あたりを過ぎるところだった。

「なに？」

「一個、食おうぜ」

私は、足もとに置いていたかばんから、ごそごそと紙袋を取り出した。中には、家から持ってきた夏みかんが三つ。アキ兄のところからの帰りに分けてもらった、あの夏みかんだ。

光秀は袋に手をつっこんで一つつかみ出し、太い親指でぐいっと皮をむいた。みずみずしい香りが、冷たい海風の中にぱっと散る。

ひとふさ取って、彼は神妙な面持ちで口に運んだ。

「うわ、酸っ……」顔じゅう皺だらけにして、「……ぺぇッ！」

ぶるぶるっと身ぶるいした。

半分に割ってよこそうとしたので、私はありがたく辞退させてもらった。前に一つ味見したから、味は知っている。酸っぱいといったら本当に酸っぱいのだ。

でも光秀は、いちいち顔をしかめ、時々むせながらも、ひとふさ、ひとふさ、確かめるように口に入れた。無理にでも、まるまる一つ食べてしまうつもりらしかった。

「ううう、こりゃ本物だわ」歯の間からしいしい息を吸い込みながら呻く。「酸で胃に穴あきそ」

最後のひとふさをごくりと飲みこんでしまうと、光秀は深呼吸するように胸をひらいて、甲板から水平線を見渡した。

「さてと」

おもむろに向き直り、私の手から二つめの夏みかんを取る。

びっくりして見上げると、

「いいよ、このへんで」

と光秀は言った。

「でも」

遺灰を流したのは、あの半島の向こう側にひろがる湘南の海のはずだ。

「いいって」と彼が笑う。「どうせもう、すぐそこでつながってるんだから」

「それは、そうだろうけど」

「何もそこまで過保護にしてやることないさ」

光秀は、夏みかんを手の中で二、三度もてあそぶように転がしたかと思うと、ふいに手首を後ろへしならせるようにして、海へほうり投げた。放物線を描いて飛んでいった夏みかんが、遠くの海面でぱしゃん、と弾んで浮かぶ。鮮やかな黄色が、青い波間にたぷたぷと揺れている。まるで星のようだ。

光秀が私を見て、顎をしゃくった。

最後の一つがいちばん大きかった。

私はそれを、思いきって投げた。光秀が投げたみかんのなるべく近くに落ちるように、力いっぱい投げた。

船の蹴立てる波しぶきが、後ろの海面に帯のような白い道を残す。海原のあちこちに散らばった釣り船が、逆光にきらきら光っている。甲板を走ってきた子供が、遠くの灯台を指さして、はしゃいだ声をあげた。

私は、瑠璃色の海に目をこらした。

二つの夏みかんは、波に揉まれてくっついたり離れたりをくり返しながら、ゆっくりと後ろへ流れていく。

だんだん、遠ざかる。小さくなっていく。

豆粒ほどになり、金色の点になり……。

やがてはそれも、輝くあぶくと区別がつかなくなった。

# 解説

玉城ティナ

死ぬ時に思い出すであろう風景や言葉、が私の中にはある。たとえ、最期に意識が無かろうと、実際には忘れてしまっていようと、軽々しく人には共有できないような大切な瞬間がある。お金や物があの世に持っていけないのは、ああいう記憶が私にあったんだなあと揺さぶる時間を誰かが設けているからじゃないかと感じるような。その時の光も、風も、音も、匂いも、すぐに私を包み込んでしまって、それを知るまでの私と、知ってからの私は、別人になったんだ、と錯覚させられるような、記憶。

自分の身体《からだ》と心をまるっきり理解しています、なんて人はいるのだろうか。私はいまだに自分の中の波を完璧に乗りこなす事はできず、なんとなく、や、前はそうだったから、といった頼りない攻略法を駆使して、この肉体を操っている。もしくは操られている。

保育園かそこらの時期には、自身の性について自認していたような気がする。私は、自分が女である事を、様々な角度から感じた。同級生から、先生から、親から。四、五歳の私が、女として自覚を持って生きていたなんて、ちょっと笑ってしまうかもしれないけれど、私は確実に女で、自分の気に入った表情を使い分けながら女を演じてさえいた。子供である事と同時に。

　この文章を書きながら、最近は女らしさについて話をする事や自分の意見を述べる事を私は恐れていたんだな、と気付いた。たくさんの人が声を上げ、共感や連帯を示すのは素晴らしい事だと思うし、自分の本当のジェンダーやセクシャリティの在処《ありか》に気付いていない人にはとても役に立つと思う。けれど、自分自身が自分のいる位置を理解していれば、他の人に分類される必要はないはずなので、入口をわかっている人に対して過剰に押し付ける事はしたくない。なので、意見をわかりやすく、その立場代表のような顔をして発さなければならない、という風潮は疲れてしまう。私の友達にも、色々なセクシャリティを持つ人はいるし、私自身も変わるかもしれないけれど、今は身体が女であり、そこに女としての精神を持ち合わせている、という、ただそれだけを前提として話を聞いてほしい。

　こんな事を言って申し訳ないが、私が山本光秀と、藤沢恵理に対して言う事など何もないのだ。ふたりとも自分の身体や欲求に対して真正面から向き合い、悩み、大人の手を借りる事なく、乗り越えようとした。ひとりで乗り越える必要はないんだ、と、気付き、その時に必要な人を自分達で見つけた、という事が本当に素晴らしくて。それはセックスでしか解決できなかった、とふたりが言うなら、そうだなと納得するしかない。納得させられるしかないのだ。

純粋だとか、青春だとか、そんなものを無くしてしまったかのように離《はや》し立てたくもない。自分という人間にいつまでも新鮮味を持っていたいからこそ、光秀や恵理の言葉は、私をぐさぐさと刺していった。

男と女の間には、『恋』と『友情』以外の関係性があるはずだ。人間同士ぶつかり合っていたら、言葉だけで括《くく》れない何かが出てくる。きっとそんなふうに考えていた恵理の顔を勝手に想像すると、私達が思っている以上に彼女は何もかもわかっていたんだな、と思う。彼女は強い。

友達の恋愛相談などを聞いていると、何を言っても私が相手を否定しないのは何故《なぜ》だと聞かれたりする。とにかく渦中の人にしかわからない事がある、というのが私の持つ意見なので、肯定も否定も私がジャッジする事じゃないからかな、と答えると不思議な顔をされる。恋愛中なんて、私は基本的に頭が（いい意味で）おかしくなっているもんだと思ってしまっているし、人は、会うべき人にしか会わない、というのは作中の都の言葉だが、その通りだし、正しさだけを選択できるなら、きっと本人達もそうしているだろう。

どのような物語をはじめたにしろ、結局、けじめはふたりでつけるしかない。恋愛がうまくいこうが、いくまいが、結局はつけられたり、つけたりした傷を横目に見ながら生きていくしかないのだから、泣いたり、叫んだり、できるうちにしていく方がきっといいはずだ。

どうしたら幸せになれますか、とかいう質問が私にも届くけれど、幸せに最短で行き着く方法があったら、皆飛びついて、幸せに溢《あふ》れる世界に既になっている。私達は出会う人達に、影響され、相手を好きになったり嫌いになったり、自分の知らなかった自分を見せられたりしながら、自己形成しつつ、少しずつ死に向かっていくのだ。

その過程で、ああ、私は生きているんだなと実感させられる人が、必ず現れる。光秀にも、恵理にも、都にも、隆之にも、その父親にも、母親にも、秋人兄さんにも、私達にもだ。もちろんいい出会いばかりではなく、話だけ聞くと無駄だと思うような出会いもあるだろう。でもそれは、仕方ない事だ。植物が枯れたり、異常気象があったり、暑すぎたり寒すぎたりするように、自然界と人間界は、よく似ていると思う。

私だって、冒頭で書いたような、大事にしている瞬間は、良い事ばかりではない。瞼《まぶた》が漫画のように腫れた日もあるし、心臓がえぐられるってこういう顔になるんだなという表情をした日もある。そのまま仕事に行った自分を褒めたくなるような日も。走馬灯を皆にシェアできるなら、笑われるだろうな、という出来事ばかりだ。でも本当の意味で、私はそういう感情になった自分を恥じていない。

感情は乾く事のない財産だと思う。徐々に変化しながらも、完全になくなる事は無い。もう、そばにその人がいなくても、そっと取り出して眺めていられる。人間だけにもたらされた特性の根源が、この小説にはつまっている。

人はあまりにも脆《もろ》く、ひとりでは乗り越えられない事もある。死は、我々に平等に訪れるし、タイミングも計れない。

ただ、『お前、海とおんなじ味がする』と言われた恵理は、その言葉を抱いて死んでいける。どこにいても、自分の中に広い広い海を感じ、そこに踏み込んできた光秀の指先を感じる事ができる。私はそんな恵理が羨ましい。そんな風に人から求められ、愛された恵理の事を思うと、涙が出るほど羨ましいのだ。

人の死を見て感じるのは、生と死の境目があまりにも曖昧な事。残酷すぎるくらいあっけない。亡くなっていった人に、私はきちんと愛の言葉を、抱えきれないほどの思い出を渡せていただろうか。疑問に思う。自分を責めても仕方がない、生きているもの達だけでやっていくしかないのだけれど、せっかく言葉を与えられたなら、頭からつま先まで使って、愛を伝えていく方がいい。自己満足だとしても。大切な人だけでいい、あの人はわかっているから、とか、そういうのは自分勝手すぎる。

私はまだ未熟で、愛を語る資格などないのだが、いびつなまま抱いていく事に決めている。ツルピカな愛が偉いわけではない。

そして、最後に、私達にも性の話をさせて欲しい、と深く感じている。親に禁じられる話は、大抵学んでおいた方が後々楽だったりする。現に、私はほとんど全てを禁じられていたので、自分で大人になる必要があった。周りに女が沢山いて、母親からも男の人の傲慢さや危険さなどを植え付けられ、狼《おおかみ》とまで言われていた。父親は何も言い返さなかった。小学生の頃には、明らかに男と女は違う生き物であると信じ込まされていたし、一人っ子なのでなかなか訂正されるような機会にも恵まれず。私は男の人を恐れ、特に男友達もできずに中学生になって、この世界に入った。興味はあったけれど、すました顔をして、学生時代を過ごしていた。親の立場からすると、全てにおいて心配で言ってくれていたんだと思うが、逆効果だったと感じる発言は確かにあった。人生をショートカットする必要はない。でも逆に区別したり差別する事によって、遠回りする羽目になったと思う。

もちろん、全てを責めているわけではなく、私は子供を育てた経験がないので実際親になってみて分かる部分も多いのかもしれない。

だけど、自分の興味に気づかないふりをして隠そうとし続けると、私達はどこかに鍵を落としてしまう気がする。その箱はきっと擬似的には（大抵は力ずくで）開いていたりするんだけれど、大人になってもその鍵穴から、すうすう、と空気が入り込んでくるのがわかるのだ。あの時に、取り上げられた物、理解させてもらえなかった何かは、一生付きまとう。私はそれも自分自身のあかずの箱だと、楽しめるようになっているものの、自分が親になった時には、子供に自分の言葉でちゃんと伝えてあげたいなと思う。

今の子供達が自由に、理解したい事を理解できるように切に願っている。大人がそれを馬鹿にしない社会になって欲しい。

『海を抱く　ＢＡＤ ＫＩＤＳ』を読み終わった今、付箋だらけになった小説をもう一度なぞって言葉を尽くしても、何の意味もないじゃないか、と思って、自分の気持ちを純粋に書いてしまっているけれど、物語は筆者である村山由佳さんの中で完結していて、読者はそのギフトを受け取り、心の中でこねくり回して、何とか自分の持つ容量の中でページを捲《めく》っていく。小説を読む事は、人生を振り返りながら何かを得続ける事だな、と改めて感じることができた。

（たましろ・てぃな　女優／モデル）

本書は二〇〇三年九月、集英社文庫として刊行されたものを再編集しました。

単行本　一九九九年七月　集英社刊

初出「小説すばる」
一九九八年六、八、十月号
一九九九年二、四～六月号

村山由佳の本

## BAD KIDS

年上の写真家との関係に苦しむ都。同性の親友に密かな恋心を抱き、葛藤する隆之。傷ついた心をいたわり合うふたりは……。等身大の18歳を瑞々しく描き出す、不朽の青春小説。

集英社文庫

村山由佳の本

# おいしいコーヒーのいれ方 Ⅰ～Ⅹ

彼女を守りたい。誰にも渡したくない──。高校3年になる春、年上のいとこのかれんと同居することになった勝利。彼女の秘密を知り、強く惹かれていくが……。切ない恋の行方は。

# おいしいコーヒーのいれ方 Second Season Ⅰ～Ⅸ、アナザーストーリー

鴨川に暮らすかれんとなかなか会えず、悶々とした日々を送る勝利。想い合う気持ちは変わらないが、大人になるにつれて、ふたりをとりまく環境が少しずつ変化していき……。

集英社文庫

集英社文庫

海《うみ》を抱《だ》く　BAD《バッド》 KIDS《キッズ》

2022年11月25日　第1刷　定価はカバーに表示してあります。

著　者　村山由佳《むらやまゆか》

発行者　樋口尚也

発行所　株式会社　集英社
東京都千代田区一ツ橋2-5-10　〒101-8050
電話　【編集部】03-3230-6095
【読者係】03-3230-6080
【販売部】03-3230-6393（書店専用）

印　刷　凸版印刷株式会社

製　本　凸版印刷株式会社

フォーマットデザイン　アリヤマデザインストア　マークデザイン　居山浩二


ISBN978-4-08-744450-6 C0193